Susanne Reiche studierte in Erlangen Biologie, war vierzehn Jahre lang beim Nürnberger Umweltamt im Bereich Umweltplanung tätig und arbeitet heute als Schriftstellerin. 2014 gewann sie mit ihrer Geschichte »Der Tod des Baulöwen« den Publikumspreis des Fränkischen Krimipreises. 2016 erschien ihr erster Krimi »Fränkisches Chili« um den Nürnberger Kommissar Kastner, 2017 folgte »Fränkisches Sushi«, 2018 »Fränkische Tapas«.
www.susanne-reiche.de

Susanne Reiche

Fränkisches Pesto

Kriminalroman

ars vivendi

Originalausgabe

Dritte Auflage Februar 2023
Zweite Auflage August 2020
Erste Auflage Mai 2020
© 2020 by ars vivendi verlag
GmbH & Co. KG, Bauhof 1,
90556 Cadolzburg
Alle Rechte vorbehalten
www.arsvivendi.com

Lektorat: Stephan Naguschewski
Umschlaggestaltung: FYFF, Nürnberg
Motivauswahl: ars vivendi
Coverfoto: © StockFood / Hendey, Magdalena
Druck: CPI books GmbH, Leck
Gedruckt auf holzfreiem Werkdruckpapier
der Papierfabrik Arctic Paper

Printed in Germany

ISBN 978-3-7472-0112-1

Fränkisches Pesto

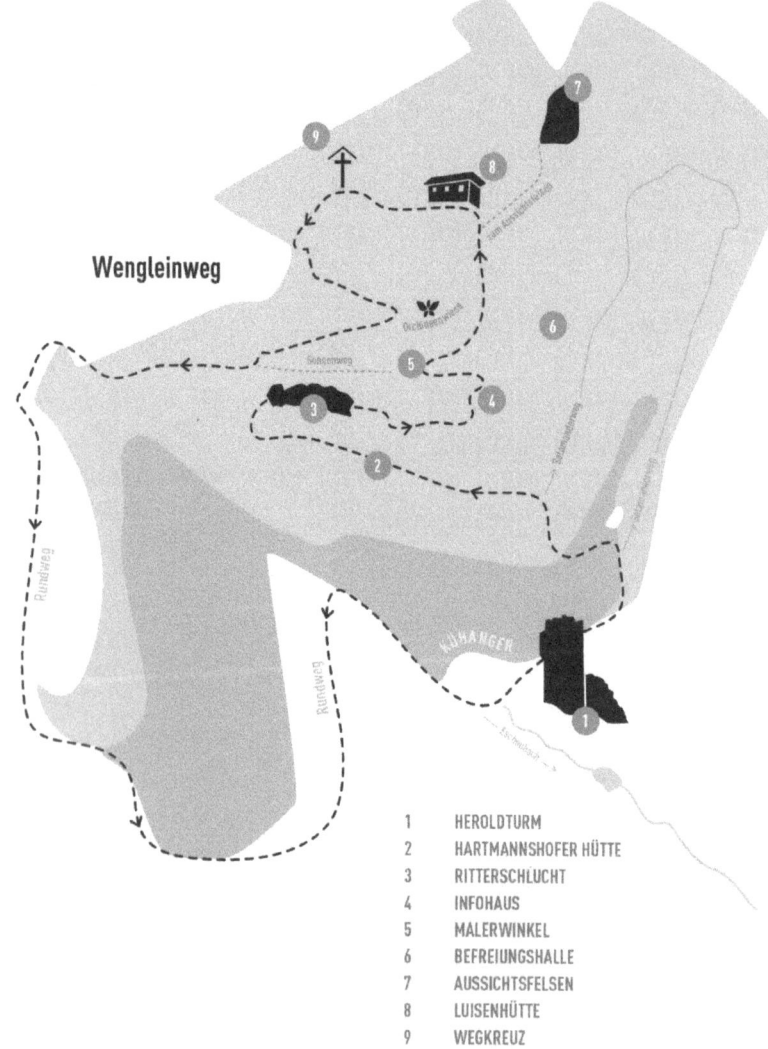

Prolog

Die Luft war frühlingsmild. Durch die knotigen Äste einer alten Eiche zielte die Aprilsonne mit Lanzen aus Licht auf die filigranen Skelette verwelkten Laubs, Tautropfen lagen wie Perlen auf samtigen Moospolstern, und zwischen gelben Himmelsschlüsseln und blauen Duftveilchen entrollten Schildfarne ihre schuppigen Wedel. Aus allen Knospen platzte frisches Grün.

Bella Lindemann saß auf einer Holzbank hinter der Luisenhütte – einem aus rohen Bohlen gezimmerten Blockhaus, das den Besuchern des Naturschutzzentrums Wengleinpark einen geschützten Rastplatz bot – und genoss die Ruhe: Die Teilnehmer ihres Kräuterkurses waren ausgeschwärmt, um Frühjahrsblüher zu bestimmen. Bella führte ihre Gruppen gern durch den Wengleinpark. Das vom Dörfchen Eschenbach im Hirschbachtal steil bis zur Hochfläche der Hersbrucker Alb ansteigende Gelände war durch einen Lehrpfad mit Schautafeln erschlossen und bot auf zwei Kilometern Länge und hundert Höhenmetern alles, was das Fränkische Schichtstufenland botanisch interessant machte: Wildgrasfluren, Halbtrockenrasen, Schlucht- und Kalkbuchenwälder, Felsvegetation ...

Bellas Handy surrte. Kursteilnehmer Jörg – drahtige Figur, kümmelförmige Beine in engen Jeans, das grelle Orange der Funktionsjacke wie ein Schlag ins Gesicht der in sanften Farben erwachenden Natur – schickte über WhatsApp ein Foto von sich selbst und einer knospenden *Cypripedium calceolus*, die er mitsamt der Wurzel ausgerissen hatte. Die Bildunterschrift lautete: *Das ist doch eine Knoblauchsrauke?*

Nein!, antwortete Bella. *Das ist, oder vielmehr: das war eine Frauenschuh-Orchidee. Sie steht auf der Roten Liste der gefährdeten Arten.*

Während des Aufstiegs zur Luisenhütte hatte Bella mehrmals darauf hingewiesen, dass der Wengleinpark ein Rückzugsgebiet für seltene Pflanzen war, und alle darum gebeten, ohne vorherige Absprache nichts zu pflücken. Aber es gab in jedem Kurs ein oder zwei Typen wie nun diesen Jörg, die sich für die Krone der Schöpfung und nichts von Abmachungen hielten, und so sehr sie das auch ärgerte: Sie konnte wenig dagegen tun.

Der Kunde war König.

Schon seit Jahren verkaufte sie auf den Bauernmärkten zwischen Neuhaus und Hersbruck frische Würz- und Heilkräuter und bot über das Internet Hausgemachtes an: Pestos, Chutneys, Kräuteröle und Teemischungen mit zeitgeistigen Namen wie *Kraft der Natur* oder *Tanz der Waldfee*. Diese Arbeit machte ihr Spaß, und die Einnahmen waren eine hübsche Ergänzung zu Thorstens Gehalt als Spediteur gewesen; aber seit er sie vor einem halben Jahr sitzen gelassen hatte, war sie aus finanziellen Gründen gezwungen, auch Coachings, Kurse und Führungen anzubieten. Ihre Kunden waren mehr oder weniger sympathische Menschen, die sich mehr oder weniger für heimische Kräuter interessierten ... Bella hatte Verständnis für Teenager, die sich lieber YouTube-Videos ansahen, anstatt ihr zuzuhören; sie respektierte ältere Damen, die in der Natur lediglich eine romantische Kulisse für lang entbehrte Sozialkontakte sahen; und sie ertrug Hobbybotaniker, die mit vom Ehrgeiz zerfressenen Mienen ihre Einschätzung einer seltenen Unterart infrage stellten – aber wenn sie eine Wahl gehabt hätte, dann hätte sie das ganze Pack lieber heute als morgen zum Teufel gejagt. Der Wald war Bellas Kathedrale, die Stämme der Eichen und Buchen trugen das Dach ihrer Kirche, in deren grüner Halle rauschende Bäche und der Chor der Vögel die Götter melodischer priesen als Orgeln und Sängerknaben; und in ihren Ohren war das eitle Geplapper ihrer Kunden ein ketzerischer Frevel gegen das Gebot der Stille und Demut, die ihr Glaube verlangte.

Aber sie hatte keine Wahl. Thorsten hatte sich quasi über Nacht nach La Gomera abgesetzt, ohne eine Postadresse zu hinterlassen oder Unterhalt für die Kinder zu zahlen. »Ich will mich da im Moment nicht so festlegen«, hatte er ihr während des ersten – und letzten – Telefongesprächs nach seiner Abreise erklärt, »ich muss zuerst einmal meine innere Mitte wiederfinden«. Ein Vorhaben, das sich nach Bellas Einschätzung hinziehen konnte, da Thorstens Ansatz vermutlich ausschließlich darin bestand, dicke Haschtüten zu rauchen und ein mageres Flittchen namens Jenny zu vögeln, das er in einem Burger-Drive-in bei Forchheim aufgelesen hatte ...

Just in dem Moment, als Jenny den von Thorsten bestellten Cheeseburger über den Verkaufstresen schob, traf beide *wie ein Schlag* die Erkenntnis, dass ihre *Seelen füreinander bestimmt* waren – so schilderte Thorsten die schicksalhafte Begegnung einige Tage später seiner Frau. Auf Nachfrage räumte er ein, dass es bei den Seelen nicht geblieben war. »Solche Dinge kommen vor«, kommentierte Bellas Schwiegermutter schmallippig. »Anstatt zu jammern, solltest du besser drüber nachdenken, welchen Anteil du an dieser Entwicklung hast ...«

Bella schluckte ihren Schmerz hinunter. Sie ließ sich vom Friseur einen modischen Bob schneiden und tauschte ihr Flanellnachthemd gegen einen Fummel aus schwarzer

Spitze, der Alice Schwarzer zu Recht auf die Barrikaden getrieben hätte. Eingedenk des Umstands, dass Liebe (auch) durch den Magen geht, servierte sie Thorsten jeden Abend ein kulinarisch ausgefeiltes Drei-Gänge-Menü, das er kommentarlos hinunterschlang, ehe er den Fernseher einschaltete und auf dem Sofa die Füße hochlegte. Nur zwei Wochen später teilte er ihr Folgendes mit: »Ich brauche eine Auszeit, Schatz. Ich werde eine Weile auf La Gomera leben. Bitte erklär es den Kindern.«

Bella übersetzte den ehebrecherischen Sachverhalt für Viola und Iris in kindgerechte Worte – eine Reise aus beruflichen Gründen, Papa hat euch lieb und ähnliche Lügen. Nachdem die Zwillinge im Bett waren, setzte sie sich an den Küchentisch, starrte aus dem Fenster in die mondlose Nacht und spülte eine XXL-Tafel Nougat-Nuss-Schokolade mit zwei Flaschen Rotwein hinunter. Sie weinte nicht, aber sie hatte gute Lust, sich vor die Regionalbahn nach Neuhaus/Pegnitz zu werfen, und nur wegen der Kinder sah sie schließlich davon ab. Sie gestand sich ein, dass sie das Unheil hätte kommen sehen müssen; spätestens seit dem Abend, als sie im Badezimmer auf der Waage gestanden und die Digitalanzeige *ERROR* geblinkt hatte. Thorsten hatte die Zahnbürste aus dem Mund genommen und ohne zu lächeln gesagt: »In Vorra haben sie noch eine alte Viehwaage, vielleicht solltest du es da versuchen.«

Als Kind war Bella ein zierliches, elfengleiches Wesen gewesen; und während die Pubertät ihren Mitschülerinnen üppige Dekolletés und begehrliche Blicke beschert hatte, war sie nur in die Länge geschossen – eine Bohnenstange, nichts als Haut und Knochen. Erst die Schwangerschaft legte in ihrem Körper irgendeinen Schalter um. Nach der Geburt der Zwillinge ging sie auf wie gärender Hefeteig:

langsam, aber stetig und in alle Richtungen. Sie durchbrach die achtzig Kilo, verharrte eine gnädige Weile bei neunzig, stieg dann auf hundert und hundertzehn. Ihre Augen zogen sich in schmale Sehschlitze zurück, ihr Kinn schwabbelte wie das einer Masttruthenne, und sie hüllte sich, notgedrungen, in wallende Gewänder. Sie versuchte es mit allen Arten von Diäten ohne Erfolg. Anfangs versicherte Thorsten ihr treuherzig, sie ihrer inneren Werte wegen und, wie versprochen, für immer zu lieben; doch tatsächlich verebbte sein Interesse an ihren Gedanken und Gefühlen ebenso schnell wie sein Verlangen nach ehelichem Beischlaf. Was sie auch sagte oder tat – oder nicht sagte und nicht tat –, schien ihm plötzlich auf die Nerven zu gehen; und beim geringsten Anlass brach er einen Streit vom Zaun.

Bella suchte ärztlichen Rat. Ein Spezialist diagnostizierte eine Stoffwechselstörung. Mit der nüchternen Distanz des Chirurgen schlug er vor, ein Stück aus ihrem Darm herauszuschneiden und ihren Magen zusammenzunähen – als wäre sie kein fühlendes menschliches Wesen, sondern ein bloßer Fleischsack, den es ästhetisch zu optimieren galt.

Bella hatte fluchtartig die Praxis verlassen ...

»Hey, Bella – ist das Waldmeister?«, fragte jemand. Ein Mädchen in pinkfarbenem Top und geblümter Latzhose – braune Rehaugen, fransig geschnittene, kurze dunkle Haare, ein Piercing im Nasenflügel – hielt ihr eine Handvoll Pflanzen hin. Die vierkantigen Stängel und quirlig angeordneten Blätter waren unverkennbar.

»Ja, das ist *Galium odoratum*, das Wohlriechende Labkraut«, bestätigte Bella. »Nimm dir ruhig ein paar Büschel mit, wenn du magst – jetzt, vor der Blüte, enthält er das meiste Aroma. Auf meiner Homepage findest du ein Rezept für eine leckere Maibowle.«

»Cool.« Die junge Frau – sie hieß Liliane, ließ sich aber Lila nennen – strich sich betont unaffektiert den Pony aus der Stirn und stopfte den Waldmeister in ihre Umhängetasche aus upgecycelter Lastwagenplane.

Bella lächelte mütterlich, obwohl sie gute Lust hatte, die Göre zu ohrfeigen. Über ihre Beweggründe machte sie sich keinerlei Illusionen: Sie missgönnte Lila den grazilen Körper, der sich so mühelos und geschmeidig bewegte; sie neidete ihr die Blauäugigkeit der Jugend und den zuversichtlichen Glauben, dass sie ihr Schicksal selbst bestimmte und einer rosigen Zukunft entgegenging. Wenn die junge Frau eines Tages begreifen würde, dass das verheißungsvoll glitzernde Geschenkpapier des Lebens nur einen Karton lauwarmer Luft umgab, wäre Bella selbst schon eine verhärmte alte Schachtel, die dem Sozialsystem zur Last fallen würde ...

Ein schriller Schrei flog durch den Wald; ein abgehackter, menschlicher Schreckenslaut, dem wie ein tierisches Echo das aufgeregte Keckern eines Eichelhähers folgte.

Das Rehlein mit der Recyclingtasche zuckte zusammen. »Was war denn *das*?«, fragte sie.

»Da hat wohl jemand die Erfahrung gemacht, dass die Natur nicht zwangsläufig des Menschen sanfter Freund ist.«

Lila legte die hübsche Stirn in verständnislose Falten, und Bella schob nach: »Vermutlich hat sich jemand in einen Ameisenhaufen gesetzt. Oder sich an einer Brombeerranke die Haut aufgerissen ...«

Etwa zehn Minuten später waren vom Wengleinweg her erregte Stimmen zu hören. Jörg, an der orangefarbenen Jacke leicht zu erkennen, trat aus dem lichten Schatten der frühlingsgrünen Bäume und schob die Blondine vor sich her, der er schon seit Kursbeginn nachstellte wie jagdbarem

Wild. Sie war einen Kopf größer, zehn Jahre jünger und deutlich attraktiver als er; was ihn ebenso wenig schreckte wie ihre höflichen Versuche, ihn auf Abstand zu halten. Dem ungleichen Paar folgten zwei ältere Kursteilnehmer in beigen Wanderhosen und rot karierten Hemden auf dem Fuß – Hermann und Johanna Dennerlein.

»Ameisenhaufen?« Lila schnalzte zweifelnd mit der Zunge. »Für mich sehen die aus, als hätte der Teufel sie um ihre Seelen angeschnorrt ...«

Sie sollte recht behalten. Was sie, in Bellas Augen, kein bisschen sympathischer machte.

*

Unweit der Luisenhütte markierte auf vierhundertfünfundachtzig Metern über Normalnull ein im alpenländischen Stil gehaltenes Wegkreuz den höchsten Punkt des Wengleinwegs. An christlichen Feiertagen wurden hier gelegentlich Freiluftgottesdienste zelebriert; ansonsten war das hölzerne Kruzifix ein beliebtes Hintergrundmotiv für die Selfies diverser Natur- und Wanderfreunde. Schon von Weitem bemerkte Bella den Mann, der seinen schmalen Rücken an die vertikale Strebe des Kreuzes lehnte – er wirkte so friedlich, als sei er während einer Rast kurz eingenickt.

Aus der Nähe betrachtet sah die Sache anders aus.

Der Tote war einer ihrer Kursteilnehmer – Julius Imthal, Gemeinderat im aufstrebenden, nur wenige Kilometer entfernt im Pegnitztal gelegenen Mittelzentrum Velden. Imthal war eher ein Freund der Wirtschaft als der Natur; und wann immer das Wochenblatt über die Ausweisung neuer Wohn- und Gewerbegebiete, erste Spatenstiche oder Grundsteinlegungen berichtete, gab es dazu ein zweispaltiges Farbfoto von ihm: stets lächelnd, adrett gekämmt und in fescher Tracht. Aber hier und jetzt, im Angesicht des eigenen Todes, formten seine dünnen Lippen ein verkniffenes, nach unten offenes Oval über einem fleckigen T-Shirt und einer abgewetzten Cordhose. Seine runden Äuglein starrten über den Rand seines verrutschten Markenzeichens, einer altmodischen Hornbrille, überrascht ins Leere; sein dünnes Blondhaar war zerzaust und blutverschmiert. Einen Schritt hangabwärts lag sein Wanderrucksack, aus dessen offener Deckelklappe die Habseligkeiten quollen wie Eingeweide aus einem ausgeweideten Tier.

»Das ist Julius. Er ist tot«, erklärte Jörg überflüssigerweise.

Bella holte ihr Handy aus der Umhängetasche und wählte den Notruf.

*

Es dauerte eine gute halbe Stunde, bis vom Forstweg westlich des Wengleinparks ein Martinshorn zu hören war. Das Geräusch schwoll an und verstummte, Autotüren schlugen. Der Wind trug abgehackte Fetzen menschlicher Stimmen durch den Wald – wer keinen Geländewagen besaß, musste die letzten hundert Meter vom Forstweg bis zum Wegkreuz notgedrungen zu Fuß zurücklegen.

Bellas Osterkurs hatte sich inzwischen vollständig um den Toten versammelt und sah dem Trupp, der wenig später zwischen den Bäumen auftauchte, gespannt entgegen. Zwei Streifenbeamte – ein leptosomes Bübchen, dem die Uniform drei Nummern zu groß war, und ein dralles, rotwangiges, Kaugummi kauendes Mädel – verwiesen Bella und ihre Kursteilnehmer energisch auf weit von der Leiche entfernte Plätze und nahmen anschließend ihre Personalien auf. Zwei Sanitäter beugten sich über den Toten, überließen ihre Plätze aber bald einem grau melierten Herrn mit Froschaugen hinter einer randlosen Brille – dem Arzt, wie Bella vermutete. Ein Mittdreißiger in Zivil stellte sich als Kriminalkommissar Karlheinz Bauer von der Polizeiinspektion Hersbruck vor.

»Gehören Sie zusammen?«, fragte er in die Runde. »Kennen Sie den Toten?«

So gut sein Name und sein Oberpfälzer Bellen zum Klischee eines Provinzkommissars passten, so wenig tat es seine Physiognomie: Er maß athletisch durchtrainierte zwei Meter und trug unterhalb des glatt rasierten Schädels buschige Augenbrauen und einen schwarzen Vollbart an der Grenze dessen, was die Allgemeine Polizeidienstrichtlinie zum erwünschten Erscheinungsbild deutscher Beamter hergab. Aus dem Ausschnitt seines tannengrünen T-Shirts lugte der Arm einer Krake – offensichtlich Teil eines bunten Tattoos, dessen Mittelpunkt Bella in der Nähe des Bauchnabels vermutete. Ehe sie sich eine Antwort auf seine Frage überlegen konnte – was hieß schon *zusammengehören*, wenn sogar ein Eheversprechen schneller aufgelöst werden konnte als ein Mobilfunkvertrag? –, räusperte sich die rotwangige Streifenbeamtin, spuckte ihren Kaugummi aus und trat an Bauers Seite. »Das sind so Naturfreaks«, erklärte sie ihm hinter vorgehaltener Hand und mit einer Stimme, die sie wohl für ein Flüstern hielt. »Die haben sich über die Osterferien im *Grünen Schwan* in Eschenbach einquartiert und machen hier, Achtung, Originalzitat, eine *Waldwanderung mit der Kräuterhexe* – will heißen, sie dackeln durchs Unterholz und freuen sich wie Harry, wenn sie irgendein Gestrüpp mit seinem lateinischen Namen anreden können.

Der Tote heißt Julius Imthal und war einer der Kursteilnehmer; und die aufgeschneckelte Adipöse ist die Kräuterhexe höchstselbst – Isabel Lindemann.«

Bauers Blick glitt über Bellas Körper und fiel dann verlegen zu Boden.

Bella zog einen ihrer Werbeflyer aus dem Rucksack und drückte ihn dem Kommissar in die Hand. Die beiden Streifenbeamten lasen neugierig mit: Kräuterwanderungen für Anfänger und Fortgeschrittene, Wildkräuterküche, Heilpflanzen erkennen und richtig anwenden, Baum-Yoga, meditatives Waldatmen ...

»Wir sind heute Morgen vom *Grünen Schwan* aus in den Wengleinpark aufgebrochen«, erklärte Bella. »Gegen Mittag haben wir die Luisenhütte erreicht und eine Vesperpause gemacht – da war Julius noch wohlauf. Nach der Rast habe ich Bestimmungskarten ausgeteilt und die Kursteilnehmer gebeten, auf eigene Faust ein paar Frühlingskräuter zu bestimmen.«

Bauer zog ein Notizbuch aus der Hosentasche und zückte einen Kugelscheiber. »Wann genau haben Sie sich getrennt? Hat jemand auf die Uhr gesehen?«

»Es war fünf Minuten vor zwölf«, verkündete Hermann Dennerlein, ein in Erlangen ansässiger Ingenieur im Ruhestand. Er hatte den Kurs zusammen mit seinem Bruder und seiner Schwägerin gebucht, die nun zustimmend nickten.

»Fünf vor zwölf war Herr Imthal demnach noch am Leben«, stellte Bauer fest und machte sich eine Notiz. »Hat ihn danach noch jemand gesehen? Ich meine: *lebend* gesehen?«

Ratlose Blicke. Achselzucken. Kopfschütteln.

»Nun gut«, seufzte Bauer. »Und wer hat den Toten gefunden?«

Jörg schob die Blondine nach vorn. »Das war Nadja«, erklärte er.

»Nadja und wie weiter?«, fragte Bauer.

»Lipinski«, sagte die Blonde. Sie war so blass wie die Leiche.

»Das war sicher ein Schock für Sie, Frau Lipinski«, sagte Bauer freundlich. »Fühlen Sie sich trotzdem imstande, mir den Hergang zu schildern?«

»Natürlich«, sagte Nadja artig. »Ich ...« Sie rang die Hände und suchte nach Worten.

Bauer nickte ihr aufmunternd zu.

»Ich war schon wieder auf dem Weg bergauf – wir hatten mit Bella vereinbart, uns um eins wieder an der Luisenhütte zu treffen«, erklärte Nadja. »Ich habe gerade ein paar blühende Küchenschellen am Waldsaum fotografiert, als ich am Wegkreuz jemanden sitzen sah. Ich habe mir zuerst nichts dabei gedacht.« Ihre Unterlippe zitterte.

»Sie machen das sehr gut, Frau Lipinski«, behauptete Bauer.

»Erst als ich weiterging und näher herankam, habe ich Julius erkannt«, fuhr Nadja fort, »und dann sind mir seine offenen Augen aufgefallen. Und all das – das Blut.«

»Nadja hat laut geschrien«, fügte Jörg an, »und ich bin ihr zu Hilfe geeilt, so schnell es ging. Die Ärmste war völlig aufgelöst.« Er machte Anstalten, der Blondine tröstend den Arm um die Schultern zu legen.

»Danke, Jörg. Es geht schon«, murmelte Nadja und wich seiner besitzergreifenden Geste geschmeidig aus.

»Wie spät war es, als Sie den leblosen Körper am Wegkreuz bemerkt haben?«, fragte Bauer.

Nadja starrte ihn an. »Wie spät es war? Ich habe keine Ahnung.«

»Aber Sie haben die Fotos von den Pflanzen am Waldsaum – äh, Küchenschellen? – mit dem Handy gemacht?«

Es dauerte eine Weile, bis Nadja begriff, worauf er hinauswollte. »Ach so. Ja, natürlich.« Sie zog ihr Mobiltelefon aus der Gesäßtasche und wischte durch die Fotogalerie. »Das erste Foto ist von zwölf Uhr achtundzwanzig.«

»Danke«, sagte Bauer und klappte sein Notizbuch zu. »Sie dürfen jetzt gehen. Aber ich muss Sie alle bitten, sich bis auf Weiteres zur Verfügung zu halten und morgen Vormittag in die Polizeiinspektion Hersbruck zu kommen – wir müssen Ihre Aussagen schriftlich aufnehmen.« Er wedelte mit der Hand, um klarzustellen, dass *Sie dürfen jetzt gehen* nicht als Gunst, sondern als Befehl gemeint war.

Bella scharte ihre Schäfchen um sich und zählte sie zur Sicherheit noch einmal durch, ehe sie den Rückzug antrat.

»Na, Dieter«, feixte die Rotwangige ihrem Streifenkollegen zu, sobald sie Bella außer Hörweite wähnte. »Das wär doch mal was für dich: meditatives Waldatmen mit einer tonnenschweren Kräuterhexe!«

Dieter kicherte.

Bella tat, als hätte sie nichts gehört. Sie war es gewohnt, dass man lieber über sie als mit ihr sprach, und sie war es gewohnt, dass niemand sie länger als nötig ansah. Es war absurd, aber je mehr sie wog, desto unsichtbarer schien sie zu werden. Um diesem Effekt entgegenzuwirken, trug sie bei der Arbeit einen himbeerfarbenen Kaftan, einen salbeigrünen Filzhut und eine Halskette aus klappernden Muschelschalen – ein Aufzug, in dem die braven Bürger des Landkreises Nürnberger Land selbst am Faschingsdienstag nicht das Haus verlassen würden. Die Botschaft war klar: Seht her, hier bin ich – ob euch das nun passt oder nicht.

Tag 1/Ostermontag/Ruf der Wildnis

»Hast du ernsthaft gedacht, du könntest die ganze Woche lang im Wirtshaus herumhocken?«, fragte Mirjam mit hochgezogenen Augenbrauen.

Kastner, seines Zeichens Kriminalhauptkommissar des Dezernats Eins im Polizeipräsidium Mittelfranken und zurzeit im Urlaub, hatte sich gerade erst den Schlaf aus den Augen gerieben und das Frühstücksbuffet in groben Augenschein genommen.

»Hm«, machte er und warf einen Blick auf die bunte Broschüre, die Mirjam auf seinem – ansonsten noch leeren – Frühstücksteller platziert hatte: *Freizeittipps rund ums Pegnitztal*. Offensichtlich assoziierte der Verfasser des Flyers mit dem Begriff Freizeit ausschließlich körperlich oder geistig anstrengende Tätigkeiten: Klettern, Wandern, Paddeln, Radfahren, Schwimmen, naturkundliche Führungen ...

»Wo sind eigentlich die Kinder?«, fragte Kastner, weniger aus Interesse als zur Ablenkung, und schenkte sich eine Tasse Kaffee ein. »Schlafen die noch?«

»Das sind *Kinder*, Kastner«, erklärte Mirjam mit der aufreizenden Geduld einer Grundschullehrerin. »Die schlafen nicht bis halb zehn, die wollen was erleben. Ich habe schon vor zwei Stunden mit ihnen gefrühstückt, und jetzt koordiniert Jannik draußen im Biergarten die apokalyptische Schlacht diverser Plastikmonster, während Sofie ihm die Welt erklärt.«

»Wunderbar!«, sagte Kastner. »Dann kann ich ja in Ruhe eine Tasse Kaffee trinken und eine Kleinigkeit essen.«

Mirjam trommelte mit den Fingern auf den Wirtshaustisch. »*Du* hast Claudia dazu überredet, sich für den Höheren Dienst zu bewerben«, erinnerte sie ihn, »und *du* hast ihr angeboten, während der Schulung ihre Kinder zu beaufsichtigen. Also, bitte: etwas mehr Engagement!«

Sie hatte recht. Claudia Wolfschmidt, eine junge Kriminalhauptmeisterin, hatte Kastner in der Vergangenheit hin und wieder bei seinen Ermittlungen unterstützt und sich dabei als ausgesprochen fähig erwiesen. Um der alleinerziehenden Mutter die Qualifizierung zur Kommissarin zu ermöglichen, hatte Kastner sich als Babysitter angedient; und Mirjam war mit diesem Arrangement aus frauensolidarischen Gründen einverstanden gewesen – was er ihr hoch anrechnete. Dass Claudias letzter Schulungsblock und die abschließende Prüfung in den Osterferien stattfanden, war eine glückliche Fügung: Den Alltag zweier Schulkinder mit dem eines Kommissars und einer städtischen Angestellten in einer quadratmeterarmen Zweieinhalbraumwohnung in der Nürnberger Südstadt zu vereinbaren, wäre, im Nachhinein betrachtet, sicher schwierig geworden.

Kastner hatte mit seinem Chef, Polizeidirektor Carsten Wismeth, hart darum gerungen, sich über Ostern freinehmen zu dürfen.

»Sie machen mir Spaß!«, hatte Wismeth behauptet und dazu ein Gesicht gemacht, als hätte er in eine Zitrone gebissen. »Erst reden Sie der Wolfschmidt ein, sie müsse Kommissarin werden, und jetzt wollen Sie auch noch Urlaub?«

Kastner wusste genau, was Wismeth missfiel: Claudia hatte als Streifendienstführerin *den Laden im Griff gehabt*, wie sein Chef es ausdrückte. Sie würde eine Lücke hinterlassen, die zeitnah kaum zu füllen war. Aber schließlich hatte er sich durchgesetzt und sich mit Mirjam und Claudias Kindern im beschaulichen Dörfchen Eschenbach im unteren Hirschbachtal einquartiert. Er hatte zwei Gästezimmer in einem Gast- und Tagungshaus namens *Grüner Schwan* gebucht, das alles bot, was man sich wünschen konnte: eine angenehm schlichte Gemütlichkeit, einen lauschigen Biergarten, freundliches Personal und, last, but not least, gutes Landbier und regionale Küche. Nach Kastners Ansicht gab es keinen Grund, sich von diesem Hort der Gastlichkeit weiter als fünfhundert Meter zu entfernen – für einen kleinen Verdauungsspaziergang etwa –, aber Mirjam sah die Sache offensichtlich anders.

»Na gut, Hase«, seufzte er. »Wir können ja nach dem Frühstück einen Plan machen.«

»Ich habe bereits einen Plan!«, lächelte Mirjam.

Während Kastner mittels zweier Rühreier mit Speck und einer mit fränkischen Wurstspezialitäten belegten Semmel den ärgsten Hunger stillte, mietete Mirjam telefonisch einen Kanadier mitsamt Ausrüstung, buchte Zubringer- und Rückholtaxi, studierte auf ihrem Smartphone die aktuellen Wasserstände der Pegnitz und die geltende Kanuverordnung zum Schutz von Natur und Umwelt und fuhr die geplante Route vorab auf einer virtuellen Karte ab. Das bloße Zusehen und Zuhören erschöpfte Kastner derart, dass er sich ohne Weiteres bis zum Mittagessen wieder ins Bett hätte legen können.

Mirjam kannte kein Pardon. »Und los«, rief sie, kaum dass er sein Frühstücksbesteck aus der Hand gelegt hatte.

*

»Juhu«, johlte Jannik, als das Boot eine Stromschnelle hinunterschoss, und fuchtelte mit seinem Paddel herum. Kastner zog den Kopf ein, um einen offenen Nasenbeinbruch zu vermeiden.

»Hör mit dem Gehampel auf, du Affe«, wies Sofie ihren kleinen Bruder zurecht. »Wenn wir umkippen, ertrinkst du als Erster, weil du nämlich nicht schwimmen kannst.« Die Dreizehnjährige thronte mit der Haltung einer höheren Tochter im Kajak: den Rücken kerzengerade, das Kinn erhoben, den Arm mit dem Paddel elegant abgewinkelt.

»Gar nicht wahr!«, schrie Jannik empört. »Ich hab den Freischwimmer! Und eine Schwimmweste!«

»Das nützt nix«, erklärte Sofie. »Die fiese Strömung packt dich wie eine Schnappfalle einen fetten Biber und zieht dich immer weiter hinunter; und dann läuft dir das Wasser mitsamt den ganzen ekligen Algen und Würmern in die Nase und in den Mund ...«

»Ist ja gut jetzt«, schnaubte Mirjam von hinten. »Wir werden nicht kentern. Aber wir müssen weiter nacht rechts ... *Rechts*, Kastner! Das *andere* Rechts! Du musst schon mitpaddeln, ich kann nicht alles alleine machen!«

Kastner tat pflichtschuldig, wie ihm geheißen. Obwohl es ein lauer Apriltag war, lief ihm der Schweiß in Strömen den Rücken hinunter. Er verfügte durchaus über nautische Erfahrung – während seiner Gymnasialzeit hatte er mit seiner Jugendliebe Yvonne aus der Parallelklasse eine Tretbootfahrt über den Nürnberger Dutzendteich unternommen –, aber dies hier war definitiv etwas anderes: Lediglich eine dünne Gummiwand trennte seinen Körper von dem reißenden Strom, seine Beine waren blutstauend angewinkelt, und er hatte Mühe, das Gleichgewicht zu halten. Dazu musste er noch den zappeligen Jannik und die superschlaue Sofie im Auge behalten und die Anweisungen befolgen, die Mirjam von hinten gab – für beschauliche Naturbetrachtung blieb da wenig Zeit.

Und jetzt vibrierte auch noch sein Handy.

Das konnte eigentlich nur Claudia sein. Sie hatte seit gestern schon zweimal angerufen, vermutlich, weil sie seinen pädagogischen Fähigkeiten nicht recht traute.

»Claudia?«, schrie er gegen den tosenden Strom an, nachdem es ihm gelungen war, das Mobiltelefon aus dem Plastikbeutel zu pfriemeln, in den er es vorsorglich eingeschlagen hatte. »Hier ist alles in Ordnung, den Kindern geht es gut. Kann ich dich später zurückrufen? Wir rasen gerade in einem Gummiboot die Niagarafälle runter!«

»Kastner? Es tut mir wirklich leid, Sie im Urlaub stören zu müssen«, sagte eine Stimme, die ganz sicher nicht die von Claudia war. »Aber, nun ja, wir haben da im Pegnitztal eine Leiche, die vermutlich keines natürlichen Todes gestorben ist ...«

»Muss das jetzt sein, Kastner?«, rief Mirjam von hinten. »Wenn das Claudia ist, dann ruf sie doch bitte später zurück – da vorne kommt wieder eine Stromschnelle!«

Jannik beugte sich weit über den Bootsrand und krähte: »Boah, Leute, schaut mal! Da ist ein voll fetter Fisch! Das ist bestimmt ein Walfisch!«

»Wale sind keine Fische!«, schnaubte Sofie. Wie immer hatte sie recht und verfehlte mit ihrer Argumentation dennoch knapp den Punkt: Selbst wenn Wale Fische gewesen wären, hätten sie sich die Bäuche wohl kaum im flachen Süßwasserflussbett der Pegnitz aufgeschürft.

Mirjam schrie: »Nach *links*, Kastner! *Links*!«

»Kastner?«, fragte die Stimme aus dem Telefon. »Was rauscht denn da so? Hören Sie mich?«

Der Kanadier trudelte in die Stromschnelle, verhakte sich an einem unsichtbaren Hindernis und drehte sich wie ein Kreisel um die eigene Achse. Sofie kreischte hysterisch, Mirjam fluchte wie ein Bierkutscher. Jannik beugte sich noch ein Stück weiter vor und spähte angestrengt ins Wasser. »Das ist ein Killerwal!«, stellte er fest und holte mit dem Paddel aus, um die Bestie zu erlegen.

Ehe Kastner nach ihm greifen konnte, kippte der Junge wie ein Stein über Bord.

*

Ein Grüppchen junger Kajakfahrer in neonbunter Kleidung applaudierte im Vorbeifahren ironisch, als Kastner mit Jannik unter dem Arm ins Trockene kletterte. Vom Ufer aus betrachtet stellte sich die Situation wenig dramatisch dar, wie Kastner zugeben musste: Die Pegnitz plätscherte gemütlich durch ihre breite, von frischgrünen Erlen und Weiden gesäumte Aue, und die Stromschnellen waren nicht mehr als kurze Abschnitte mit geringfügig munterer Strömung. Als er in den Fluss gesprungen war, um Jannik vor dem Ertrinken zu retten, hatte er sich wie Indiana Jones gefühlt – aber das Wasser war dem Jungen nur bis zur Hüfte gegangen.

»Postpubertäre Ignoranten«, schimpfte Mirjam den Kajakfahrern hinterher, während sie den Kanadier an Land zog. Dann küsste sie Kastner auf den Mund. »Das war sehr tapfer von dir.«

Sofie hielt ihrem pitschnassen Bruder eine routinemäßige Standpauke, die Jannik ebenso routinemäßig von sich abgleiten ließ.

»Wenn Kastner den Killerwal nicht mit seiner Arschbombe verscheucht hätte, dann hätte ich den gefangen«, beharrte er.

Unterdessen telefonierte Mirjam mit dem Bootsverleih. »Wir hatten einen direkteren Kontakt zum nassen Element, als uns lieb war«, erklärte sie eloquent, führte die noch kühlen Außentemperaturen und die Verantwortung für fremde Kinder ins Feld und übermittelte ihre aktuellen GPS-Daten. Eine Viertelstunde später kam das Rückholtaxi und brachte sie zurück in den *Grünen Schwan*, wo Mirjam den zähneklappernden Jannik mit einer Wärmflasche ins Bett packte. Sofie zog sich ebenfalls zurück, um ihren Freundinnen per WhatsApp mitzuteilen, wie knapp ihr Bruder dem Tod entronnen war. Vermutlich unter dem Titel *Mein schönstes Ferienerlebnis*.

Kastner nahm zuerst eine heiße Dusche, dann ein kühles Landbier und anschließend einen Schmorbraten vom regional aufgewachsenen Biorind.

»Jetzt stell dir mal vor, das wäre schiefgegangen«, sagte Mirjam, die sich für eine Salatplatte mit Frühlingskräutern entschieden hatte, schaudernd. »Wenn Jannik ertrunken wäre, hätte Claudia dir vermutlich bei lebendigem Leib die Gedärme aus der Bauchhöhle entfernt.«

»Davon gehe ich aus«, stimmte Kastner mit vollem Mund zu. Das Biorind wurde von einer sämigen Rotweinsauce mit dezentem Rosmarinaroma, gedämpftem Brokkoli und hausgemachten Spätzle begleitet – eine recht stimmige Kombination.

»Zumal sie ja quasi live dabei war«, sagte Mirjam.

»Live dabei?«, echote Kastner verständnislos.

Mirjam hob die Augenbrauen. »Du hast doch mit ihr telefoniert, als Jannik ins Wasser gefallen ist?«

»Ach du liebe Güte – nein«, erklärte Kastner. »Nein, das war nicht Claudia. Das war Carsten Wismeth.«

Mirjam hob die Augenbrauen noch ein wenig höher und brachte es fertig, gleichzeitig die Stirn zu runzeln. »Dein Chef? Was wollte *der* denn? Hast du etwa vergessen, einen Urlaubsantrag abzugeben?«

»Aber Hase!«, sagte Kastner mit einer wohldosierten Prise gekränkter Unschuld. Mirjam hatte gleichermaßen recht wie unrecht: Er hatte in der Tat keinen Urlaubsantrag abgegeben – aber *vergessen* hatte er es nicht. Er hielt nicht viel von bürokratischem Papierkram – *ein Mann, ein Wort* war seine Devise; und Wismeth hatte ihm die Freizeit ja zähneknirschend zugestanden. Immerhin war Mirjams Frage nach dem Grund von Wismeths Anruf berechtigt – was hatte sein Chef gesagt? Etwas von einer Leiche? Er würde ihn wohl zurückrufen müssen. Kastner tastete seine Hosentaschen nach dem Mobiltelefon ab – vergebens. Natürlich, er hatte sich geduscht und umgezogen. Aber ...

»Was ist los?«, erkundigte sich Mirjam.

»Mein Handy ist weg. Es muss mir aus der Hand gefallen sein, als ich in die Pegnitz gesprungen bin.«

»Na so ein Pech!«, sagte Mirjam mit einer wohldosierten Prise mitfühlenden Bedauerns. »Dann kannst du deinen Chef gar nicht zurückrufen?«

*

»Die Kollegen aus dem Landkreis haben uns offiziell um Hilfe ersucht«, erklärte Carsten Wismeth. »Und wie Sie sehr gut wissen, Kastner, habe ich hier über die Osterferien zu wenig Personal im Präsidium, um mal eben einen Kommissar aufs Land verschicken zu können. Und Sie sind direkt vor Ort – die Kräutergruppe, mit der Imthal unterwegs war, hat im *Grünen Schwan* einen Tagungsraum gemietet. Das ist doch Ihr Urlaubsquartier?«

»Hm«, machte Kastner. Mirjam hatte sich geweigert, ihm ihr Handy zu leihen. *Damit Wismeth dir irgendeine Ermittlung aufs Auge drücken kann? Vergiss es!* Glücklicherweise verfügte der *Grüne Schwan* über einen Festnetzanschluss – einen olivgrünen Siebzigerjahreapparat mit Wählscheibe und Spiralkabel, der in dem schmalen Durchgang zwischen Gastraum und Küche auf einer hölzernen Kommode stand.

»Diese Kräuterfreunde sind selbstredend dringend verdächtig«, fuhr Wismeth fort. »Sie waren zur Tatzeit am Tatort, einer von ihnen hat die Leiche gefunden ... Der zuständige Beamte vor Ort, ein Kommissar Bauer, hat die Leute angewiesen, sich bis auf Weiteres zur Verfügung zu halten – man muss also nicht befürchten, dass die sich gleich in alle Himmelsrichtungen zerstreuen. Kastner? Hören Sie mir noch zu?«

»Ja, ja.«

»Rechtsmediziner und Kriminaltechniker sind bereits informiert und sollten in zwei, drei Stunden am Leichenfundort eintreffen. Es wäre gut, wenn Sie ebenfalls dort erscheinen und sich gleich einen Überblick verschaffen würden. Habe ich schon erwähnt, dass das Opfer Politiker war?«

Das hatte der Polizeidirektor in der Tat bereits erwähnt. Während Wismeth erneut über öffentliches Interesse und Dringlichkeit referierte, nahm Kastner den Telefonhörer vom Ohr und hielt ihn mit ausgestrecktem Arm in Richtung der Küche, in der drei junge Frauen Gemüse schnippelten und in gusseisernen Pfannen rührten. Anders als seinem Chef war es ihm herzlich egal, ob ein Mordopfer zu Lebzeiten prominent gewesen war oder unter einer Brücke geschlafen hatte. Für manche Tötungsdelikte gab es nachvollziehbare Gründe, andere ließen ihn ob ihrer sinnlosen Grausamkeit an der Menschheit zweifeln. Aber so oder so: Von Notwehr einmal abgesehen gab es in seinen Augen keine Ausnahme von der Regel, dass ein Mensch dem anderen nicht das Leben nehmen durfte. Aus dieser Überzeugung heraus war er Kommissar geworden; und er liebte seine Arbeit. Wenn es nach ihm gegangen wäre, hätte er die Mordermittlung sofort übernommen – aber Mirjam würde ihm, völlig zu Recht, die Hölle heiß machen, wenn er den gemeinsamen Urlaub abbrechen und ihr die alleinige Betreuung von Claudias Kindern aufs Auge drücken würde.

Eine Zwickmühle. Es sei denn ...

»Herr Wismeth?«, unterbrach er den andauernden Vortrag seines Chefs. »Ich muss das zuerst mit Mirjam besprechen. Falls sie einverstanden ist, bin ich es auch – unter einer Bedingung ...«

»Bedingung? Was denn für eine Bedingung?«, erkundigte sich Wismeth indigniert. »Sie sind Beamter, Kastner! Ich bin Ihnen gegenüber weisungsbefugt! Und unter uns gesagt: Mir liegt hier kein genehmigter Urlaubsantrag vor ...«

Obwohl Kastner die letzte Bemerkung seines Chefs sauer aufstieß, ging er nicht darauf ein – Wismeth liebte Gefechte auf Nebenschauplätzen und geriet dabei allzu leicht vom Hundertsten ins Tausendste. Am besten kam man mit ihm zurecht, wenn man sich beharrlich aufs Wesentliche konzentrierte und ihn ansonsten in dem Glauben ließ, er hielte die Zügel in der Hand.

»Es ist eher ein Vorschlag«, sagte er treuherzig. »Ich würde gerne vorerst inkognito bleiben.«

Wismeth schwieg.

»Sie haben es selbst gesagt«, führte Kastner aus: »Ich bin direkt vor Ort, ein Urlaubsgast wie jeder andere. Ich schätze, man wird mir mit größerer Offenheit begegnen, wenn ich meinen Beruf nicht sofort an die große Glocke hänge.«

»Ach was?«, sinnierte Wismeth. »Sie meinen – eine Art verdeckte Ermittlung?«

Nein, dachte Kastner, *ich meine einen Aushang am Schwarzen Brett: Ab sofort ermittelt Hauptkommissar Kastner aus Nürnberg inkognito.*

»Das haben Sie ganz richtig verstanden, Herr Wismeth«, sagte er.

»Hm, ich weiß nicht – das klingt irgendwie nach einem schlechten *Tatort*.«

*

»Kommt nicht infrage«, würgte Mirjam Kastners Erklärungen ab, sobald sie den ersten Schock überwunden hatte. »Ich meine: Hallo?! Das hier ist unser erster gemeinsamer Urlaub seit gefühlten zehn Jahren! *Urlaub* in Anführungszeichen ... Normale Menschen buchen Fotosafaris in Kenia oder Trekkingtouren auf Island; oder sie liegen zumindest auf einem bunten Badetuch am Strand von Malle herum und schlürfen Sangria aus Eimern ...«

»Von diesem Teil deiner geheimen Wünsche und Fantasien wusste ich bisher gar nichts, Hase«, unterbrach Kastner seine Lebensgefährtin. Es war immer besser, Mirjam zu bremsen, ehe sie richtig in Schwung kam.

»Was soll das heißen?«, zischte Mirjam. »Glaubst du, *so* sieht mein Traumurlaub aus?« Sie machte eine den lauschigen Biergarten, das malerische Gasthaus und Kastners stattliche Gestalt umfassende Handbewegung und dazu ein Gesicht, als hätte man sie ohne ihr Wissen beim Dschungelcamp angemeldet.

»Ich hab die Sache mit dem Eimersaufen gemeint«, erklärte Kastner und fügte, weil Mirjam ihn irritiert anstarrte, hilfsbereit an: »Du und ich auf einem bunten Badetuch, im Hintergrund ein romantischer Sonnenuntergang über türkisblauem Meer, im Vordergrund hundertzwanzig besoffen grölende, sonnenverbrannte Touristen ...«

»Lenk nicht ab«, sagte Mirjam streng und verschränkte die Arme vor der Brust. »Fakt ist, dass ich meine knapp bemessenen Urlaubstage aus rein partnerschaftlichen Gründen im fränkischen Outback und zusammen mit den betreuungsaufwendigen Kindern *deiner* Kollegin verbringe. Das ist purer Altruismus! Und jetzt stellst du diesen Minimalkonsens infrage, weil irgendjemand hier um die Ecke eine verdammte Leiche im Gebüsch gefunden hat?«

»Deine Empörung ist völlig berechtigt, Hase«, gab Kastner zu. »Und wenn ich könnte, wie ich wollte ... Aber leider bin ich Beamter und muss Wismeths Weisungen Folge leisten.«

Mirjam schnaubte, zündete sich eine Zigarette an und bestellte beim Wirt trotz der frühen Stunde einen halben Liter roten Hauswein. Kastner nutzte die Gelegenheit, um für sich selbst ein Schinkenbrot und ein Seidla Kellerbier zu ordern.

»Immerhin ist es mir gelungen, meine Haut so teuer wie möglich zu verkaufen«, erklärte er.

Mirjam kniff die Augen zusammen. »Was soll das heißen?«

»Ich werde vorerst inkognito ermitteln. Das heißt, wir können weiterhin Urlaub machen – Ausflüge, Brettspiele, solche Sachen. Ich werde einfach nebenbei Augen und Ohren offen halten und das eine oder andere Gespräch führen.«

»Einfach nebenbei? Das soll wohl ein Witz sein.«

Der Wirt stellte das Schinkenbrot und die Getränke auf den Tisch. Er schwieg diskret, offenbar erkannte er den beziehungspsychologischen Ernst der Lage.

»Im Grunde habe ich keine Wahl, Hase«, sagte Kastner.

Mirjam blähte die Nüstern. Sie suchte auf ihrem Wollpulli angestrengt nach Flusen, fand aber keine. »Eine Undercover-Ermittlung – wie in einem schlechten *Tatort*?«, fragte sie rhetorisch. »Wie soll das funktionieren? Jannik wird bestimmt überall herumposaunen, dass du bei der Polizei bist.«

»Ich werde ihm erklären, worum es geht«, sagte Kastner. »Er ist ein heller Kopf, er wird es verstehen.« Er hob sein Bierglas, um mit Mirjam anzustoßen.

Mirjam seufzte, zog das Holzbrettchen mit dem gewürzgurkengarnierten Schinkenbrot zu sich herüber und schnitt sich die gute Hälfte ab.

Kastner saß noch immer mit dem erhobenen Bierglas da.

Mirjam kaute und ließ sich Zeit dabei. »Also gut«, sagte sie schließlich. »Ich beuge mich den Sachzwängen. Aber aufgemerkt!« Sie hob den Zeigefinger. »Es gibt eine Bedingung.«

»Eine Bedingung?«, fragte Kastner indigniert. »Was denn für eine Bedingung?«

»Du fliegst nächstes Jahr mit mir in den Urlaub – Südamerika, Norwegen oder vielleicht Madeira? Für drei Wochen, mindestens. Wir können ja wandern und zelten, dann wird das auch nicht so teuer.«

Kastner schluckte trocken. Mirjams Urlaubstraum war für ihn ein Horrorszenario. Ein Flug in einem von unterbezahlten Technikern gewarteten und womöglich von einem Suizidal-Depressiven gesteuerten Blechsarg, der, entgegen aller Vernunft, das Naturgesetz der Schwerkraft negierte und dessen Ausdünstungen die Atmosphäre des bislang einzigen bewohn- und erreichbaren Planeten im Universum mit einer inakzeptablen Menge an CO_2 verschmutzten – und wofür? Um sich Blasen an den Füßen zu laufen, unbequem zu schlafen und lauwarme Ravioli aus Blechdosen zu löffeln! In Norwegen würde es eisige Ostwinde geben, in Südamerika schwüle Hitze und Ungeziefer, das schwer zu therapierende Krankheiten übertrug – und hier wie da Eingeborene, die lächelnd sein sauer verdientes Geld einstrichen, hinter seinem Rücken über sein holpriges Englisch lästerten und ihren archaischen Göttern jeden Morgen für die Dummheit deutscher Touristen dankten. Er verstand nicht recht, warum ein ansonsten durchaus vernunftbegabter Mensch wie Mirjam diese Zusammenhänge partout nicht begreifen wollte.

»Abgemacht«, sagte er und fühlte sich zum zweiten Mal an diesem Tag wie Indiana Jones. »Du unterstützt mich bei meiner Undercover-Ermittlung, ich fliege nächstes Jahr mit dir wohin du willst. Deal, Hase?«

Mirjam griff endlich nach ihrem Weinglas und stieß mit ihm an.

»Deal!«

*

Der Aufstieg zum Leichenfundort erwies sich als sportliche Herausforderung. Bereits in Eschenbach stieg der Weg über steinerne Stufen steil an, und der Begriff Schwerkraft, den Kastner bisher in der theoretischen Physik verortet hatte, bekam eine unmittelbar sinnlich erfahrbare Brisanz – jede getrunkene Halbe, jeder verzehrte Schweinsbraten oder gemütlich auf dem Sofa verbrachte Abend der letzten Jahre hing ihm wie Blei an den Füßen. Eigentlich ging er gerne zu Fuß – ein beschauliches Reisetempo sagte ihm zu, und in seiner Heimatstadt Nürnberg kam man mit einem Spaziergang oft schneller ans Ziel als mit dem Auto oder öffentlichen Verkehrsmitteln. Die Frankenmetropole verfügte mit der immerhin fünfzig Höhenmeter über dem Niveau des Hauptbahnhofs gelegenen Burg durchaus über ein topographisches Ausrufezeichen – aber verglichen mit dem Albtrauf, den Kastner gerade erklomm, war der Burgberg nicht mehr als ein sanfter Hügel.

Er ließ die letzten Häuser hinter sich und betrat den Wald. Bei einer mittelalterlich anmutenden Turmruine gabelte sich der Weg, und er zog das Faltblatt zurate, das Mirjam aus einem Aufsteller im Eingangsbereich des *Grünen Schwans* gezogen und ihm fürsorglich zugesteckt hatte: *Wegbegleiter Wengleinweg*. Dies musste der Heroldturm sein, ein vom Parkgründer Carl Wenglein, einem Schwabacher Nadelfabrikanten, im frühen zwanzigsten Jahrhundert errichtetes Bauwerk. Offensichtlich hatte Wenglein neben einem Faible für die Natur auch einen Mittelalterspleen gepflegt und mit dem Heroldturm, nun ja, alternative Fakten geschaffen.

Kastner wandte sich nach links und stieg unter den ausladenden Kronen frischgrüner Laubbäume weiter bergauf. Er fühlte sich, als würde er die Annapurna ohne Sauerstoffgerät bezwingen, und er hätte gerne ein, zwei Sherpas zur Seite gehabt, die sich um sein Gepäck kümmerten, denn sein Rucksack schien mit jedem Schritt schwerer zu werden. Mirjam hatte ihm eine Flasche Mineralwasser, zwei Äpfel und eine Tafel Schokolade eingepackt; dazu einen Wollpulli und eine Regenjacke – offensichtlich fürchtete sie, ein Wetterumschwung könne ihn zwingen, über Nacht in der Steilwand zu biwakieren. Das hatte Kastner nicht vor – im *Grünen Schwan* war Spanferkelabend, und er freute sich schon jetzt auf eine Scheibe knuspriges Fleisch und ein würziges Kellerbier.

An jeder Informationstafel des Lehrpfads legte er eine Rast ein und tat, als würde er das Kleingedruckte lesen, während er in Wahrheit nach Luft rang und sich den Schweiß von der Stirn wischte. Er wusste selbst nicht recht, wen er damit hinters Licht führen wollte – außer ihm selbst waren zu dieser späten Stunde nur noch wenige Leute auf dem Wengleinweg unterwegs. Vor dem Infohaus klapperte eine Gruppe älterer Damen mit Nordic-Walking-Stöcken und raschelte mit Butterbrotpapier, in der Ritterschlucht überholte ihn schnellen Schrittes eine Familie mit Kind – alle drei auf eine Weise schweigend, die nahelegte, dass sie darin Übung hatten. An einem Aussichtspunkt, dem sogenannten Malerwinkel, stieß er schließlich auf ein Pärchen Anfang zwanzig, das eng umschlungen auf einem Felsblock saß und sich eine Flasche Bier teilte.

Die jungen Leute grüßten höflich.

»Ist es noch weit bis zur Luisenhütte?«, fragte Kastner.

Der Mann schüttelte den Kopf. »Aber Sie werden trotzdem nicht hinkommen. Da ist alles komplett abgesperrt.«

»Wieso das denn?«, stellte Kastner sich dumm.

»Die haben da oben eine Leiche gefunden«, erklärte die Frau. »Am Wegkreuz ... Es war am Wegkreuz, stimmt's, Schnörpfel?«

Schnörpfel zuckte die Achseln und hob die Bierflasche an die Lippen.

»Jedenfalls hat jemand dem Mann den Schädel eingeschlagen«, beendete die Frau ihren Satz.

»Woher wissen Sie das?« Kastner bemühte sich um einen Gesichtsausdruck rein ziviler Neugier. Er hatte sich schon oft gefragt, wie Tatsachen, Halbwahrheiten und Gerüchte es anstellten, einen abgesperrten Leichenfundort zu verlassen und sich unters Volk zu mischen.

Schnörpfel nahm einen ordentlichen Zug aus der Bierflasche und zeigte dann bergauf. »Gehen Sie einfach weiter bis zum Absperrband«, schlug er Kastner vor. »Da steht so ein Rentner rum, der den Toten kannte und angeblich dabei war, als er gefunden wurde. Der wird Ihnen das alles und noch viel mehr erzählen, ob Sie es nun hören wollen oder nicht.«

*

Vor dem Plastikband mit der Aufschrift *Polizeiabsperrung – Betreten verboten* hatten sich tatsächlich ein paar Neugierige versammelt: die Familie mit Kind, die in der Ritterschlucht an Kastner vorbeigezogen war, sowie drei ältere Herrschaften – zwei Männer und eine Frau in rot karierten Hemden und beigen Wanderhosen. Das Zentrum des Geschehens, das Wegkreuz, war von hier aus nicht zu sehen, aber einen Steinwurf hangaufwärts durchkämmten Kriminaltechniker in weißen Schutzanzügen das Unterholz nach Spuren. Kastners Erscheinen unterbrach ein Gespräch, bei dem einer der Senioren – ein stattlicher und äußerst rüstig wirkender Herr, dessen Oberlippe ein weißborstiger Walrossbart zierte – mit weittragender Stimme das Wort geführt hatte.

Der Neuankömmling wurde neugierig gemustert.

»Polizeiabsperrung? Was ist denn passiert?«, fragte Kastner, um sich als Zivilist und Spaziergänger auszuweisen.

»Ach«, sagte die ältere Dame und zeigte mit dem Finger auf ihn. »Wir kennen uns doch? Aus dem *Grünen Schwan*? Gestern Abend?«

Kastner erinnerte sich – die drei Senioren hatten am Nebentisch gesessen und einige Schoppen Frankenwein gepichelt. Er nickte der Frau freundlich zu, was offensichtlich genügte, um von den Schaulustigen als einer der ihren akzeptiert zu werden.

»Wir haben vor ein paar Stunden da oben am Wegkreuz einen Toten gefunden«, erklärte der Walrossbart und schloss die anderen beiden Rotkarierten gestisch mit ein. »Der Mann war ein Kurskollege von uns – wir haben zusammen eine Kräuterführung durch den Wengleinpark gemacht und den schönen Frühlingstag in der blühenden Natur genossen ... Während der Mittagspause haben wir noch mit Julius geplaudert, und eine halbe Stunde später standen wir dann vor seiner Leiche!«

Der Familienvater, ein dackeläugiger Brillenträger Mitte dreißig, hing an seinen Lippen. Die Familienmutter, eine muskulöse Blondine Ende zwanzig, hielt dem Familienkind die Ohren zu.

»Können wir jetzt *bitte* gehen, Mario?«, zischte sie ihren Mann an. »Wie oft willst du dir das noch anhören?«

»Ich hab dem armen Julius den Puls gefühlt«, ergänzte der Walrossbart im Plauderton. »Man will sich ja nicht der unterlassenen Hilfeleistung schuldig machen. Obwohl es an seinem Tod eigentlich keinen Zweifel gab – überall Blut und Knochensplitter.«

»Das ist ja krank«, sagte die Frau angewidert. Ihr Kind, ein etwa sechsjähriger Junge, versuchte vergeblich, seine Ohren aus ihrem Klammergriff zu befreien.

»Wie recht Sie haben!«, stimmte der Senior jovial zu. »Die zunehmende Verrohung der Gesellschaft gibt einem wirklich zu denken ...«

»Ja, früher war alles besser!«, schnappte die Frau. »Hexenverbrennungen, Pest, Kolonialismus, zwei Weltkriege – das reine Idyll. Ich schätze, in der guten alten Zeit wären Sie auch nicht hier herumgestanden und hätten vor den Ohren eines Kindes sensationslüstern die blutigen Details eines Verbrechens erörtert?«

Mario räusperte sich. »Sie müssen Cordula entschuldigen«, sagte er, »sie hat gerade ihre ... sie hat heute einen schlechten Tag.«

Der Sprecher der Seniorengruppe nickte verständnisvoll.

Mario zückte sein Handy, stellte sich auf die Zehenspitzen und fotografierte einen der Kriminaltechniker oben am Hang. »Schade, dass man die Leiche von hier aus nicht sehen kann.«

»Haben Sie Bluetooth?«, fragte der Walrossbart. »Ich habe ein paar Fotos gemacht – wenn Sie wollen, kann ich Ihnen die Daten übertragen.«

Mario strahlte ihn an. »Wow – das wäre echt nett!«

»Das glaub ich jetzt nicht«, fauchte Cordula. »*Du* empörst dich doch immer lautstark über die Gaffer, die die Rettungskräfte behindern, wenn es auf der Autobahn gekracht hat ...«

»Das ist ganz was anderes«, belehrte Mario seine Gattin. »Ich behindere hier ja niemanden!«

»Ach? Solange man niemanden behindert, ist Gaffen und Fotografieren okay? Gut, dass wir darüber gesprochen haben.« Cordula packte das Kind an der Hand, drehte Mario den Rücken zu und machte sich an den Abstieg ins Tal.

Mario hielt sein Handy neben das des Walrossbarts. »So dramatisch wirkt das gar nicht«, sagte er, als die Fotos der Leiche angekommen waren. »Der sieht ganz friedlich aus.«

»Ja, nicht wahr? Aber wenn Sie reinzoomen, sehen Sie das Blut auf dem Kopf – den armen Kerl hat einer erschlagen. Und es kann nicht lange her gewesen sein, denn die Leiche war noch ganz warm, als wir sie gefunden haben ...«

*

Die Sonne versank im Westen.

Die Senioren in ihren knielangen Wanderhosen begannen zu frösteln und wünschten einen guten Abend, und endlich verschwand auch Mario in den Schatten der anbrechenden Nacht.

Kastner schlüpfte unter dem Absperrband hindurch. Inzwischen war es so finster, dass der schmale Pfad kaum noch zu erkennen war. Von den Kriminaltechnikern war nichts mehr zu sehen – womöglich hatten sie längst ihre Schutzanzüge ausgezogen, ihre Ausrüstung in Alukoffern verstaut und die Heimreise angetreten.

Kastners Herz setzte einen Schlag aus, als etwas über seinen Kopf strich und mit einem schaurig klagenden Schrei zwischen den Bäumen verschwand. Ein Nachtvogel, sagte er sich, ein Uhu oder eine Eule auf Mäusejagd; aber sein Puls beruhigte sich nur langsam. Er war ein Kind der Großstadt, einer menschengemachten Welt aus Lärm und Licht, die der Ratio huldigte – es war eine neue Erfahrung für ihn, dass Vernunft und Logik in einem nachtdunklen Wald wenig Autorität besaßen. Der Einfall, undercover zu ermitteln, erschien ihm hier und jetzt deutlich weniger brillant als am frühen Nachmittag in dem sonnigen Biergarten.

Unvermittelt fiel grelles Kunstlicht durch die Bäume und trieb mit den Schatten jede Mystik aus dem Wald. Im Schein mehrerer LED-Scheinwerfer erkannte Kastner, keine zwanzig Meter bergauf, das Wegkreuz. Er atmete auf: Dort stand Martina Götz und plauderte mit einigen Mitarbeitern, die ihre Hände an dampfenden Bechern wärmten. Eine Thermoskanne ging herum, Zigarettenrauch stieg in den Abendhimmel.

Martina kam Kastner ein paar Schritte entgegen. »Du kommst reichlich spät«, sagte sie zur Begrüßung.

»Tut mir leid. Es gab Verzögerungen.«

Die Chefin der Spusi zwinkerte ihm zu und machte eine einladende Handbewegung. »Willst du dir den Leichenfundort ansehen?«

Kastner zögerte.

»Die Leiche ist allerdings bereits auf dem Weg ins Rechtsmedizinische Institut, und sonst gibt es auch nicht mehr viel zu sehen«, sagte Martina. »Wir haben schon alles eingetütet, was da herumlag. Wer zu spät kommt ...«

»... den bestraft das Leben«, schloss Kastner, obwohl er eher erleichtert war. Er war ein alter Hase in seinem Metier, aber der Anblick gewaltsam ums Leben gekommener Menschen deprimierte ihn nach wie vor.

Er folgte Martina zum Wegkreuz, bereute es aber bald: Auch ohne Leiche war ein Leichenfundort kein x-beliebiger Platz, sondern die Kulisse einer Tragödie. Ein mit Leuchtfarbe markierter Umriss abstrahierte den Körper eines ehemals atmenden und fühlenden menschlichen Wesens auf nahezu groteske Weise. Zwischen zerdrückten Gräsern und losen Steinbrocken standen Pappschilder, die das Sterben in nüchterne Ziffern und Pfeilsymbole fassten. Zwei Fledermäuse zogen ihre Kreise um das Holzkreuz und jagten die Insekten, die das Scheinwerferlicht anlockte.

»Wismeth hat gesagt, der Tote war Politiker?«

Martina nickte. »Julius Imthal, Jurist, Gemeinderat, EU-Kandidat der neoliberalen Partei *Vorfahrt!* und Besitzer einer Geflügelmästerei; dazu ein hohes Tier im Bauernverband und Mitglied diverser Aufsichtsräte. Letzteres muss man sich fachübergreifend denken: ein bisschen Agrochemie, ein, zwei Banken, ein Landgerätehersteller ...«

»Woher weißt du das alles?«, fragte Kastner verblüfft.

Martina nickte zur Runde ihrer rauchenden und Kaffee trinkenden Untergebenen hinunter. »Mein Mitarbeiter Rudi wohnt in Hersbruck und ist bei der Bürgerinitiative Pegnitztalbrücken aktiv. Er kannte Imthal von einer Podiumsdiskussion im Veldener Gemeindezentrum.«

»Bürgerinitiative Pegnitztalbrücken?«, echote Kastner.

»Die Bahn will die Eisenbahnbrücken im Pegnitztal abreißen und die Strecke elektrifizieren«, erklärte Martina. »Unser Mordopfer hat dieses Ansinnen vorbehaltlos unterstützt. Die BI und der Denkmalschutz vertreten eine andere Meinung: In ihren Augen ist das Stahlfachwerk der vorhandenen Brücken historisch wertvoll und erhaltenswert, und sie verweisen auf die negativen Umweltauswirkungen durch den geplanten Abriss und den Neubau von Tunneln und Betonbauten ...«

»Aha«, unterbrach Kastner. »Und woran ist Imthal gestorben? Meine Quellen sprechen von einer Schädelverletzung ... Kann es ein Unfall gewesen sein?«

»Du meinst, Imthal ist unglücklich gestürzt und hat sich mit letzter Kraft zum Wegkreuz geschleppt, um seinen Leib dort malerisch zu drapieren?« Sie schüttelte den Kopf. »Die Kopfwunde liegt oberhalb der Hutkrempenlinie – das heißt, jemand hat dem Mann einen kräftigen Schlag verpasst.«

»Womit?«

»Wir haben etwa fünf Meter hangabwärts einen faustgroßen Steinbrocken mit Blutspuren und Gewebeanhaftungen gefunden ...«

»Eine im wahrsten Sinne des Wortes naheliegende Waffe in dieser steinigen Umgebung«, nickte Kastner. »Das spricht für eine Tat im Affekt. Ist der Leichenfundort auch der Tatort?«

»Ja, mehr oder weniger.« Martina deutete auf einen Felsbuckel etwa einen Meter unterhalb des Wegkreuzes. »Aus der Verteilung der Blutspritzer schließen wir, dass Imthal dort erschlagen wurde. Anschließend hat jemand seinen leblosen Körper zum Wegkreuz gezerrt und mit dem Rücken dagegengelehnt.«

»Warum wohl?«, überlegte Kastner laut. »Warum riskiert man, Spuren auf der Leiche zu hinterlassen oder entdeckt zu werden, anstatt sich möglichst schnell aus dem Staub zu machen?«

Martina sog die kühle Nachtluft ein und stieß sie wieder aus.

»Wenn er im Affekt zugeschlagen hat, könnte er es hinterher bereut haben«, spann Kastner seinen Gedanken weiter. »Womöglich hat das Opfer noch gelebt, und er wollte es ihm etwas bequemer machen? Oder ganz im Gegenteil – er wollte ein Ausrufezeichen hinter seine Tat setzen und uns mit dieser Inszenierung irgendeine Botschaft übermitteln?«

»Erwartest du, dass ich diese wilden Spekulationen kommentiere?«, erkundigte sich Martina.

»Natürlich nicht«, sagte Kastner. »Bleiben wir bei den Fakten: Gab es einen Kampf? Hat das Opfer sich gewehrt?«

»Auf den ersten Blick sieht es nicht danach aus. Allerdings war der Inhalt von Imthals Rucksack teilweise herausgezerrt und verstreut – ob das vor oder nach seinem Tod passiert ist, kann ich dir eventuell nach der Laboruntersuchung sagen.«

»Ein Raubmord?«

»Falls ja, ging es nicht um Geld«, erklärte Martina. »Imthals Geldbörse war noch da, inklusive Kreditkarten und Bargeld. Wir haben jedoch kein Handy gefunden.«

»Vielleicht hatte er keins dabei?«

»Ich bin sicher, du wirst es herausfinden!«

»Hm«, machte Kastner. »Was habt ihr sonst eingesammelt?«

»Kronkorken, Kippen, Kaugummis, Bonbonpapierchen und Schokoriegelverpackungen, dazu drei Apfelbutzen, eine leere Energydrinkdose sowie einen Haufen Erbrochenes. Man könnte meinen, die Parkverwaltung hätte den Mord begangen, damit hier endlich mal wieder jemand richtig sauber macht. Wir haben Gipsabgüsse von Fußspuren der Größen achtzehn bis fünfundvierzig und den Reifenabdrücken diverser Mountainbikes genommen und einen Perlenohrring, ein Medaillon mit dem Konterfei des heiligen Antonius und einen Angelhaken eingetütet ...«

»Einen Angelhaken? Hier oben auf dem Berg?«

»Es handelt sich um einen Drillingshaken aus Kohlenstoffstahl in Größe acht, geeignet für Raubfische wie Hecht und Forelle«, führte Martina aus und fügte grinsend an: »Meine Mitarbeiter haben viele Talente – Rudi zum Beispiel ist nicht nur ein Freund der Pegnitztalbrücken, sondern auch passionierter Angler.«

»Du erwähnst diesen Rudi auffallend oft«, schoss Kastner ins Blaue. »Seit ihr näher bekannt?«

»Wir haben schon mal ein Feierabendbier zusammen getrunken«, gab Martina ungerührt zurück.

Martina Götz aus der Reserve zu locken war ein schwieriges Unterfangen. Kastner kabbelte sich beruflich seit vielen Jahren mit ihr, aber über ihr Privatleben wusste er kaum etwas. Durch die Flure des Polizeipräsidiums in Nürnberg geisterten Gerüchte, die unterschiedlicher nicht hätten sein können: Die einen waren überzeugt, Martina pflege seit Jahren ein Verhältnis mit einem verheirateten Mann in hoher Position (im Gespräch war sogar der Polizeipräsident höchstselbst); andere behaupteten, sie lebe aus Gründen, die nichts mit dem schwesterlichen Teilen von Lebenshaltungskosten zu tun hatten, mit einer Frau zusammen. Mangels fundierter Informationen hatte Kastner keine eigene Meinung zu dem Thema, aber er bewunderte Martina für die Grandezza, mit der sie all das müßige Getuschel von sich abperlen ließ.

Über dem nachtdunklen Wald schimmerten die Sterne, es war inzwischen eisig kalt. Kastner zog den Wollpulli aus seinem Rucksack und schlüpfte hinein. Obwohl sein Magen laut knurrte, ließ er die Äpfel und die Schokolade links liegen – es gab einen Grad an Hunger, den man nicht mit artigen Nippes stillen konnte. Vor seinem geistigen Auge erschien ein saftiger Spanferkelbraten mit Kloß und Soß, aber er hätte sich inzwischen auch mit vier fränkischen Bratwürsten und einer Portion Sauerkraut zufriedengegeben. Ein Blick auf sein Handy belehrte ihn eines Schlechteren: Es war nach zweiundzwanzig Uhr. Er konnte von Glück sagen, wenn die Küchenperlen im *Grünen Schwan* ihm aus reinem Mitleid noch ein Wurstbrot servieren würden.

»Kann ich mit euch runter ins Tal fahren?«, fragte er Martina.

»Klar«, sagte die Chefin der KTU. »Ach ja, ehe ich es vergesse ...« Sie kramte in ihrer Jackentasche und zog ein Handy heraus. »Das ist dein neues Mobiltelefon. Mit allen relevanten Nummern und einem schönen Gruß von Carsten Wismeth.«

Tag 2/Dienstag/Brothers in Frankenwein

»Eine verdeckte Ermittlung?« Karlheinz Bauer, der Hersbrucker Kommissar, der das Tötungsdelikt aufgenommen und vernünftigerweise sofort das Polizeipräsidium Mittelfranken eingeschalten hatte, richtete seine kohlschwarzen Augen auf einen Punkt knapp hinter Kastners linker Schulter und strich sich mit kräftigen Fingern nachdenklich durch den krausen Bart. Er hatte die langen Beine übereinandergeschlagen und versuchte ebenso geübt wie vergeblich, sie unter dem Normschreibtisch zu verstauen, der einem Beamten seiner Gehaltsklasse zustand. »Unter uns gesagt: Das klingt irgendwie nach einem schlechten *Tatort*.«

Das hatte Kastner nun schon öfter gehört, bislang allerdings noch nicht aus dem Mund eines Mannes, den ein Krimiproduzent mit Kusshand als Außendienstmitarbeiter eines mafiös strukturierten arabischen Familienclans besetzt hätte. Er verkniff sich ein Schmunzeln und legte dem Kollegen die Vorteile dar, die sich seiner Meinung nach daraus ergaben.

Bauer hörte geduldig zu und zuckte dann die Achseln: »Wie dem auch sei, ich bin froh, dass Sie den Fall übernehmen. Mit Einbruchdiebstahl, Körperverletzung und Unfallflucht kenne ich mich aus, aber Mord ist definitiv nicht mein Fachgebiet.«

»Wir werden wohl eher zusammenarbeiten«, stellte Kastner klar. »Ich bleibe inkognito, Sie bleiben der leitende Ermittler. Sonst funktioniert die Sache ja nicht.«

Bauer nickte. »Die Teilnehmer des Kräuterkurses sind dringend tatverdächtig, nehme ich an? Sie kannten das Opfer, waren zur Tatzeit am Tatort ...«

»Bessere Verdächtige kann man sich kaum wünschen«, stimmte Kastner zu, erfreut darüber, dass hier jemand mitdachte.

Bauer strich sich einmal mehr durch den Bart, holte einen Schnellhefter aus der Schreibtischschublade und schob ihn zu Kastner hinüber. »Das ist eine Kopie der Ermittlungsakte. Viel haben wir noch nicht, aber wir haben die Kräuterfreunde heute Vormittag befragt. Sie haben einen recht harmlosen Eindruck auf mich gemacht – sie waren kooperativ, haben freiwillig ihre Fingerabdrücke und eine DNA-Probe abgegeben und ihre Wanderschuhe für einen Profilabgleich zur Verfügung gestellt. Nun ja, mehr oder weniger freiwillig.« Bauer schmunzelte. »Einer von ihnen, ein junger Mann namens Tom Gellert, hat zunächst befürchtet, wir wären im Auftrag des Überwachungsstaates unterwegs, um den gläsernen Bürger noch besser auszuleuchten. Aber schließlich hat auch er sich überzeugen lassen. In den Aussagen der Kursteilnehmer gibt es weder Widersprüche noch Hinweise auf ein Motiv. Alle geben an, Imthal vor Kursbeginn nicht gekannt zu haben.«

Kastner widerstand der Versuchung, durch seinen eigenen Bart zu streichen. Normalerweise war er glatt rasiert – Polizeidirektor Wismeth legte Wert auf ein gepflegtes Erscheinungsbild seiner Beamten. Übers Wochenende oder im Urlaub ließ Kastner den Rasierapparat jedoch gerne mal in der Schublade liegen, und deshalb spross zurzeit etwas auf seinen Wangen, das Mirjam despektierlich ein Fünftagesgestrüpp nannte. Obwohl sie einen gepflegten Vollbart an Kinohelden oder Fußballspielern nach eigener Aussage ziemlich sexy fand, beschwerte sie sich bei Kastner umgehend über piksende Stoppeln und drohende Verwahrlosung, sobald er diesen Vorbildern auch nur annähernd nahekam. Er hatte es seit Langem aufgegeben, seine Lebensgefährtin auf die Folgewidrigkeit ihrer Botschaften hinzuweisen – launenhafte Inkonsequenz war vermutlich schon seit Jahrmillionen ein Vorrecht des weiblichen Geschlechts und musste wohl irgendeine evolutionäre Relevanz für das Überleben der menschlichen Spezies haben.

»Ich bin offen für andere Ermittlungsansätze«, sagte er. »Falls Sie in Imthals privatem oder politischem Umfeld jemanden mit einem schlüssigen Motiv finden, der es geschafft hat, zur Tatzeit an diesem entlegenen Tatort zu sein und von dort wieder zu verschwinden, ohne von den anderen Kursteilnehmern bemerkt zu werden, soll es mir recht sein. Ich halte nur eines für unwahrscheinlich: dass Imthal mitten im Wald zum Zufallsopfer irgendeines Psychopathen geworden ist.« Er tippte auf die Ermittlungsakte. »Darf ich mir das mitnehmen?«

»Natürlich«, nickte Bauer. »Die Aussagen der Kräuterfreunde kann ich Ihnen auch als Audiodatei zukommen lassen, wenn Sie möchten.«

»Vielen Dank. Fürs Erste wird die Schriftform genügen, denke ich.« Kastner verstaute die Akte in seinem Rucksack, stand auf und schüttelte dem Kollegen die Hand. »Sobald die rechtsmedizinischen und kriminaltechnischen Ergebnisse vorliegen, sollten wir uns wieder zusammensetzen und das weitere Vorgehen besprechen ... Ich freue mich auf unsere Zusammenarbeit!« Er meinte, was er sagte – KK Bauer schien ihm ein wacher Kopf zu sein, und er fand ihn recht sympathisch. An der Tür hielt er noch einmal inne. »Wollen wir du sagen?«, schlug er vor.

»Karlheinz«, sagte Bauer.

»Kastner«, sagte Kastner.

*

»Mir graut vor der Prüfung«, sagte Claudia. »Ich sitze von früh bis spät über den Unterlagen und kaue mir die Fingernägel wund.«

»Du schaffst das!«, sprach Kastner seiner Kollegin am Telefon Mut zu. »Ich *weiß*, dass du es schaffst.«

»Ich fürchte, Kriminal- und Rechtstheorie sind nicht so mein Ding. Ich bin wohl eher praktisch veranlagt. Felix dagegen ist voll in seinem Element – er plant schon seine weitere Karriere zum Hauptkommissar und anschließend zum Polizeidirektor.«

Kriminalhauptmeister Felix Wernreuther, wie Claudia bisher im Streifendienst tätig und im Bedarfsfall zu Kastners Unterstützung abkommandiert, nahm ebenfalls an der modularen Schulung teil. Was Ehrgeiz und Selbstbewusstsein anging, überflügelte er seine Kollegin locker; in allen anderen Bereichen hatte er, nach Kastners Einschätzung, einige Defizite.

»Du wirst Felix in allen prüfungsrelevanten Disziplinen deklassieren«, gab er seiner Hoffnung Ausdruck.

»Man kann die Prüfung nur bestehen oder nicht bestehen«, stellte Claudia nüchtern fest. »Und wie läuft's bei euch? Rufst du aus einem bestimmten Grund an? Ist mit den Kids alles in Ordnung?«

»Alles bestens«, erklärte Kastner. »Mirjam und die Kinder haben sich Fahrräder ausgeliehen und sind entlang der Pegnitz nach Vorra geradelt. Soviel ich weiß, wollen sie in einer Pizzeria Spaghetti essen, danach eine kleine Wanderung machen und nachmittags mit der Pegnitztalbahn zurück nach Hohenstadt fahren – das ist hier der nächstgelegene Bahnhof. Später sind wir zu einer Runde Uno verabredet.« *Lassen deine Ermittlungen das zu?*, hatte Mirjam beim Frühstück gefragt, ehe er mit ihrem klapprigen Toyota zur Polizeidienststelle Hersbruck aufgebrochen war, um mit Bauer zu sprechen. *Aber natürlich!*, hatte er beteuert. *Was könnte meinem Inkognito zuträglicher sein, als den frühen Abend mit harmlosen Gesellschaftsspielen im Kreise meiner Lieben zu verbringen?*

»Ach. Und was machst *du* so?«, fragte Claudia.

»Oh, tja ...« Kastner war versucht, seiner Kollegin von dem Leichenfund im Wengleinpark zu erzählen und sie nach ihrer Meinung zu fragen – bestimmt wäre ihr etwas dazu eingefallen. Aber er verkniff es sich. Claudia sollte sich voll und ganz auf die Prüfung konzentrieren. Die Vorstellung, sie könnte aus einem banalen Grund wie Prüfungsangst scheitern, während Wernreuther mit Wichtigtuerei und kurzfristig angelesenem Wissen alle beeindruckte, war ihm mehr als zuwider. Wernreuthers Ego würde sich zu einem Roten Riesen der Selbstgefälligkeit aufblähen; und Carsten Wismeth, dem sich der junge Beamte bei jeder Gelegenheit andiente, würde ihm mit Sicherheit eine Stelle im Dezernat Eins beschaffen. Direkt an Kastners Seite ...

»Ich hatte heute Morgen das Gefühl, es könnte eine Erkältung im Anflug sein«, flunkerte er, »deshalb bin ich nicht mitgefahren. Aber jetzt geht es schon wieder.«

»Hm«, machte Claudia. »Sind Sofie und Jannik halbwegs brav?«

»So fromm wie neugeborene Lämmer«, behauptete Kastner.

Claudia lachte, dann wurde sie ernst. »Sag mal – reicht das Geld, das ich euch für die beiden mitgegeben habe? Ich meine, ich weiß, wie das ist – hier noch ein Eisbecher, da noch eine Cola ...«

»Alles gut«, unterbrach Kastner. Claudia war einige Gehaltsstufen unter ihm eingruppiert und als Alleinerziehende immer knapp am Limit. Trotzdem – oder wohl eher deshalb – wollte sie sich nichts schenken lassen.

»Dass ihr euch um meine Kinder kümmert, ist freundlich genug«, sagte Claudia. »Ich will nicht, dass ihr sie auch noch durchfüttert.«

»Das würde uns nicht im Traum einfallen«, log Kastner. »Falls das Geld knapp wird, setze ich Jannik und Sofie einfach auf Butterbrot und Leitungswasser. Da bin ich knallhart.«

»Ich meine es ernst, Kastner«, sagte Claudia.

»Ich auch«, behauptete Kastner.

*

Nach dem Telefonat mit Claudia griff Kastner nach der Ermittlungsakte und setzte sich in den Biergarten. Bis auf zwei rauchende Küchenhilfen, die unter dem Dachvorsprung mit gedämpften Stimmen ein gestenreiches Gespräch führten, war der Biergarten leer. Die meisten Feriengäste des *Grünen Schwans* waren Pärchen oder Familien, die tagsüber Ausflüge unternahmen; und die wenigen älteren Herrschaften waren vermutlich zu einem Spaziergang ins *Café Jakobsklause* aufgebrochen und vor dem auffrischenden Wind in die Gaststube geflohen – am Himmel waren graue Wolken aufgezogen. Kastner bestellte sich einen Cappuccino und einen gedeckten Apfelkuchen und schlug die Akte auf.

Zuvorderst gab es ein kurzes Porträt des Opfers: Julius Imthal, geschieden und kinderlos, war nur fünfundvierzig Jahre alt geworden. Er war gebürtiger Hersbrucker und lebte seit seinem fünften Lebensjahr in Velden an der Pegnitz, zwischen 2007 und 2013 war er mit Zweitwohnsitz in München gemeldet gewesen – er hatte eine Legislaturperiode lang im Bayerischen Landtag gesessen. Als nächste Angehörige war eine Tante mütterlicherseits vermerkt, eine achtzigjährige Dame namens Doris Rittmann, welche die Leiche ihres Neffen im rechtsmedizinischen Institut in Erlangen identifiziert hatte – *ohne sonderliche Gemütsregung*, wie jemand, vermutlich KK Bauer, handschriftlich mit blauem Kugelschreiber ergänzt hatte, *dafür aber mit großem Interesse an der Frage, ob der Freistaat Bayern ihr die Auslagen für die Anreise erstatten würde*. Die Handschrift des Hersbrucker Kommissars war markant: Die Großbuchstaben standen aufrecht wie Soldaten beim Appell, die kleinen drängten sich aneinander wie frierende Pinguine bei starkem Westwind.

Kastner blätterte um, fand aber nur noch die grobkörnige Kopie eines Fotos, das vermutlich aus Imthals Personalausweis herausvergrößert worden war – die Frontalansicht eines blassen, für einen Mittvierziger recht kindlich wirkenden Gesichts, an dem außer der professoralen Hornbrille nur auffiel, dass es absolut unauffällig aussah.

Da blieben viele Fragen offen, selbst wenn man, wie Kastner, durch das Insiderwissen von Martinas Mitarbeiter Rudi über einige ergänzende Informationen verfügte. Gab es eine Freundin oder Lebensgefährtin? Ärger mit der Exfrau? Enge Freunde oder erklärte Feinde? Irgendwelche politischen Skandale? Wie stand es um Imthals Finanzen?

Der Kellner brachte Kaffee und Kuchen.

Kastner bedankte sich, schlürfte den Milchschaum vom Cappuccino und überdachte seine Möglichkeiten. Claudia, die ihm ruck, zuck ein ausführliches Dossier über das Opfer erstellt hätte, wollte er nicht anrufen, und Kommissar

Bauer schon am Tag nach dem Leichenfund mit Nachfragen zu nerven, erschien ihm auch keine gute Idee. Glücklicherweise entdeckte er auf seinem neuen Smartphone einen Button, der eine Verbindung mit dem World Wide Web verhieß – eine Institution, die vermutlich mehr über Imthal wusste als Kommissar Bauers Ermittlungsteam. Er tippte hoffnungsvoll mit dem Zeigefinger darauf. Das Handy verlangte umgehend und in recht strengem Ton nach einem drei Megabyte schweren Update, persönlichen Zugangsdaten und einer achtstelligen Identifikationsnummer.

Kastner schaltete das Gerät kopfschüttelnd aus. Der Wettlauf zwischen menschlicher und künstlicher Intelligenz um die Weltherrschaft hatte in seinen Augen eine kritische Phase erreicht – wer hier die Hosen an und wer zu dienen hatte, war längst nicht mehr klar. Die banale mechanische Fähigkeit, der siliziumbasierten Denkkonkurrenz gelegentlich den Stecker zu ziehen, schien ihm eines der letzten Bollwerke menschlicher Überlegenheit zu sein. Vermutlich war es ein Kampf gegen Windmühlen, aber Kastner war entschlossen, seine Haut so teuer wie möglich zu verkaufen.

Er blätterte weiter durch die Ermittlungsakte und überflog die Personalien und Aussagen der Kräuterfreunde. Die Kursleiterin – eine dreiundvierzigjährige Umweltpädagogin namens Isabel Lindemann – war verheiratet, hatte elfjährige Zwillingstöchter und wohnte im Eschenbacher Nachbardorf Fischbrunn. KK Bauer hatte handschriftlich ergänzt: *Der zugehörige Ehemann hat sich vor sechs Monaten auf die Kanarischen Inseln abgesetzt und zahlt keinen Unterhalt.*

Nicht eben die feine englische Art, dachte Kastner.

Frau Lindemann hatte ihre Kursteilnehmer am Ostermontag wie geplant gegen neun Uhr morgens im *Grünen*

Schwan abgeholt. Sie waren zu elft aufgebrochen – ein Ehepaar namens Mücke hatte sich mit einer akuten Grippe entschuldigt. Im Wengleinpark waren ihnen andere Naturfreunde und Wanderer begegnet: am Abzweig zum Salamanderweg ein Berufskollege von Frau Lindemann, der mit einer Gruppe aus einer inklusiven Kinderbetreuungseinrichtung unterwegs war; zwischen Hartmannshofer Hütte und Infohaus eine gemischte Wandergruppe mit einem großen, schwarzen Hund; am Malerwinkel zwei junge Frauen, die nach dem Weg gefragt hatten – sie wollten nach Vorra, ins Pegnitztal hinunter. *Alle waren auf dem Weg bergab*, hatte KK Bauer notiert.

Zwischen elf Uhr dreißig und elf Uhr fünfundfünfzig hatten die Kräuterfreunde an der Luisenhütte eine Mittagsrast gemacht. Imthal war zu dieser Zeit noch wohlauf gewesen und hatte mit den anderen gevespert und geplaudert – einige erinnerten sich, dass er mit seinem Smartphone fotografiert hatte.

Kastner unterstrich gedanklich das Wort *Smartphone*.

Nach der Rast war Frau Lindemann an der Luisenhütte geblieben, die anderen waren ausgeschwärmt, um Kräuter zu bestimmen. Von da an verlor sich Imthals Spur im Ungewissen: Niemand konnte (oder wollte) sich erinnern, ob er allein oder in Begleitung aufgebrochen war oder welche Richtung er eingeschlagen hatte, und niemand wollte ihn nach der Rast noch einmal getroffen oder eine Nachricht von ihm erhalten haben. Bis, etwa um zwölf Uhr dreißig, eine Nadja Lipinski – siebenunddreißig, ledig, Heilpraktikerin und wohnhaft in Fürth/Bayern – seinen leblosen Körper bemerkte.

Kastner las Nadja Lipinskis Aussage. Offenbar hatte die Frau einen Schock erlitten, als ihr nach einigen Minuten klar wurde, dass der Mann am Wegkreuz sowohl tot als auch ein Kurskollege war. Auf Bauers Frage, ob sie sich über den Toten gebeugt oder ihn berührt habe und ob ihr sein Rucksack aufgefallen sei, hatte sie geantwortet: *Ich weiß es leider nicht, das ist alles wie hinter einer schwarzen Wand. Ich glaube, ich habe zuerst laut geschrien, und dann ist mir schlecht geworden. Irgendwann war Jörg da und hat versucht, mich zu beruhigen.*

Er blätterte weiter und überflog die Aussage von Jörg Ott, einem achtundvierzigjährigen Einzelhandelskaufmann aus Nürnberg: Die arme Nadja sei nahezu hysterisch gewesen, als er sie etwa zwei, drei Minuten nach ihrem lauten Schrei am Wegkreuz gefunden habe. Sie habe gezittert wie Espenlaub. Ja, er habe sich die Leiche aus der Nähe angesehen und auch den zerfledderten Rucksack bemerkt, und nein, er habe nichts angefasst ...

Aha, dachte Kastner. Er nippte an der Kaffeetasse und verzog den Mund – der Cappuccino hatte inzwischen zum Eiskaffee umgeschult.

»Darf ich mich zu Ihnen setzen?«, fragte jemand und nahm, ohne eine Antwort abzuwarten, auf der Bierbank gegenüber Platz. »Wir haben uns gestern im Wengleinpark getroffen, bei dem Absperrband – Sie erinnern sich?«

Kastner erinnerte sich natürlich – der Walrossbart war unverkennbar, obwohl der Senior heute einen grauen Trachtenjanker über dem rot karierten Hemd trug.

»Hermann Dennerlein«, stellte der Mann sich vor und lüpfte einen imaginären Hut. Sein Blick streifte Kastners Kuchenteller, ehe er sich neugierig an der Ermittlungsakte festsog.

Kastner schlug die Akte zu und legte sie mit der Rückseite nach oben beiseite – auf der Vorderseite standen die mit schwarzem Filzstift geschriebenen und einer verdeckten Ermittlung nicht eben zuträglichen Worte *Todesfall Imthal/Wengleinpark*.

Dennerleins Blick wanderte geschmeidig zurück auf Kastners Teller. »Der Kuchen sieht sehr lecker aus ... Sie machen hier Urlaub? Ein paar freie Tage mit Frau und Kindern, Ausflüge, den Frühling genießen?« Er ließ seine Worte in der Luft hängen und sah sich in dem menschenleeren Biergarten um, als hoffe er, Kastners Familie unter einem der Tische versteckt zu entdecken – offenbar gab es ihm zu denken, dass er Kastner nun schon zum zweiten Mal alleine antraf.

»Meine Lebensgefährtin macht mit den Kindern eine Radtour«, verteidigte sich Kastner reflexhaft.

Dennerlein winkte dem Kellner und bestellte sich ebenfalls einen Apfelkuchen, dann deutete er auf die Ermittlungsakte. »Und Sie haben sich ein bisschen Arbeit aus dem Büro mitgenommen?«

»So ist es.«

Dennerlein lächelte. »Das kenne ich – ich habe mehr als dreißig Jahre als Ingenieur bei der KWU in Erlangen gearbeitet, und zwar in einer recht verantwortungsvollen Position. Ich musste mir auch gelegentlich Arbeit mit in den Urlaub nehmen.«

Kastner kramte in seiner Erinnerung. »KWU – Kraftwerk Union? War das nicht ein gemeinsames Tochterunternehmen von Siemens und AEG, das Kernkraftwerke gebaut hat?«

Dennerlein nickte. »Tschernobyl und Fukushima haben die Atomenergie ja etwas in Verruf gebracht«, gab er zu. »Aber wie will man dem Klimawandel begegnen, aus der Kohle aussteigen und CO_2-neutral Energie gewinnen, ohne die Kernkraft zu nutzen? Das mag in Deutschland gerade noch funktionieren, aber europaweit ist das reine Illusion.«

»Sie glauben, man braucht den Teufel, um den Beelzebub auszutreiben?«, fragte Kastner. *Etwas in Verruf gebracht* schien ihm ein witziger Ausdruck. Genauso gut konnte man sagen, dass radioaktiver Müll *relativ lang* eine *eher ungesunde* Strahlung absonderte oder dass seine Lagerung *ein paar Probleme* aufwarf. Vor den Folgen eines Super-GAUs hatten die Kernkraftkritiker schon lange vor Tschernobyl oder Fukushima gewarnt, und von sicherer Endlagerung sprach niemand mehr laut, seit die Schachtanlage Asse voll Wasser gelaufen war und für mindestens fünf Milliarden Euro Steuergelder saniert werden musste. Auch vierunddreißig Jahre nach Tschernobyl tickte noch der Geigerzähler, wenn man sich einen Wildschweinbraten mit Waldpilzen bestellte – im Vergleich zu den toten, an Krebs erkrankten oder heimatlos gewordenen Menschen sicher ein kleines Übel, aber schon für sich genommen ein K.-o.-Argument gegen die Nutzung der Kernkraft, wie Kastner fand.

»Ich fürchte, da geht es um Fakten, nicht um den Glauben«, behauptete der Senior. Dann nahm er die Ermittlungsakte wieder ins Visier und fragte: »Was hatten Sie gesagt, machen Sie beruflich?«

Dazu hatte Kastner bisher nichts gesagt, wie Dennerlein vermutlich sehr gut wusste. In der Tat brachten ihn erst die zudringlichen Fragen des ehemaligen KWU-Ingenieurs darauf, dass er sich als verdeckter Ermittler längst eine stimmige Legende hätte zurechtlegen müssen.

»Ich bin Beamter«, erklärte er vage.

»Beamter? Das ist gut. Und Ihre Partnerin hat Verständnis dafür, dass Sie sich Arbeit mit in den Urlaub nehmen?«, fragte Dennerlein und deutete einmal mehr auf die Ermittlungsakte. »Meine Ilse – Gott hab sie selig – hatte leider keins. Das liegt wohl daran, dass Frauen naturgemäß andere Prioritäten setzen.«

Der Kellner brachte Dennerleins Apfelkuchen.

»Das kommt vermutlich auf die Frau an«, sagte Kastner. »Meine Lebensgefährtin ist selbst berufstätig – mit Sachzwängen kennt sie sich ebenso gut aus wie ich.«

»Ach«, seufzte Dennerlein, »ja, ja, das ist der Geist der Moderne. Heutzutage verdienen die Frauen ihr eigenes Geld und lassen sich keine Vorschriften mehr machen.« Er nickte nachdenklich und fügte an: »Mir tun nur die Kinder leid. Die armen Würmer werden in Kitas, Horte und Ganztagsschulen abgeschoben, und dann wundert man sich, wenn sie drogenabhängig und kriminell werden und Egoismus mit einer Wertvorstellung verwechseln.« Er hackte ein Stück von seinem Kuchen ab und schob es sich in den Mund. Sein Walrossbart vibrierte, während er kaute. »Ich verstehe durchaus, dass sich die Frau von heute nach Ausbildung oder Studium nicht mehr an den heimischen Herd verbannen lässt«, gab er preis, nachdem er hinuntergeschluckt hatte, »aber die Bindung zwischen Mutter und Kind ist eine starke natürliche Kraft, die man nicht ungestraft negieren kann.«

Die Frau von heute löste bei Kastner Assoziationen mit adrett ondulierten Damen in gestärkten Haushaltsschürzen aus, die ihren Ernährern mit Tränen in den Augen für die Anschaffung eines Kühlschranks dankten. Wäre Mirjam hier gewesen, sie hätte längst die Augenbrauen gehoben und Dennerlein nach der Rolle der Väter gefragt, die ihre Berufstätigkeit vorschoben, um sich vor der unbezahlten und wenig Renommee versprechenden Familienarbeit zu drücken. Aber Mirjam war nicht hier – sie war mit Claudias Kindern unterwegs und leistete unbezahlte und wenig Renommee versprechende Familienarbeit, um ihm seine Berufstätigkeit zu ermöglichen. Damit ihr Engagement nicht umsonst blieb, wechselte er das Thema.

»Ich bin noch immer geschockt von den gestrigen Ereignissen im Wengleinpark«, behauptete er. »Für Sie muss es noch viel schlimmer sein – Sie hatten gesagt, der Tote war ein Kurskollege von Ihnen?«

Der Rentner biss sofort an. »Das ist richtig«, nickte er. »Es war wirklich furchtbar.« Er referierte einmal mehr über den schönen Tag inmitten der blühenden Natur und über Blut und Knochensplitter.

»Kannten Sie den Mann näher?«

»Näher? Nein. Der Kurs hat ja am Karfreitag erst begonnen, und mehr als ein paar Worte Small Talk habe ich mit Julius nicht gewechselt. Aber glauben Sie mir: Es war auch so schlimm genug! Es hat mich einige Überwindung gekostet, mich über ihn zu beugen und seinen Puls zu fühlen ...«

»Ich habe gehört, der Tote war Politiker und aktiver Agrarlobbyist«, unterbrach Kastner. »Er soll sich politisch nicht unbedingt als Naturschützer hervorgetan haben.«

Dennerlein legte den Kopf schief. »Ach, das haben Sie gehört?«

Kastner nickte. »Und nun frage ich mich – ich hoffe, Sie entschuldigen meine Neugier –, warum ein so vielbeschäftigter Freund der Wirtschaft eine ganze Woche Urlaub nimmt, um sich mit heimischen Kräutern zu beschäftigen?«

»Eine gute Frage, die ich leider nicht beantworten kann«, sagte Dennerlein bedauernd. »Ich habe erst nach Julius' Tod erfahren, dass er Politiker war. Wenn ich mich recht entsinne, hat er gesagt, er arbeitet in der Veldener

Stadtverwaltung – ich habe ihn für einen Angestellten oder Sekretär gehalten. Er sah nicht aus wie ein Gemeinderat.«

»Nein?«

»Nein. Unter uns gesagt: Julius sah schon beim Frühstück aus wie ein BWL-Student im vierten Semester, der es sich abends vor dem Fernseher gemütlich gemacht hat – lässig gekleidet und mit einer Tüte Erdnussflips und einem Schoppen Frankenwein bewaffnet. Apropos – ich darf Sie doch auf ein Gläschen einladen?« Es war eine rhetorische Frage, denn er schnippte bereits mit den Fingern nach dem Wirt. »Weiß oder rot?«

»Diese Entscheidung überlasse ich gerne Ihnen«, erklärte Kastner. Er war Biertrinker aus Überzeugung, obwohl Mirjam die Auswirkungen des Gerstensaftes auf seine Figur eher kritisch bewertete. Vergorene Trauben jedweder Farbe und Provenienz lösten Sodbrennen bei ihm aus; und er hatte die Erfahrung gemacht, dass der in einem Gläschen Wein verborgene Alkohol sein Gehirn weit heimtückischer und plötzlicher k. o. schlug als zwei, drei Halbe eines fränkischen Landbieres.

Aber so viel hatte er inzwischen begriffen: Wer verdeckt ermitteln wollte, musste Opfer bringen.

*

Der Biergarten versank im Schatten des späten Nachmittags, die Wolken verdichteten sich und entließen einen kräftigen Schauer. Kastner war dem ebenso großzügig plaudernden wie nachbestellenden Dennerlein in die warme Wirtsstube gefolgt und hatte, um dem steigenden Frankenweinpegel etwas entgegenzusetzen, ein Schnitzel mit Kartoffelsalat geordert. Er bemühte sich redlich, das Gespräch wieder auf den Todesfall im Wengleinpark zu bringen, erfuhr aber mehr über Dennerleins entbehrungsreiche Nachkriegskindheit, die Tablettensucht seiner Tochter Erika und den Werdegang seines einzigen Enkels Lothar – *ein so intelligenter Junge, aber leider schwul und in der Gastronomie hängen geblieben* – als über den letzten Tag in Imthals Leben.

»So, so«, sagte er, und: »Das ist ja interessant.«

Einige Tische weiter fand sich eine Gruppe unterschiedlichen Alters und Geschlechts zum Abendessen ein – Speisekarten wurden herumgereicht, Getränke bestellt. Dennerlein grüßte hinüber.

»Ach«, sagte Kastner. »Sind das Ihre Kurskollegen?«

Dennerlein nickte. »Die meisten jedenfalls. Mein Bruder Konrad und meine Schwägerin Johanna sind wohl noch unterwegs. Sie wollten am Nachmittag mit dem Zug nach Neuhaus an der Pegnitz fahren – dort soll es ein gutes, kommunal gebrautes Bier geben, sagt Johanna. Mein Bruder und ich sind ja eher Weintrinker ...«

Kastner erinnerte sich an eigene, inzwischen mehrere Jahre zurückliegende Ausflüge nach Neuhaus an der Pegnitz, die stets mit erheblichen Promillewerten und dem festen Glauben daran geendet hatten, dass alle Menschen Brüder und Schwestern waren. Das im sechzehnten Jahrhundert an die Neuhauser Bürger verliehene kommunale Brau- und Schankrecht wurde mittlerweile nur noch von wenigen Familien ausgeübt, was dem würzigen Geschmack des ausgeschenkten Bieres, der Heimeligkeit der winzigen Schankräume und der regen Kommunikation zwischen den wild zusammengewürfelten und eng zusammengepferchten Einheimischen und Auswärtigen aber keinen Abbruch tat. Dass man von Bier betrunken werden konnte, war Kastner bekannt gewesen; dass es einen auch glücklich machen konnte, hatte ihn erst das Neuhauser Kommunbräu gelehrt.

»Es wundert mich, dass Sie und Ihre Kurskollegen noch hier sind«, sagte er. »Will man nach einem so schrecklichen Erlebnis nicht möglichst schnell die Heimreise antreten?«

Dennerlein zuckte die Achseln. »Die Polizei hat uns gebeten, uns in den nächsten Tagen zur Verfügung zu halten«, erklärte er. »Wir haben das in der Gruppe besprochen und beschlossen, den Kräuterkurs ab morgen weiterlaufen zu lassen. Die Zimmer und der Tagungsraum sind gebucht, die Kursgebühren sind bezahlt – und es ist allemal besser, sich sinnvoll zu beschäftigen, als nur grübelnd herumzusitzen.«

»Sie sollen sich zur Verfügung halten? Heißt das, Sie und Ihre Kurskollegen stehen unter Verdacht?«

Dennerlein winkte ab. »Bei Mord und Totschlag geht es meist um etwas Persönliches – Geld, Rache, Eifersucht ... So nahe standen wir Julius nicht, wir kannten ihn ja erst seit drei Tagen. Vermutlich will die Polizei nur allgemeine Fragen klären: die Zeitabläufe am Tattag, verdächtige Beobachtungen ...«

»Sie sehen das bemerkenswert sachlich«, stellte Kastner fest.

Der Walrossbart zuckte die Achseln und schenkte Wein nach – er hatte sich für einen Weißen Silvaner entschieden. »Warum auch nicht?«

»Weil ein Mörder frei herumläuft?«, schlug Kastner vor.

Dennerlein schmunzelte. »Sie denken an einen Irren, der mit Schaum vor dem Mund durch den Wald läuft und wahllos Naturfreunde ermordet? Nein, für solche Szenarien fehlt es mir entschieden an Fantasie. Wer immer den armen Julius erschlagen hat, hatte sicher einen Grund dafür – zumindest in seinen eigenen Augen. Inzwischen weiß ich, dass

Julius als Politiker sehr dezidierte Ansichten vertreten hat. Damit macht man sich notgedrungen Feinde.«

Der Kernkraftbefürworter Dennerlein schien zu wissen, wovon er sprach.

Kastner nippte an seinem Wein. Er schmeckte muffig, mit Randaromen von Schwefelwasserstoff und getragenen Socken; im Abgang erschloss er dem Gaumen ein Potpourri schwebender Nuancen, die Kastner an seine letzte Beziehungskrise erinnerten: Kurz vor der Abfahrt in die Osterferien hatte Mirjam ihn gebeten, den verstopften Siphon der Küchenspüle zu reinigen. Er war diesem Ansinnen ebenso klaglos wie willig nachgekommen, hatte aber vergessen, einen Eimer unter den Abfluss zu stellen, ehe er die verschlungenen Plastikrohre mit roher Gewalt voneinander getrennt hatte ...

»Ein guter Tropfen, nicht wahr?«, lächelte Dennerlein. »Hervorragender Jahrgang, in einem Eichenfass gereift, und alles bio. Den fränkischen Weinbauern kommt der Klimawandel entgegen, das muss man auch mal sagen dürfen. Volle Sonne und steiniger Boden – das ist dem Wein gerade recht. Man muss natürlich die richtigen Rebsorten anbauen ...«

»Um noch einmal auf Julius Imthal zu kommen«, unterbrach Kastner den vinophilen Redeschwall des Seniors. »Wenn der Mörder kein persönliches, sondern ein politisches Motiv gehabt hat, dann sind Ihre Kurskollegen als Verdächtige doch wieder im Rennen!«

Dennerlein schüttelte den Kopf. »Das scheint mir weit hergeholt – meine Kurskollegen sind allesamt ganz harmlose junge Leute. Wollen Sie sie kennenlernen? Wir können uns zu ihnen hinübersetzen.«

*

Mirjam und die Kinder kamen gegen achtzehn Uhr an. Kastner saß inmitten der Kräuterfreunde und hatte es aufgegeben, die von Dennerlein bestellten Schoppen zu zählen – die Gaststube war in eine spiralnebelförmige Drehbewegung geraten, die an den Rändern zunehmend unscharf wurde. Er war froh, oben und unten noch grob voneinander unterscheiden zu können und in dem massiven Wirtshaustisch einen Verbündeten gegen den Mahlstrom der Erdanziehung gefunden zu haben.

»Prost!«, sagte Dennerlein und hob sein Weinglas.

»Porst!«, erwiderte Kastner und bemühte sich, eines der beiden Gläser zu treffen, die der doppelte Schnauzbart ihm zweihändig hinhielt.

»Ich heiße Hermann«, sagte Dennerlein und tätschelte ihm vertraulich die Schulter.

»Kastner«, gab Kastner zurück.

»Kastner? Das ist ja wohl kein Vorname.«

»Dasisrichtich«, bestätigte Kastner. Er hatte den Eindruck, dass seine Stimme ein wenig verschwommen klang, und fügte deshalb etwas lauter an: »Stimmtgenau.«

»Was ist denn hier los?«, fragte jemand aus dem Off und fuhr, ohne das geringste Interesse an einer Auskunft erkennen zu lassen, fort: »Ich hab in den letzten Stunden gefühlte hundert Mal deine Handynummer gewählt, Kastner, ich hab dir dreimal auf die Mailbox gequatscht, *dreimal!*, und dich inständig gebeten, uns am Bahnhof in Hohenstadt abzuholen. Es schüttet in Strömen, falls dir das entgangen ist! Die Kinder sind klatschnass! Wenn du schon dein Handy ausschaltest, warum hörst du dann nicht wenigstens deine verdammte Mailbox ab?!«

Kastner versuchte den Kopf zu drehen, aber einer seiner Nackenwirbel schien sich versteift zu haben.

»Bisudas, Hase?«, erkundigte er sich über die Schulter. Die Antwort waren ein kühler Luftzug und das Knallen einer Tür.

»Eine Frau mit Temperament«, schmunzelte Hermann.

Das konnte Kastner bestätigen.

Tag 3/Mittwoch/Blondinen bevorzugt

Am nächsten Morgen schreckte Kastner aus dem Schlaf, weil die Glocken des Kölner Doms schlugen. *Alle* Glocken: acht im Hauptgeläut und drei im Chorgeläut, inklusive Nachhall und Dopplereffekt. Sonderbarerweise litt der Mollterz-Schlagton der Pretiosa im Hauptgeläut an einer leichten Spreizung der Quarten und einem zwischen Unteroktave und Prime verengten Oktavintervall ...

Er blinzelte und stellte fest, dass er sich keineswegs im Glockenstuhl des Kölner Doms, sondern im *Grünen Schwan* in Eschenbach befand und dass die Glockentöne von einem Mobiltelefon erzeugt wurden.

Zunächst war er erleichtert – das Handy konnte ihn nicht meinen. Es wäre ihm im Traum nicht eingefallen, das Vollgeläut des Kölner Doms als Klingelton auszuwählen und auf höchste Lautstärke einzustellen – sein Handy machte, wenn es sich nicht vermeiden ließ, mit einem sonoren Brummen knapp oberhalb der Hörschwelle und sanftem Vibrieren auf sich aufmerksam.

Dann fiel ihm ein, dass sein Mobiltelefon im Magen eines Killerwals gelandet war und Martina Götz ihm ein neues überreicht hatte – *mit einem schönen Gruß von Carsten Wismeth*. Womöglich pflegte der Polizeidirektor andere akustische Vorlieben als er selbst?

Kastner zog sich die Bettdecke über den Kopf und wartete darauf, dass die Mailbox ansprang. Was sie nicht tat. Er hatte das neue Handy am Vortag mit frecher Überheblichkeit ausgeschaltet, das wusste er noch. Er erinnerte sich nicht, es wieder eingeschaltet zu haben. Allerdings erinnerte er sich auch an andere Dinge nicht – wie er die Treppe hinaufgekommen war, zum Beispiel, und ob er sich vor dem Schlafengehen noch die Zähne geputzt hatte.

»Hase?«, fragte er und tastete die andere Hälfte des Doppelbetts ab. Sie war leer. Er lugte unter der Decke hervor auf sein Nachtkästchen. Dort lag das unverdrossen domglockenläutende Handy, daneben stand sein Wecker. Er zeigte sechs Uhr fünfundfünfzig an.

Kastner murmelte etwas dezidiert Unfeines und nahm den Anruf entgegen. »Was denn?«, brummte er unwirsch.

»Liegst du etwa noch im Bett?«, erkundigte sich Martina Götz mit aufgeräumter Ich-bin-schon-seit-Stunden-wach-und-arbeite-an-der-Lösung-des-Falls-Stimme.

»Du rufst mich vor Tau und Tag an, um herauszufinden, ob ich noch im Bett liege?«

»Aber nein«, beteuerte die Chefin der Spusi. »Ich rufe an, weil für acht Uhr dreißig eine erste Lagebesprechung in der Polizeiinspektion Hersbruck angesetzt ist. Wie es scheint, hat Dr. Rendlick den Toten bereits ausgeweidet, in dünne Scheiben geschnitten und unters Binokular gelegt.«

»Hast du gerade acht Uhr dreißig gesagt?«

»Halb neun auf gut Fränkisch«, sagte Martina. »A. m. Das heißt *ante meridiem*, also *vor* dem Mittag. Kannst du das einrichten, ohne dein Inkognito oder deinen Schönheitsschlaf zu gefährden?«

»Es gibt Fragen, die man einem Mann vor der ersten Tasse Kaffee nicht stellen sollte«, gab Kastner zurück. »Ihr sitzt alle gemütlich in euren Labors, wurstelt nach Gutdünken vor euch hin und habt keine Ahnung, womit sich ein verdeckter Ermittler herumschlagen muss. Ich versuche hier verzweifelt, Recherche und Privatleben in Einklang zu bringen und dabei meine Leberwerte im Auge zu behalten ...«

»Du kommst? Prima!«, sagte Martina und legte auf.

*

»Es war nicht so, wie es aussah, Hase«, erklärte Kastner beim Frühstück. »Hermann Dennerlein hat den denselben Kräuterkurs gebucht wie Julius Imthal, er ist ein wichtiger Zeuge. Und recht mitteilsam – eine wahre Goldgrube für einen verdeckten Ermittler.«

Mirjam schob ihren Frühstücksteller zurück, verschränkte die Arme vor der Brust und maß ihn mit kühlem Blick. Sein Gesprächsangebot am Abend zuvor hatte sie dankend abgelehnt, nachdem er sie versehentlich mit dem Vornamen ihrer Mutter angesprochen hatte.

»Wir sind ins Plaudern gekommen, Hermann hat mich zu einem Schoppen Wein eingeladen – das konnte ich schlecht ablehnen.« Er versuchte sich an einem treuherzigen Augenaufschlag. »Ich muss schließlich mein Inkognito wahren.«

»Ach so – du hast ihn betrunken gemacht, um ihm Informationen aus der Nase zu ziehen?«

Kastner nickte, wobei sein Hirn schmerzhaft gegen die Schädeldecke schlug. Im Geiste schwor er dem Teufel Alkohol für immer ab – zumindest für den Fall, dass sich derselbe in einem Weißen Silvaner verbarg.

»Dann muss ich mich entschuldigen«, sagte Mirjam mit einem Lächeln, so dünn wie die Schneide eines Schlachterbeils. »Offensichtlich habe ich die Situation falsch eingeschätzt: Für mich sah es so aus, als hätte *er dich* betrunken gemacht, um *dir* Informationen aus der Nase zu ziehen.«

Kastner war froh, darauf nichts erwidern zu müssen – Jannik polterte in den Gastraum, seine Schwester folgte ihm gesetzten Schrittes.

»Morgen, zusammen!«, rief Jannik und ballerte mit einer fiktiven Schrotflinte ein paar imaginäre Aliens ab, die sich unter die wenigen zu dieser frühen Stunde schon wachen Frühstücksgäste gemischt hatten.

»Du bist *so* peinlich«, schnaubte Sofie.

»Ich will Schokomüsli mit Vanillejoghurt«, erklärte Jannik unbeeindruckt. Er schichtete scheppernd bunte Müslischalen um, bis er ein Design nach seinem Geschmack gefunden hatte. Dann inspizierte er das Angebot an Frühstückszerealien. »Da hat sich irgendein Asso die Schokobatzen aus dem Müsli herausgeklaubt!«, stellte er fest.

»Das warst du selber«, sagte Sofie und schenkte sich ein Glas Orangensaft ein. »Gestern.«

»Echt? Dann will ich kein Müsli, sondern ein Senfbrot mit Gurke«, entschied Jannik. »Machst du mir eins? Äh – machst du mir eins, *bitte*?«

»Lass dich in die Kinderpsychiatrie einweisen, da betreut man dich rund um die Uhr«, schlug Sofie mütterlich vor.

Jannik schnitt ihr eine Grimasse.

Kastner halbierte sein Mohnbrötchen, verteilte Butter auf den beiden Hälften und köpfte sein Frühstücksei. »Würdest du mir bitte das Salz reichen, Hase?«, bat er.

Mirjam schob den Salzstreuer mit spitzen Fingern zu ihm hinüber und machte dabei ein Gesicht, als würde sie eine Kakerlake vom Tisch schubsen.

»Danke«, sagte Kastner.

Eine Zeit lang sahen sie einander nicht an. Mirjam beobachtete die Kinder, die sich am Frühstücksbuffet bedienten, Kastner blätterte in der *Pegnitz Zeitung*. Der *Mord im Wengleinpark* dominierte die Titelseite, auf Seite drei gab es einen Nachruf auf Julius Imthal, der dessen Verdienste um Politik und Wirtschaft ausführlich würdigte.

Mirjam faltete ein Schiffchen aus ihrer Serviette und ließ es über den Tisch schwimmen. »Auf dem Weg zur Dusche hab ich heut früh eine ältere Dame getroffen«, sagte sie nach einer Weile. »Wir haben ein bisschen geplaudert – über das Wetter, das Essen, den Eschenbacher Osterbrunnen und ähnlich tiefschürfende Sujets.«

Kastner hob den Blick von der Zeitung und machte ein interessiertes Gesicht. Er war durchaus bereit, seinen Teil zu einer Versöhnung beizutragen – selbst wenn er dafür über Osterbrunnen sprechen musste.

Mirjam ließ das Serviettenschiffchen eine Runde um ihre Kaffeetasse ziehen. »Die Dame macht auch bei diesem Kräuterkurs mit«, sagte sie.

»Ach?« Soweit Kastner wusste, gab es nur *eine* ältere Dame unter den Kursteilnehmern: Hermanns Schwägerin. »Hieß deine Flurbekanntschaft zufällig Johanna Dennerlein?«

»Oh – das weiß ich nicht«, entschuldigte sich Mirjam mit lammfrommer Miene. »Du kannst dir das vielleicht nicht vorstellen, aber wir haben einfach nur ein paar Takte geplaudert – ohne dabei mehrere Liter Frankenwein zu picheln und Brüderschaft zu trinken.«

Kastner schenkte sich Kaffee nach. Es war naiv gewesen zu glauben, dass er mit einem Gespräch über Osterbrunnen davonkommen würde.

Mirjam parkte das Schiffchen auf ihrem leeren Teller und senkte die Stimme zu einem Flüstern: »Wusstest du, dass zwei Kursteilnehmer wegen Krankheit ausgefallen sind?«

»Das Ehepaar Mücke?«, vermutete Kastner. »Ja, das stand in der ansonsten recht dünnen Ermittlungsakte.«

»So eine Grippe kann sich ein paar Tage hinziehen«, stellte Mirjam fest, »aber wer gebucht hat, muss auch bezahlen – selbst wenn er während des gesamten Kurses mit Fieber im Bett liegt und eitrigen Auswurf ins Taschentuch röchelt.«

Kastner, der gerade dabei war, seinen Eierlöffel zum Mund zu führen, hielt in der Bewegung inne. Nicht nur wegen der unappetitlichen Assoziation, sondern auch weil er sich fragte, worauf Mirjam eigentlich hinauswollte.

»Ich habe mit den Mückes gesprochen«, sagte sie und sah ihm endlich wieder in die Augen. »Die beiden waren hocherfreut über meinen Vorschlag, ihre Plätze und ihre Kursgebühren zu übernehmen. Mit Bella Lindemann habe ich auch schon telefoniert, sie ist einverstanden. Gegen einen kleinen Aufpreis dürfen wir sogar die Kinder mitbringen, obwohl der Kurs für Erwachsene konzipiert ist ...«

»Du hast uns für den Kräuterkurs angemeldet?«, fragte Kastner verblüfft.

»Du solltest Kommissar werden«, spottete Mirjam und lehnte sich zufrieden zurück. »Heute fängt ein neues Kursmodul an – es geht um Teekräuter, glaube ich. Der ideale Zeitpunkt für einen Quereinstieg, meinst du nicht auch?«

Kastner beugte sich zu Mirjam hinüber und küsste sie auf die Wange. »Du bist fantastisch, Hase. Was wäre ich nur ohne dich?«

»Ein völlig planloser verdeckter Ermittler mit einer bedenklichen Menge Restalkohol im Blut, dem gerade ein Löffel voll Frühstücksei in die Kaffeetasse gefallen ist?«

*

Die erste Lagebesprechung der Sonderkommission *Todesfall Imthal/Wengleinpark* fand in einem nüchtern eingerichteten Besprechungszimmer im ersten Stock der Polizeiinspektion Hersbruck statt – grau melierter Teppichboden, ein ovaler Tisch mit pflegeleichter Oberfläche, sechs ungepolsterte Stühle. Auf dem Fensterbrett vor der einzigen Lichtöffnung kämpften drei sukkulente Zimmerpflanzen unter einer Staubschicht ums Überleben, verdrießlich beäugt von einem bunten Keramikfrosch. Zu Bauers Rechter saß sein Ermittlungsteam: ein blondes Mädel, das sowohl vom Alter als auch von der Gesichtsfarbe her ohne Weiteres Werbung für den Kindersaft Rotbäckchen Klassik hätte machen können, und ein schlaksiger, junger Streifenbeamter. Bauer hatte die beiden Uniformierten als Monika Schmidtlein und Dieter Bernauer vorgestellt. Zwei weitere Stühle besetzten Martina Götz und Kastner, auf dem sechsten saß Dr. Rendlick, die Rechtsmedizinerin – eine recht resolute Dame in den Fünfzigern, die ein apricotfarbenes Kostüm in Kleidergröße achtundvierzig trug und, wie immer, tadellos onduliert und sorgfältig geschminkt war.

»Die Todesursache war eine Hirnblutung, verursacht durch ein schweres Schädel-Hirn-Trauma«, erklärte Dr. Rendlick und verteilte Kopien des Obduktionsberichtes an die Anwesenden. »Das Trauma wurde durch einen einzelnen, kräftigen Schlag mit einem nur bedingt stumpfen Gegenstand herbeigeführt. Ein etwa faustgroßer, aus harten Mineralien bestehender Stein würde die Verletzungen des Opfers perfekt erklären: Die gewölbte Oberfläche übt punktuell enormen Druck aus und führt zu einer charakteristischen Kombination aus Biegungs- und Berstungsbruch des Schädelknochens, während scharfkantige Splitter gleichzeitig eine heftige Blutung der Kopfhaut verursachen können. In der Tat wurden in der Schädelwunde des Opfers Spuren von Calcium-Magnesium-Carbonat gefunden – ein hartes und gleichzeitig sprödes Mineral, das bis zu neunzig Prozent des in der Fränkischen Alb anstehenden Dolomitgesteins ausmacht ...«

Martina Götz räusperte sich. »Wenn ich kurz unterbrechen darf: Meine Mitarbeiter haben in unmittelbarer Tatortnähe einen Stein gefunden, der dieser Beschreibung entspricht und aufgrund von Gewebeanhaftungen als mögliche Tatwaffe eingestuft wurde. Inzwischen hat das Labor diesen Verdacht bestätigt.«

Die Rechtsmedizinerin nickte zufrieden und fuhr fort: »Der Stein hat Imthals Schädel etwa sieben Zentimeter über dem rechten Ohr zertrümmert. Dem Schlagwinkel nach zu urteilen hat der Täter rechts neben seinem sitzenden Opfer gestanden. Der Schlag hat unmittelbar zur Bewusstlosigkeit geführt, der Tod ist binnen weniger Minuten eingetreten. Die Leiche weist keinerlei Abwehrverletzungen auf – die Attacke muss das Opfer überrascht haben.«

»Hätte Imthal nicht bemerken müssen, dass der Täter einen Stein aufhebt und zum Schlag ausholt?«, fragte Bauer.

»Vielleicht war er abgelenkt?« Martina zog ein paar Fotoabzüge aus ihrer Mappe und verteilte sie auf dem Tisch. Es waren Tatortfotos. Kastner sah zum ersten Mal Julius Imthals Leiche am Wegkreuz lehnen – ein Anblick, auf den er gern verzichtet hätte. Er erkannte die Pappschilder mit den Nummern und Pfeilen, die zerdrückten Gräser und den Felsen mit den Blutspritzern wieder. Von dem Felsen aus gesehen links lag ein blauer Wanderrucksack mit offener Deckelklappe, um den diverse Gegenstände verteilt waren.

»Imthal saß auf diesem Felsbuckel, als er erschlagen wurde«, erklärte Martina und tippte mit dem Zeigefinger auf den rundlichen Stein. »Das ergibt sich aus der Form und Verteilung der Blutspitzer rund um den Tatort. Eventuell hat er sich zu seinem Rucksack hinübergebeugt, um etwas hineinzulegen oder herauszuholen, als der Täter zugeschlagen hat.«

Schmidtlein und Bernauer betrachteten die Fotos. Bauer strich sich durch den Bart.

»Das klingt plausibel«, nickte Kastner. »Imthal war abgelenkt, der Täter hat zugeschlagen. Ein einzelner, kräftiger Schlag – das spricht für eine klare Tötungsabsicht und einen männlichen Täter, würde ich annehmen?«

Dr. Rendlick hob fragend die Augenbrauen.

»Ich denke dabei an das Hebelgesetz«, erklärte Kastner. »Wer mit einem Eisenrohr zuschlägt, kann die Wucht seines Schlages um ein Vielfaches erhöhen. Wer mit einem Stein zuschlägt, muss sich mit der Kraft seines Armes begnügen.«

Dr. Rendlick lächelte. »Brutale Gewalt als spontanes Mittel testosterongetriebener Affektivität – ein Klassiker. Aber wenn man den Überraschungseffekt berücksichtigt und bedenkt, dass Julius Imthal nur einen Meter achtundsechzig groß, fünfundsechzig Kilo leicht und alles andere als durchtrainiert war, kann ihn auch eine Frau getötet haben. In einem Punkt haben Sie recht, Kastner: Der Schlag wurde nicht zögerlich geführt. Aber was wollen Sie daraus schließen? Vielleicht hat der Täter – oder die Täterin – Imthals Tod gewollt oder zumindest billigend in Kauf genommen; vielleicht hat er – oder sie – aber auch nur die Härte eines Steines unter- und die eines Schädelknochens überschätzt? In Fernsehkrimis kriegen die Leute alles Mögliche auf den Kopf und stehen danach leicht benebelt wieder auf – nicht jeder durchschaut diese fahrlässige Volksverdummung als Fiktion.«

Kastner nickte resigniert. Dass seine Hoffnung auf Erkenntnis seitens der Rechtsmedizin enttäuscht wurde, war keine gänzlich neue Erfahrung für ihn.

»Seine letzte Mahlzeit – Eier, Schinkenspeck und Brot mit hohem Roggenanteil – hat der Tote maximal eine Stunde vor seinem Tod eingenommen«, setzte Dr. Rendlick ihren Vortrag fort. »Die Messung der Leicheninnentemperatur durch den Kollegen vor Ort lässt auf einen Todeszeitpunkt zwischen zwölf und dreizehn Uhr schließen. Zu Lebzeiten hat Imthal unter ausgeprägten Plattfüßen und einer Laktoseintoleranz gelitten, ansonsten war er völlig gesund ...« Sie sah auf ihre goldene Armbanduhr. »Das wär's von meiner Seite. Wenn es keine Fragen mehr gibt, würde ich jetzt an Frau Götz übergeben und mich verabschieden. Ich habe Termine.«

Niemand wagte es, Einwände zu erheben.

Nachdem die Rechtsmedizinerin die Tür hinter sich zugezogen hatte, verteilte Martina weitere Unterlagen: Fotos des Toten und seines Rucksacks aus allen möglichen und unmöglichen Blickwinkeln, eine Aufnahme der Tatwaffe, neben der zum Zwecke des Größenvergleichs ein rotes Einwegfeuerzeug platziert war, sowie eine Liste der im näheren und weiteren Umkreis aufgefundenen Gegenstände. Martina erläuterte den Hersbrucker Kollegen ausführlich die Spurenlage.

Kastner war enttäuscht – er bekam nichts grundlegend Neues zu hören. »Der Täter hat die Leiche bewegt, dabei muss er doch Spuren hinterlassen haben! Fasern, Haare, Speichel ...«

»Es wird noch eine Weile dauern, bis wir alle Spuren zuordnen können«, sagte Martina. »Allzu große Hoffnungen solltet ihr euch da nicht machen: Die Teilnehmer des Kräuterkurses sind über eine halbe Stunde lang unbeaufsichtigt am Leichenfundort herumgetrampelt, einige haben sich über den Toten gebeugt oder ihn sogar berührt – falls der Täter ein Kursteilnehmer war, wird man ihm aus einem Fußabdruck, einer Hautschuppe oder einem Haar kaum einen Strick drehen können.«

Kastner seufzte.

»Aber es gibt Erkenntnisse zu Imthals Rucksack«, tröstete Martina. »Zum einen konnte das Labor auf der Außenseite der Deckelklappe winzige Blutspritzer nachweisen – der Rucksack wurde erst nach Imthals Tod geöffnet und durchsucht. Und wir haben an einigen Gegenständen aus dem Rucksack Fingerabdrücke gefunden, die nicht von Imthal stammen. Bis übermorgen sollte der Abgleich mit den Fingerabdrücken der Kräuterfreunde abgeschlossen sein.«

»Was ist mit der Tatwaffe?«, erkundigte sich Bauer.

»Das Labor konnte nur die DNA des Opfers nachweisen.«

»Keine Fingerabdrücke?«, hakte Bauer nach.

Martina schüttelte den Kopf. »Dolomitgestein hat eine poröse Feinstruktur – darauf Fingerabdrücke zu hinterlassen ist so gut wie unmöglich.«

»Wir sind also kaum klüger als zuvor«, fasste Kastner zusammen.

»Nimm's sportlich«, schlug Martina vor. »Wenn wir dir den Bösewicht auf dem Silbertablett präsentieren könnten, müsstest du ab morgen wieder Urlaub machen. Das willst du nicht wirklich, oder?«

Kastner murmelte einen formellen Widerspruch. »Habt ihr Imthals Zimmer im *Grünen Schwan* durchsucht?«, fragte er, um die allgemeine Aufmerksamkeit wieder von sich abzulenken. »Wart ihr bei ihm zu Hause? In seinem Büro?«

»Natürlich. Auf den ersten Blick gab es weder hier noch da irgendwelche Auffälligkeiten – wenn man davon absieht, dass sich auf Imthals Schreibtisch Zeitungsausschnitte, Briefe und Unterlagen einen halben Meter in die Höhe stapeln. Er war wohl kein Freund des papierlosen Büros.

Wir haben Imthals privaten Laptop und die Festplatte seines Bürocomputers mitgenommen. Holger Lurz, unser IT-Spezialist, ist dabei, das Material zu sichten. Er täte sich freilich leichter, wenn er wüsste, wonach er suchen soll.«

»Wir alle täten uns leichter, wenn wir wüssten, wonach wir suchen sollen«, brummte Kastner. Er blätterte in den Unterlagen, die Martina verteilt hatte, und zog ein Blatt heraus. »Ist das die Liste der Dinge, die Imthal bei sich hatte?«, fragte er rhetorisch. »Cordhose, T-Shirt, Wanderschuhe, Brille – ein kleiner Rucksack. Papiertaschentücher, eine Wasserflasche, ein Taschenmesser, eine Banane. Ein Päckchen Hühneraugenpflaster, ein Faltblatt *Wegbegleiter Wengleinweg*. Die Fotobestimmungskarte *Blütenpflanzen im Wengleinpark*. Eine zusammengerollte Regenjacke, ein Pullover, ein Schlüsselbund. Eine Geldbörse: dreiundachtzig Euro und vierundsiebzig Cent in Scheinen und Münzen, eine abgelaufene Tageskarte des Verkehrsverbundes, diverse Visitenkarten, Personalausweis, Führerschein, Fahrzeugschein, Kreditkarten, Krankenkassenkarte, Tankquittungen. Ein Organspenderausweis, auf dem *Nein* angekreuzt ist ... Das könnte mein Geldbeutel sein.«

»Wenn du es sagst«, grinste Martina.

»Ich meine: Das ist alles sehr unpersönlich. Hatte Imthal kein Foto im Geldbeutel?«

»Ein Foto? Von wem denn?«, fragte Martina zurück. »Der Mann war alleinstehend und kinderlos, seine nächste Verwandte ist eine achtzigjährige Tante.«

»Er könnte eine Freundin gehabt haben?«, schlug Kastner vor. »Oder, um politisch korrekt zu bleiben, einen Beziehungspartner m/w/d?«

»Er hatte jedenfalls kein Foto im Geldbeutel«, stellte Martina lakonisch fest. »Das wäre ja auch ein wenig anachronistisch – seit die Neandertaler ausgestorben sind, hat man die Fotos seiner Lieben auf dem Handy oder in der Cloud. Vorausgesetzt, man hat irgendwelche Lieben.«

Und vorausgesetzt, man hat eine Cloud, dachte Kastner, der keine hatte und, auf die gute alte Neandertalerart, ein Foto seiner Lebensgefährtin in der Geldbörse mit sich herumtrug. »Danke für die Überleitung, Martina«, sagte er. »Sie führt uns geradewegs zu dem, was die KTU *nicht* gefunden hat: Imthals Handy. Mehrere Zeugen haben ausgesagt, dass er während der Mittagsrast ein Smartphone benutzt hat.«

»Das ist richtig«, warf Bauer ein. »Imthal hat vor der Luisenhütte einige Fotos geschossen und den anderen Kursteilnehmern über die WhatsApp-Gruppe zur Verfügung gestellt.«

Kastner kramte in den Abzügen der Tatortfotos und zog eine Großaufnahme von Imthals zerfleddertem Rucksack heraus. »Das sieht für mich so aus, als hätte jemand in großer Eile nach etwas Bestimmtem gesucht.«

Monika Schmidtlein schob sich einen Streifen Kaugummi in den Mund und betrachtete das Foto mit malmendem Kiefer. »Sie glauben, der Täter hatte es auf das Handy abgesehen?«

»Nicht im Sinne eines Raubmords – wer stiehlt schon ein Smartphone und lässt Bargeld und Kreditkarten liegen? Aber womöglich waren auf dem Handy Daten gespeichert, die der Täter an sich bringen wollte – Fotos oder Nachrichten, die uns auf seine Identität oder sein Motiv gebracht hätten? Vielleicht hat er sich per Textnachricht mit seinem Opfer am Wegkreuz verabredet?«

Eine zarte Röte zog über Bauers bärtige Wangen. »Das habe ich verbockt«, merkte er selbstkritisch an. »Ich habe die Kräuterfreunde weggeschickt, ohne zuvor ihre Rucksäcke zu durchsuchen.«

»Du konntest zu diesem Zeitpunkt ja nicht wissen, dass Imthals Smartphone fehlt«, sprang Kastner ihm bei. Bauer war so klug gewesen, das Polizeipräsidium Mittelfranken einzuschalten, die Personalien der Kursteilnehmer aufzunehmen und sie noch vor Ort einer ersten Befragung zu unterziehen – auf den Gedanken, dass einer von ihnen relevantes Beweismaterial vom Tatort entfernen könnte, war er offensichtlich nicht gekommen. Kastner wollte dem wenig erfahrenen Kollegen keinen Vorwurf daraus machen, schon gar nicht vor versammelter Mannschaft.

»Ist doch prima, wenn der Täter das Handy hat«, meldete sich Dieter Bernauer überraschend zu Wort. »Wir lassen es orten, dann haben wir den Saukerl.«

»Das, ähm, sollten wir nicht unversucht lassen«, sagte Kastner diplomatisch.

Monika Schmidtlein war direkter. »Denk mal nach, Schatzi«, legte sie ihrem Streifenkollegen nahe: »Falls der Täter kein kompletter Idiot ist, hat er das Handy längst zerstört und irgendwo entsorgt. Da kannst du lange orten.«

»Ach so?«, sagte Dieter.

»Wir versuchen es trotzdem«, wiederholte Kastner – den Gegner zu überschätzen konnte genauso in die Irre führen, wie ihn zu unterschätzen. »Und wir sollten Imthals Mobilfunkanbieter kontaktieren und Auskunft über seine Verbindungsdaten verlangen – wir haben seine Handynummer über die WhatsApp-Gruppe, nicht wahr?«

»Ja. Das habe ich bereits in die Wege geleitet«, erklärte Bauer. »Außerdem habe ich Frau Lindemann gebeten, mir die Nachrichten und Fotos der WhatsApp-Gruppe zur Verfügung zu stellen. Vielleicht ergibt sich daraus ein Hinweis?«

»Eine ausgezeichnete Idee«, stimmte Kastner zu. »Auch die privaten Fotos der Kursteilnehmer könnten interessant sein – womöglich sind einige so freundlich, uns einen Blick in ihre Fotogalerie werfen zu lassen?«

»Warum sammeln wir die Handys nicht einfach ein und checken sie gründlich durch?«, fragte Dieter Bernauer.

»Weil wir das ohne richterlichen Beschluss nicht dürfen«, erklärte Monika und tätschelte ihrem Kollegen freundlich das Knie. »Und ohne konkreten Tatverdacht gegen eine bestimmte Person kriegen wir keinen Beschluss. Du musst ganz lieb *bitte, bitte zeig mir deine Urlaubsfotos* sagen.«

»Das ist ja blöd«, fand Dieter.

»Saublöd«, bestätigte Monika.

»Wir brauchen außerdem detailliertere Informationen über das Opfer«, sagte Kastner. »Finanzielle Verhältnisse, Hobbys, Freunde, Affären ... Mit wem hat er in den Tagen vor der Tat gesprochen? Hat er sich sonderbar verhalten, mit jemandem gestritten?«

Monika sah zu ihrem Chef hinüber, um herauszufinden, was er von diesem arbeitsaufwendigen Ansinnen hielt.

Bauer nickte. Monika machte sich eine Notiz.

»Ich bin offen für alle Ermittlungsansätze«, erklärte Kastner einmal mehr. »Momentan sind die Teilnehmer des Kräuterkurses allerdings unsere Hauptverdächtigen – sie waren zur Tatzeit vor Ort, sie haben Imthal zuletzt lebend gesehen, sie haben seine Leiche gefunden ...«

»Aber sie haben den Mann kaum gekannt«, unterbrach Monika. »Wo, bitte, soll da das Motiv sein?«

»Sie *behaupten*, ihn kaum gekannt zu haben«, sprang Bauer nun Kastner bei. »Das ist ein Unterschied, Moni.«

»Die Kräuterfreunde könnten lügen, dass sich die Balken biegen«, verdeutlichte Kastner. »Deshalb müssen wir herausfinden, ob es zwischen ihnen und Imthal Berührungspunkte gegeben hat, seien sie nun politischer, beruflicher oder privater Natur. Jedes Detail kann wichtig sein – vielleicht war einer von ihnen mit Imthal auf der Grundschule, vielleicht hat einer seine Twitter-Beiträge negativ kommentiert ...«

Moni blies die Backen auf und machte sich eine weitere Notiz.

*

Der Kräuterkurs bot Theorie und Praxis gleichermaßen und sollte bis einschließlich kommenden Samstag dauern, las Kastner in den Kursunterlagen, die Mirjam von den Mückes übernommen hatte. Auf dem Programm standen Exkursionen, das Sammeln von Tee-, Heil- und Würzkräutern, die Herstellung eines Kräutertees, eines Kräutersalzes und eines fränkischen Pestos. Bella Lindemann, die Kursleiterin, hatte den großen Tagungsraum im *Grünen Schwan* in eine Art Hexenküche verwandelt: es gab Trockengestelle, Mixer, Mörser und Waagen, zwei elektrische Kochplatten, allerhand Gläschen, Tiegel und Döschen, ein Binokular, Zeichenblöcke und Stifte, Bildbände mit großformatigen Pflanzenfotos, Bestimmungsbücher für Anfänger und Fortgeschrittene ...

Die Kräuterhexe erwies sich als ausgesprochen füllig, entsprach aber ansonsten durchaus Kastners Erwartung: ein Gewand aus grobem Linnen, in etwa so mittelalterlich wie der Heroldturm im Wengleinpark; eine Flut rotblonder Löckchen, die im Nacken zu einem lockeren Knoten geschlungen waren. Frau Lindemanns auffallend blasse, dicht an dicht mit Sommersprossen gesprenkelte Haut wertete Kastner als Hinweis, dass zumindest die Haarfarbe der Kräuterhexe kein Fake war.

»Hölle, ist die fett!«, flüsterte Jannik mit einer Mischung aus Verblüffung und Ehrfurcht. Er inspizierte das Inventar der Hexenküche auf seinen Unterhaltungswert hin, testete einen Mixer und eine Kochplatte und entschied sich dann zu Kastners Erleichterung für Malblock und Buntstifte. Ungewöhnlich still setzte er sich an einen Tisch und zeichnete ein Bild von echsenartigen Monstern mit Flammenwerfern und Schnellfeuergewehren.

Der Quereinstieg in den Kräuterkurs begann mit einem theoretischen Modul – *Heilkräuterwissen damals und heute*. Isabel Lindemann projizierte mittels eines Videobeamers Fotos von heimischen Heilkräutern an die Längswand des Konferenzraumes und referierte frei: »*Pulmonaria officinalis*, das Lungenkraut, auch Fleckenkraut, Lungenwurz oder Hirschkohl genannt, findet in der Volksmedizin Verwendung bei Heiserkeit, Halsschmerzen und Blasenleiden ... Schon Pollenfunde in Pfahlbausiedlungen ... Auch Hildegard von Bingen ...«

Mirjam, die in ihrer Freizeit seit vielen Jahren botanische Exkursionen mit der Naturhistorischen Gesellschaft unternahm, war ganz Ohr und schien genau zu wissen, wovon die Dame sprach. Kastner hingegen wurden schon nach wenigen Minuten die Augenlider schwer – die Stimme der Kräuterhexe, ein spröder Alt mit einem Hauch von Melancholie, wirkte ungemein beruhigend auf sein zentrales Nervensystem. Es kostete ihn Mühe, wach zu bleiben und sich auf seine Aufgabe zu besinnen. Er war schließlich nicht zum Vergnügen hier. Verstohlen ließ er den Blick über die anderen Kursteilnehmer schweifen. Einige hatte er, dank Hermann Dennerleins Hilfe, schon am Abend zuvor persönlich kennengelernt, die Personalien der anderen kannte er nur aus der Ermittlungsakte.

In der ersten Reihe saßen die drei Dennerleins. Der Walrossbart Hermann hatte seinen Trinkkumpan Kastner mit einem Augenzwinkern begrüßt. *Du hast dich von einem Sechsundachtzigjährigen unter den Tisch saufen lassen?*, hatte Mirjam entgeistert gefragt, nachdem sie in der Ermittlungsakte geblättert hatte und auf Hermanns Geburtsdatum gestoßen war. Der jüngere Dennerlein, ein neunundsiebzigjähriger ehemaliger Finanzbuchhalter namens Konrad, wirkte neben seinem stattlichen Bruder schmächtig und farblos: eingefallene, glatt rasierte Wangen, ein Kränzchen grauen Haupthaars hoch über der Stirn, spinnendünne Finger, die das unstete Flattern einer beginnenden Parkinson-Erkrankung zeigten. Konrads siebzigjährige Gattin Johanna, pensionierte Studienrätin für Mathematik und Physik, trug einen flotten, grau melierten Kurzhaarschnitt und machte einen ebenso resoluten wie sympathischen Eindruck.

Die adrette Blondine, die schräg vor Kastner in der zweiten Reihe saß, war Nadja Lipinski, die die Leiche gefunden hatte. Sie hing an Frau Lindemanns Lippen und machte sich eifrig Notizen. Links neben ihr saß ein sehniger Typ mit einem Kinn wie König Drosselbart, der sich für die Ausführungen der Kräuterhexe ebenso wenig zu interessieren schien wie Kastner. Er hatte seinen Stuhl nahe an den von Nadja herangerückt und verschlang sie mit seinen Blicken. Kastner verkniff sich ein Lächeln: KK Bauers handschriftliche Notizen stuften Jörg Ott als *testosterongesteuertes Möchtegernalphamännchen* ein, *das den Kurs vermutlich nur gebucht hat, um potenzielle Geschlechtspartnerinnen kennenzulernen.* Damit hatte er wohl ins Schwarze getroffen.

Rechts neben der Blondine saß ein Pärchen. Er mit blondem Backenbart und Nackenzopf, sie schlank, dunkel- und kurzhaarig: Tom Gellert, sechsundzwanzig, DJ, Hobbyfotograf und Blogger mit über hunderttausend Followern auf Twitter und Instagram; und Liliane Lila Kiesling, dreiundzwanzig, Künstlerin. Gellert machte für sein junges Alter einen verlebten Eindruck, und über dem Bund seiner Jeans wölbte sich ein Bauch, der dem Biertrinker Kastner eine gleichgesinnte Seele verriet. Lila Kieslings Namen hatte er nach dem Mittagessen in die Internetsuchmaske von Mirjams Laptop eingegeben und war auf Bilder von ebenso betagten wie splitterfasernackten Herren gestoßen, die auf klapprigen und sichtlich unbequemen Holzstühlen saßen und dem Betrachter mit faltigen Händen ein Stück Obst entgegenhielten – geschälte und ungeschälte Bananen, Quitten, Feigen, Granatäpfel ... Kastner hatte die Bilder für Fotografien gehalten und erst beim Hineinzoomen bemerkt, dass es sich um Ölgemälde handelte. Die Onlinebibliothek bezeichnete Lila Kieslings Kunst als *postmodernen Fotorealismus, der mit handwerklich perfekter Technik überzeugt und hartnäckig konsumkritische und feministische Fragen aufwirft.*

Kastner hatte sich seinen Teil gedacht – vielleicht konnte er immer noch Kunstkritiker werden, wenn seine Karriere als Kriminalkommissar scheiterte? Aber so oder so: Lila Kiesling war sicher begabt; und sie war auffallend hübsch – eine grazile Schönheit mit großen, dunklen Augen.

Die übrigen Kräuterfreunde saßen, wie Kastner, Mirjam und Sofie, in der letzten Reihe: Elke Felseis, eine Gräfenberger Metzgersgattin Mitte fünfzig, die ihr aschblondes Haar zu einem hüftlangen, dünnen Zopf geflochten trug und angesichts des Berufes ihres Gatten befremdlich mager wirkte, ein junger Koch namens Tarik Al-Halabi, der auf regional und biologisch erzeugte Lebensmittel setzte und seinen Schwerpunkt zukünftig *in Richtung Wildkräuterküche* verlagern wollte, sowie ein mürrisch dreinblickender, schlecht rasierter und zottelhaariger Jüngling mit blühender Akne, der eine Lehre in einer Bamberger Kräutergärtnerei absolvierte: Anton Fritsche.

»... so weit die Theorie«, schloss die Kräuterhexe nach etwa einer Stunde, die Kastner ungemein lang vorgekommen war, ihren Vortrag und schaltete den Videobeamer aus. »Jetzt geht es raus ins Gelände – wir werden Heilpflanzen für unseren Kräutertee sammeln.«

Jörg Ott hob die Hand wie ein Grundschüler und fragte: »Brauchen wir da heute Wanderschuhe?«

»Wer Angst vor nassen Füßen hat, sollte sich Gummistiefel anziehen«, erklärte Isabel Lindemann. »Wir werden dem Hirschbach flussaufwärts bis Fischbrunn folgen und den einen oder anderen Abstecher in den Wald unternehmen.« Sie schlüpfte aus ihren Schuhen, flachen Tretern aus grünem Leder, die so urwüchsig aussahen, als wären sie wie Pilze aus einem morschen Baumstamm gewachsen. »Ich persönlich werde barfuß laufen«, verkündete sie. »Nackte Fußsohlen verraten einem mehr über Boden und Vegetation als jede PowerPoint-Präsentation.«

Die Metzgersgattin Elke Felseis war die Erste, die ebenfalls ihre Schuhe auszog. Nadja Lipinski und Mirjam schlossen sich nach einigem Zögern an.

»Bei denen hakt's ja wohl«, flüsterte Jannik Kastner zu und tippte sich an die Stirn.

Das sah Kastner genauso.

*

Es war ein warmer Frühlingstag. Lauer Westwind blies Schäfchenwolken über die bewaldeten Abhänge der Fränkischen Alb, die steigende Sonne leckte Tau von struppigen Gräsern. Der Hirschbachtalweg nach Fischbrunn stieg nur unmerklich an und war geteert – eine ehemalige Ortsverbindungsstraße, so breit, dass ein Traktor eine Kuhherde hätte überholen können. Die Kräuterhexe ließ den bequemen Weg jedoch bald rechts liegen und folgte fortan dem Ufer des Baches durch sumpfige Senken, stoppelige Wiesen und frisch gepflügte Äcker, deren Erdschollen sich speckig glänzend wölbten.

Kastners betagte, schweinslederne Wanderschuhe waren nach wenigen Metern nass bis auf die Socken und quietschten bei jedem Schritt wie hungrige Ferkel.

»Da läufst dir fei saubere Blasen an die Füß – vielleicht sollerst auch die Schuh ausziehn?«, schlug Elke Felseis vor. Zwischen ihren blau gefrorenen Zehen hingen Lehmbatzen und Grashalme, aber sie lächelte beseelt wie eine Heilige, die im festen Glauben an ihren Gott über glühende Kohlen läuft.

»Das stand in der Teilnahmebestätigung für den Kurs, dass man sich Gummistiefel mitbringen soll«, erklärte Anton Fritsche. Er selbst trug kniehohe Profigummistiefel der oberen Preisklasse, die vermutlich mit feuchtigkeitsregulierendem Innenfutter und orthopädischem Fußbett ausgestattet waren.

»Aber das konnte er nicht wissen«, ergriff Nadja Lipinski Partei für Kastner. »Er und Mirjam sind ja erst heute Morgen ganz kurzfristig für die Mückes eingesprungen.«

Kastner nickte der Blondine dankbar zu, die ihm ein Lächeln schenkte. Der mimische Austausch wurde von Jörg Ott misstrauisch beobachtet.

Isabel Lindemann – oder vielmehr Bella, da die Kursteilnehmer einander alle duzten – war am Bachufer stehen geblieben und deutete auf einige Pflanzen mit lindgrünen Blättern, deren Unterseiten silbrig schimmerten. »Weiß jemand, was das ist?«

Der Gärtnerlehrling hob den Finger.

»Einer von den anderen?«, fragte Bella.

»Äh – Pestwurz?«, preschte Lila Kiesling vor.

Die Kräuterhexe wog den Kopf. »Pestwurz sieht ähnlich aus, hat aber größere Blätter ...«

»Das ist Huflattich«, sagte Mirjam. »*Tussilago farfara* – hilft bei grippalen Infekten, Reizhusten und auch bei Bronchitis.«

Bella nickte anerkennend und erteilte die Erlaubnis, einige der Blätter für den Kräutertee zu pflücken. Auch Kastner bückte sich und riss pflichtschuldig etwas von dem Grünzeug ab.

»Ich hab arschkalte Flossen«, teilte Mirjam ihm flüsternd mit. »Ich hoffe, wir finden noch ein paar Kräuter gegen Blasenentzündung ...« Sie unterbrach sich, sprang zur Seite und packte Jannik gerade noch am Zipfel seines Anoraks – der Junge hatte am Bachufer einen Frosch entdeckt und war bei dem Versuch, ihn zu fangen, in eine bedenkliche Schieflage geraten.

»Nicht schon wieder«, stöhnte Sofie.

Bella bückte sich bemerkenswert geschmeidig und hielt den Frosch wenig später in der Hand. »Das ist ein Teichfrosch«, erklärte sie Jannik. »Ein Weibchen. Es ist unterwegs zu den Fischteichen bachaufwärts, um dort seine Eier abzulegen. In ein paar Wochen werden dann die Kaulquappen aus dem Froschlaich schlüpfen und sich nach und nach in kleine Frösche verwandeln.«

Jannik blickte fasziniert auf das braun und grün gefleckte Amphib. »Darf ich ihn anfassen?«, fragte er.

»Du kannst ihn in die Hand nehmen«, sagte Bella.

Jannik formte ein Nest aus seinen Kinderfingern, und Bella setzte den Frosch hinein. »Halt ihn fest«, sagte sie, »sonst springt er davon. Er hat mehr Kraft in den Hinterbeinen, als man denkt.«

Kastner befürchtete das Schlimmste für den Frosch, aber Jannik hielt ihn so behutsam wie einen aus dem Nest gefallenen Jungvogel. »Ich spüre sein Herz schlagen«, sagte er beinahe andächtig.

Bella lächelte.

Jannik betrachtete das Tier eine Weile durch seine gespreizten Finger, dann bückte er sich und öffnete die Hände. Der Frosch saß eine Weile still mit bebender Kehle, dann sprang er mit einem weiten Satz klatschend ins Wasser. »Da macht er jetzt die Kaulquappen«, konstatierte der Junge so zufrieden, als hätte er seinen Teil dazu beigetragen.

Sie wanderten weiter bachaufwärts, ihre Stoffbeutel, Plastiktüten und Tupperdosen füllten sich mit Kräutern. Am Bach pflückten sie Brennnesseln, Engelwurz und Scharbockskraut, am Waldsaum Lungenkraut und Waldmeister. Seit der Episode mit dem Frosch folgte Jannik der Kräuterhexe auf Schritt und Tritt, um ihre Meinung zu grundlegenden philosophischen Fragen einzuholen.

»Aber wenn es Aliens gibt«, hörte Kastner ihn sagen, »warum landen die dann nicht auf der Erde und ballern uns alle ab?«

Die Antwort hätte auch Kastner interessiert, aber Bella gab sie mit so leiser Stimme, dass er sie nicht verstand.

Sofie filmte eifrig mit ihrem Handy – sie hatte beschlossen, für ein anstehendes Schulprojekt eine Fotodokumentation über den Kräuterkurs zu erstellen. Mirjam wurde von der Plaudertasche Hermann Dennerlein mit Beschlag belegt, und Kastner kam, ganz unauffällig und inkognito, mit den anderen Teilnehmern des Kräuterkurses ins Gespräch.

Die Metzgersgattin Elke sprach über ihre ernste Besorgnis wegen der zunehmenden Elektrosmogbelastung und ihre Vorliebe für Operetten des Komponisten Franz von Suppé, der Blogger Tom Gellert schwadronierte weitschweifig über die Bedeutung politischen Engagements und die wichtige, *ach, was sage ich: fundamentale!* Rolle der sozialen Medien im globalen Kampf um Gerechtigkeit und Fortschritt. Tarik Al-Halabi verriet ihm sein Rezept für Giersch-Risotto mit Honig und Ziegenkäse, und die ehemalige Lehrerin Johanna Dennerlein gestand ihm mit rauchiger Bassstimme, dass sie Kinder verabscheute – *anwesende Blagen natürlich ausgenommen.*

Kastner musste wenig mehr tun, als hin und wieder verständnisvoll zu nicken. Aus Gründen, die ihm schleierhaft waren, öffneten viele Mitmenschen ihm freimütig ihr Herz – beruflich war das oft hilfreich, privat konnte es ein Fluch sein. Insbesondere schräge Charaktere fühlten sich unwiderstehlich zu ihm hingezogen: Menschen, die laut mit sich selbst sprachen, unter Muskelzuckungen litten und auffallend viele Plastiktüten mit sich herumtrugen, steuerten in U- oder Straßenbahnen zielstrebig und über weite Entfernungen den Sitzplatz neben ihm an, um endlich einmal mit jemandem über ihren hartnäckigen Fußpilz oder den tödlichen Autounfall ihres Neffen zu sprechen. Viele Jahre lang hatte Kastner sich an Strategien versucht, mit denen andere Fahrgäste Erfolg hatten: betreten den Blick abwenden, aus dem Fenster starren, in der Aktenmappe kramen. Vergebens. Er hätte sich ebenso gut ein Schild mit der Aufschrift *Bitte sprechen Sie mich an, ich werde Ihnen zuhören, bis einer von uns aussteigen muss* um den Hals hängen können. Inzwischen hatte er sich mit seinem Schicksal abgefunden und sah den Beladenen und Getriebenen freundlich entgegen, während sie sich ihren Weg zu ihm bahnten ...

*

»Sie ist wirklich kompetent«, beteuerte Lila Kiesling flüsternd und meinte damit die Kräuterhexe, »aber, na ja – es ist ja auch *körperlich* anstrengend, die Leute bergauf und bergab durchs Gelände zu führen! Als wir vorgestern zur Luisenhütte aufgestiegen sind, war Bella krebsrot im Gesicht und hatte Schnappatmung, als würde sie gleich einen Kreislaufkollaps kriegen. Man fragt sich doch, warum so jemand nicht ein paar Kilo abnimmt und ein bisschen Sport treibt?«

Tom Gellert nickte zustimmend. »Ich bin ja nun auch kein Athlet«, gab er zu und strich zufrieden über sein Hopfenbäuchlein, »aber irgendwo gibt es Grenzen, finde ich. Ganz abgesehen von der Ästhetik – das hat ja auch gesundheitliche Konsequenzen, wenn man so, ähm, füllig ist. Dabei könnte Bella durchaus attraktiv sein, wenn man sich das ganze Fett wegdenkt. Aber so – man kann es ihrem Mann kaum verdenken, dass er sich aus dem Staub gemacht hat.«

Lila runzelte die Stirn. »Was soll das heißen?«, erkundigte sie sich. »Dass du mich auch sitzen lassen würdest, wenn ich ein paar Kilo zunehme?«

»Aber nein!«, beteuerte Tom. »Ich meine, äh – Bella hat ja wohl mehr als ein *paar Kilo* zugenommen.«

Die Antwort schien Lila nicht wirklich zu beruhigen, und sie kaute nachdenklich auf der Nagelhaut ihres linken Daumens herum.

Kastner hielt den Zeitpunkt für geeignet, um ein wenig auf den Busch zu klopfen. »Hermann hat mir erzählt, dass vorgestern einer eurer Kurskollegen ums Leben gekommen ist«, sagte er. »Das muss schrecklich gewesen sein.«

»Das blanke Grauen«, bestätigte Tom.

Lila ergänzte: »Als wir da am Wegkreuz auf die Polizei gewartet haben – das war ungelogen die längste Stunde meines Lebens! Auf Julius' blutverschmiertem Kopf sind Heerscharen von Schmeißfliegen gelandet, um, pfui Teufel, was auch immer zu tun, und keine drei Meter entfernt hat dieser picklige Hackstock Anton ungerührt ein Zwiebelmettbrötchen verzehrt. Ich hätte mir fast auf die Schuhe gekotzt!«

Kastner nickte mitfühlend. »Für die arme Nadja muss das alles besonders schlimm gewesen sein – sie hat die Leiche gefunden, nicht wahr?«

Lila verzog den Mund. »Ja, ja. *Die arme Nadja.* Ich kann's echt nicht mehr hören.«

Es bedurfte nur eines fragenden Blickes, um sie zum Weitersprechen zu animieren.

»*Die arme Nadja* regt mich schon seit dem ersten Tag auf. Ich pack diesen Weibchentyp nicht, der auf blond macht und darauf wartet, dass ihm jemand den Mineralwasserkasten in den dritten Stock trägt.«

»Aber ich trag dir auch immer den Wasserkasten in den dritten Stock«, wandte Tom ein.

»Wow«, zischte Lila, »vielen Dank auch! Ich muss dich jedes Mal demütig um deine gnädige Hilfe bitten, und dann säufst du den halben Kasten ohnehin selber leer ... Aber darum geht's gar nicht. Es geht um die Erwartungshaltung der Nadjas dieser Welt, um die Selbstverständlichkeit, mit der sie davon ausgehen, dass man ihnen die Wünsche von den Augen abliest und einen roten Teppich für sie ausrollt!«

Offenbar empfand Tom den Unterschied zwischen den *Nadjas dieser Welt* und seiner Freundin als weniger grundlegend. »Für den, der den Wasserkasten die Treppe hochschleppt, wiegt er so oder so dasselbe«, sagte er. »Ob er nun einer Blondine den Wunsch von den Augen abliest oder dem Befehl einer Brünetten gehorcht.«

»Befehl?«, wiederholte Lila gefährlich leise. *»Befehl?«*

Kastner suchte sich einen neuen Gesprächspartner – eine innere Stimme sagte ihm, dass die folgende Debatte wenig zur Aufklärung des *Todesfalls Imthal/Wengleinpark* beitragen würde.

*

Nadja Lipinski sprach Imthals Tod nach einer Weile Small Talk von sich aus an. Sie erzählte ihm, wie sie Imthals Leiche gefunden hatte, und blieb dabei fast wörtlich bei der Aussage, die sie gegenüber Kommissar Bauer gemacht hatte. Sie schloss mit den Worten:

»Seither habe ich keine Nacht mehr durchgeschlafen – sobald ich die Augen schließe, sehe ich wieder Julius' starren Blick und das Blut auf seinem Kopf. Ich fürchte, ich werde dieses Bild nie wieder vergessen können.«

Kastner nickte verständnisvoll. »Du hattest sicher furchtbare Angst, der Mörder könnte noch in der Nähe sein und dich belauern?«

Nadja runzelte die Stirn. »Mich belauern? Warum hätte er das tun sollen?«

»Vielleicht hat er dich kommen sehen?«, erläuterte Kastner. »Vielleicht hast du ihn gestört, als er Julius' Rucksack durchwühlt hat? Im schlimmsten Fall hätte er dich für eine Tatzeugin halten können, die er besser aus dem Weg schafft ...«

Nadja wirkte verwirrt. Sie schüttelte mehrmals den Kopf, als wolle sie auf diese Art ihre Gedanken in Bewegung bringen, ehe sie sagte: »Darüber habe ich gar nicht nachgedacht.«

»Chapeau«, sagte Kastner. »Ich fürchte, ich an deiner Stelle wäre umgehend schreiend davongerannt. In solchen Dingen bin ich kein Held – obwohl ich immerhin ein Mann und ziemlich kräftig bin. Nun ja, sagen wir: kräftig gebaut. Ich finde es mutig, dass du bei deinem toten Kollegen ausgeharrt hast, bis Jörg dir zur Hilfe gekommen ist.«

Nadja machte eine vorhersehbar höfliche Bemerkung über seine Figur, ehe sie erklärte: »Ich war alles andere als mutig, ich war einfach nur geschockt. Mir war speiübel, meine Knie haben gezittert ...« Sie lächelte verlegen, beinahe entschuldigend. »Selbst wenn ich auf die Idee gekommen wäre, wegzulaufen: Ich hätte es nicht gekonnt. Falls der Mörder mich belauert hätte, hätte er leichtes Spiel mit mir gehabt ...«

»Oh Gott«, sagte Kastner. »Ich hätte nicht davon anfangen dürfen. Es tut mir leid.«

Nadja blieb stehen und schloss für einen Moment die Augen. Kastner nutzte die Gelegenheit, um ihr Gesicht zu betrachten – ein nicht mehr ganz junges, aber attraktives Gesicht: hohe Stirn, ausgeprägte Wangenknochen, kecke Nase. Ein dezentes, aber akribisch aufgetragenes Makeup: Grundierung, Rouge, Puder, Lidstrich, Wimperntusche und pinkfarbener Lippenstift ... So gingen andere Damen ins Büro. Nadjas glattes, blondes Haar wurde von einem schlichten Band zurückgehalten, aber es glänzte wie Seide und duftete nach Kokosnuss. Was sollte man davon halten? Er mochte Nadjas zurückhaltende, freundliche Art, und bisher war er bereit zu glauben, dass sie ein sensibler Mensch war, der eine traumatische Erfahrung verarbeiten musste. Das Trauma hielt sie jedoch nicht davon ab, sich morgens für mindestens eine halbe Stunde vor den Spiegel zu stellen und mit technischen Hilfsmitteln wie Glätteisen und Wimpernzange ihre Fassade auf Vordermann zu bringen. War das nun ein Widerspruch? Oder einfach nur weibliche Morgenroutine?

»Ist alles in Ordnung?«, fragte er.

Die Blondine schlug die graublauen Augen wieder auf und nickte.

»Sicher?«

»Es geht mir gut«, beteuerte Nadja und setzte sich wieder in Bewegung. »Aber wenn ich davon spreche und darüber nachdenke, kommen diese schlimmen Bilder wieder hoch ... Julius war mir, ehrlich gesagt, nicht sonderlich sympathisch, aber so ein grausames Ende wünscht man niemandem.«

»Du mochtest Julius nicht?«, erkundigte sich Kastner. »Warum?«

Nadja zuckte die Achseln. »Er hat sich über Dinge lustig gemacht, von denen er nichts verstand. Er dachte, Heilpraktiker würden ihren Patienten vorgaukeln, Magengeschwüre durch Handauflegen bei abnehmendem Mond heilen zu können. Und er hat mir einen Vortrag über den *Homöopathie-Hokuspokus* gehalten, den man seiner Meinung nach sofort verbieten müsste – als wären Arnica-Kügelchen ein drängenderes Problem als Klimawandel und

Kriege. Dabei arbeite ich gar nicht mit Homöopathie. Ich bin Chiropraktikerin.«

Kastner nickte verständnisvoll.

»Er hatte auch sonst recht eigene Ansichten«, ergänzte sie. »Gleich am ersten Abend im *Grünen Schwan* gab es eine Debatte, bei der er mit seiner Meinung ziemlich allein dastand.«

»Ach? Worum ging es denn?«

»Julius hat sich ein Hühnchen-Curry mit Basmatireis bestellt«, erzählte Nadja. »Er hat es mit großem Appetit verzehrt und anstandslos die Rechnung bezahlt; aber anschließend hat er sich hinter dem Rücken des Wirts über den Preis mokiert.«

Kastner stellte die naheliegende Frage: »Was hat es denn gekostet?«

»Sechzehn Euro«, sagte Nadja. »Elke hat Julius ganz freundlich darüber aufgeklärt, dass er ein Freiland-Bio-Huhn einer alten Landrasse verspeist hat und der Preis dafür äußerst kommod sei.«

»Und Elke muss es wissen. Als Metzgersgattin.«

»Ganz genau«, nickte Nadja. »Aber Julius hat behauptet, das ganze *Bio-Gedöns* sei reine Preistreiberei, und das Fleisch schmecke auch nicht anders als ein *konventionell erzeugtes Produkt*.«

»Ach was?«

»Daraufhin gab es am Tisch eine lebhafte Diskussion«, fuhr Nadja fort. »Jeder, der gelegentlich mal eine Doku schaut, weiß, was *konventionell erzeugt* heißt: Tierquälerei, Hormone, Salmonellen, Listerien, Dioxine, Antibiotika ... Und selbst wenn es auf dem Teller liegt, ist ein Huhn kein Produkt, sondern allenfalls ein Nahrungsmittel – es war einmal ein Lebewesen!«

Kastner nickte. »Und was hat Julius dazu gesagt?«

»Wir hätten wohl zu viele Disneyfilme gesehen, in denen Tiere vermenschlicht werden ... Die Konsumenten hätten ein Recht auf günstiges Fleisch, für die Produzenten müsse sich der Aufwand rechnen, und es spreche nichts dagegen, ein Huhn auf einer Standfläche zu halten, die einem DIN-A3-Blatt entspricht.«

»Tja«, sagte Kastner. »Für den Besitzer eines Geflügelmastbetriebs ist das keine besonders überraschende Haltung.«

»Nein«, gab Nadja zu. »Aber damals wussten wir nicht, dass Julius Geflügelmäster war, und er hatte nicht den Mumm, seine Karten auf den Tisch zu legen. Er hat behauptet, er arbeitet in der Gemeindeverwaltung.«

»Was ja nicht direkt gelogen war.«

»Das kommt darauf an, wie man Lügen definiert«, erklärte Nadja.

Die anderen waren schon ein gutes Stück voraus, nur Jörg Ott war stehen geblieben, um auf die Nachzügler zu warten. Kastner entnahm Nadjas Gesichtsausdruck, dass sie darüber nicht sonderlich erfreut war. Kastner ging noch eine Weile neben den beiden her, dann schloss er sich dem Gärtnerlehrling Anton Fritsche an.

*

Anton machte aus seiner kritischen Haltung gegenüber allem und jedem keinen Hehl.

»Das Wetter könnte besser sein«, behauptete der junge Mann der warmen Frühlingsluft zum Trotz. »Gestern Abend hat es zwei Stunden lang geregnet, das war so nicht vorhergesagt!« Seine Gummistiefel hätten viel Geld gekostet, bekämen an den Rändern aber bereits Ermüdungsrisse, obwohl er sie regelmäßig und sachgerecht pflege. Bella sei eine ganz brauchbare Umweltpädagogin, müsse das Profil ihres Zielpublikums aber schärfer umreißen – er fühle sich fachlich unterfordert.

»... und jetzt ist wegen dieser Leichensache auch noch ein ganzer Kurstag ausgefallen«, schloss er mürrisch. »Wir mussten zur Polizei und Fingerabdrücke abgeben, als wären wir Verbrecher. Ich bin ja gespannt, ob wir das Geld dafür zurückkriegen. In den Kursunterlagen steht, dass der Veranstalter bei Ausfällen wegen höherer Gewalt nicht haftet ... Was meinen Sie – äh, du? Fällt ein Mord unter den Begriff höhere Gewalt?«

»Das ist eine interessante Frage«, fand Kastner und dachte: Vor allem, wenn es die erste ist, die einem nach dem gewaltsamen Tod eines Kurskollegen einfällt. Offensichtlich hatte *die Leichensache* Anton nicht allzu sehr aus der misanthropischen Bahn geworfen.

»Eine Naturkatastrophe im eigentlichen Sinn ist ein Mord ja nicht«, sinnierte Anton. »Aber vielleicht ein von außen kommendes, unabwendbares Ereignis?«

»Vermutlich«, sagte Kastner.

Antons Gesicht verfinsterte sich. »Also futsch die Kohle.«

»Was war Julius eigentlich für ein Mensch?«, versuchte Kastner dem Gespräch eine andere Richtung zu geben.

Anton zuckte die schmächtigen Achseln. Dieser Aspekt der *Leichensache* schien ihn nicht sonderlich zu interessieren.

»Du hast bestimmt mal mit ihm geplaudert?«, schlug Kastner vor.

»Nein, wozu? Der hatte keine Ahnung.«

»Du meinst: Er hatte keine Ahnung von Kräutern?«

»Unter anderem«, nickte Anton.

»Woher willst du das wissen, wenn du nie mit ihm gesprochen hast?«

Darüber dachte Anton eine Weile nach. Dann sagte er: »Julius hatte keine Ahnung, aber eine Meinung. Und die hat er gern hinausposaunt.«

»Ich verstehe. Und was hat er so hinausposaunt?«

Anton kniffelte mit dem Nagel seines Zeigefingers an einem entzündeten Pickel herum.

»Zum Beispiel?«, schränkte Kastner seine Frage ein.

»Zum Beispiel hat er behauptet, großflächiger Maisanbau sei umweltpolitisch sinnvoll, weil ein Maisacker mehr CO_2 binde als eine Waldfläche gleicher Größe«, erklärte Anton.

»Ach. Und stimmt das nicht?«

Anton schnaubte. »Doch, das stimmt. Aber nur, solange der Mais wächst – sobald er geerntet wird, gelangt das gebundene CO_2 wieder in die Atmosphäre. Ein Wald speichert CO_2 langfristig, ein Maisacker nur bis zur nächsten Ernte.«

Er maß Kastner mit einem abschätzigen Blick und fügte an: »Mais ist eine einjährige Kultur, er wird jeden Herbst abgeerntet. Wie gewonnen, so zerronnen, könnte man sagen.«

»Ach so?«

»Das meiste CO_2 ist in natürlichen Böden gebunden«, ergänzte Anton. »Jeder Landwirt, der Grünland umbricht, um Mais anzubauen, setzt CO_2 frei; und dieser Minusbilanz kann er hinterherhecheln, wie er will, er wird sie nicht wieder ausgleichen. Abgesehen davon hat Maisanbau negative Folgen für die Artenvielfalt ... Vögeln und Insekten bietet ein Maisacker wenig Lebensraum; und Pestizide und Dünger laugen die Böden aus und belasten das Grundwasser.«

»Vielleicht waren Julius diese Zusammenhänge nicht bewusst?«

»Dann hätte er mal besser die Klappe gehalten«, gab Anton stoisch zurück.

*

Kurz vor dem Dörfchen Fischbrunn pflückten sie auf Bellas Geheiß ein paar Ranken des Gundermanns – *Glechoma hederacea*, geeignet zur äußerlichen und innerlichen Anwendung bei Erschöpfungszuständen. Kastner hielt Sofie eine der unscheinbaren Pflanzen für eine Makroaufnahme vors Handy, als sein Blick auf Jörg Ott fiel. Jörg war der Einzige, der bisher kein Wort mit ihm gewechselt hatte. Was Kastner nicht störte. Was ihn jedoch störte, war der Umstand, dass Jörg sich mit keiner halben Armlänge Abstand an Mirjam herangewanzt hatte und seine Hand wie eine haarige Spinne auf ihrer Schulter hockte. Wie hatte KK Bauer es formuliert? *Ein Möchtegernalphamännchen auf der Suche nach einer Geschlechtspartnerin?* Offenbar wurden dabei Blondinen bevorzugt ...

Kastner schluckte den Satz *Würdest du bitte deine schmierigen Tentakel von meiner Lebensgefährtin nehmen*, der ihm bereits fertig auf der Zunge lag, mühsam hinunter. Ihn auszusprechen hätte bedeutet, sich mit dem Möchtegernalphamännchen auf eine Stufe zu begeben; und Mirjam war eine selbstbewusste Frau – falls sie Jörgs Gegriffel als unangenehm empfand, würde sie ihm selbst gegen das Schienbein treten.

Aber Mirjam wirkte entspannt. Sie lächelte, zückte eine der Lupen, die Bella verteilt hatte, und wies Jörg auf eine Feinheit des Gundermann'schen Blütenaufbaus hin. Dieser kroch förmlich in sie hinein, und seine Spinnenfinger vibrierten vor Erregung.

»Es ist beeindruckend, was du alles über Pflanzen weißt«, behauptete er und fügte, ohne rot zu werden, an: »Nein, wirklich, Mirjam – du eröffnest mir da eine völlig neue Welt!«

Kastner schämte sich seines Y-Chromosoms.

Am späten Nachmittag erreichten sie Fischbrunn.

»Ich habe gestern Abend einen Eintopf gekocht«, sagte Bella. »Wenn ihr Lust habt – ihr seid herzlich eingeladen.«

Alle hatten Lust.

*

Die Kräuterhexe wohnte stilecht in einem Hexenhäuschen, das etwas abgelegen inmitten eines verwilderten Gartens stand. Dem Haus hätte ein Trupp Handwerker gutgetan, aber der beginnende Verfall war zumindest romantisch inszeniert: Kletterpflanzen rankten an der Hauswand empor, Töpfe mit Tulpen schmückten die Terrasse, Windspiele aus Muschelschalen klirrten in den knorrigen Ästen alter Obstbäume. Vor einem Holzverschlag pickte eine Schar brauner Hühner nach Würmern, zwei langhaarige Schafe streckten die Köpfe über den windschiefen Zaun und hießen sie blökend willkommen.

»Boah, geil!«, schrie Jannik. »Echte Tiere!«

»Darf man die streicheln?«, fragte Sofie.

»Zumindest die Schafe«, sagte Bella. »Sie heißen Irma und Manuela und mähen im Sommer das Gras.«

Die Kinder nahmen ihr Angebot begeistert an.

Die Erwachsenen besichtigten unter Bellas Führung zunächst den Kräuter- und Gemüsegarten und ein kleines Gewächshaus, in dem die Kräuterhexe Jungpflanzen heranzog, dann nahmen sie an einem runden Holztisch auf der Terrasse Platz. Bella entschuldigte sich und verschwand im Haus.

»Das sieht man gleich, dass hier der Mann fehlt«, stellte Tom Gellert fest. »Das Dach muss neu gedeckt werden, die Fensterläden hängen schief in den Angeln, und der Putz bröckelt von der Fassade. Ich will gar nicht wissen, wie es innen aussieht – vermutlich tropfen die Wasserhähne, und das Klo ist verstopft.«

»Und das sagst du uns – warum?«, fragte Johanna. »Um mit deiner Beobachtungsgabe zu glänzen? Um darüber zu lästern, dass Bella der Mann davongelaufen ist? Oder bist du handwerklich begabt und willst deine Hilfe anbieten?«

Ehe Tom antworten konnte, kehrte Bella mit einem Tablett voller Gläser und einer großen Karaffe zurück, in der Kräuter und Limettenscheiben in einer klaren Flüssigkeit schwammen.

»Das ist eine Quellwasser-Bowle mit Frühlingskräutern«, erklärte sie. »Wer herausfindet, was alles drin ist, hat die freie Auswahl!« Sie deutete auf ein mannshohes Holzregal an der Hauswand, in dem Schraubgläser arrangiert waren: Marmeladen, Chutneys, Kräutersalze und Gewürzmischungen. »Alle anderen dürfen natürlich gerne etwas kaufen«, fügte sie augenzwinkernd hinzu.

»Hast du das alles selbst gemacht?«, staunte Mirjam.

»Wo nimmst du neben den Kindern und den Kursen bloß die Zeit dafür her?«, erkundigte sich Elke.

Nadja bewunderte die handgemalten Etiketten: »Das ist ja Kunst, jedes Stück ein Unikat!«

Bella lächelte bescheiden und stellte Weidenkörbchen für die potenziellen Einkäufe bereit – eigenhändig geflochten und ebenfalls käuflich zu erwerben, wie sie bemerkte.

»Bedient euch«, sagte sie, »wir können später abrechnen. Wenn ihr Fragen zu den Produkten habt, stehe ich natürlich gern zur Verfügung. Aber jetzt sehe ich erst mal nach dem Eintopf ...«

»Kann ich dir helfen?«, fragte Mirjam. »Den Tisch decken oder so?« Sie folgte Bella ins Haus.

Kastner nippte an der Bowle. Sie schmeckte wie eine frisch gemähte Wiese, und ein wenig auch nach Schaf.

Tom Gellert sprach aus, was Kastner wohlweislich nur dachte: »Da möchte man gern seine müden Füße reinstellen und ein kühles Bier dazu trinken.«

Lila stieß ihren Freund mit dem Ellbogen an. »Sei nicht so frech. Es ist doch nett, dass sie uns zu sich nach Hause eingeladen hat.«

»Eingeladen? Für mich sieht das eher nach einer Kaffeefahrt aus.« Tom zeigte auf die Schraubgläschen und feixte: »Ich möchte nicht wissen, was der Plunder kostet. Lasst mich raten: Da stehen keine Preise drauf, und am Ende wird eine satte Rechnung präsentiert, die man aus Höflichkeit nicht ablehnen kann.«

»Pst, nicht so laut!«, zischte Lila, konnte sich ein amüsiertes Grinsen aber nicht verkneifen. Solange es gegen andere ging, schien die Beziehung der beiden recht harmonisch zu sein.

»Bella wird sicher niemanden dazu zwingen, etwas zu kaufen«, sagte Nadja, der Toms flapsige Sprüche sichtlich gegen den Strich gingen.

»Und die Bowle schmeckt sehr erfrischend«, mischte sich Tarik Al-Halabi ein. »Genau das Richtige an einem warmen Frühlingstag! Man muss ja nicht schon nachmittags Alkohol trinken ...«

»Wir sind hier nicht im Kalifat, mein Lieber, sondern in

Franken«, erklärte Tom. »Hier gilt Bier schon seit der Zeit der alten Germanen als Grundnahrungsmittel.«

»Ach?«, lächelte Tarik. »Dann bitte ich um Entschuldigung – da hab ich dummer Moslem beim Integrationskurs wohl nicht richtig aufgepasst.«

Nach dieser Retourkutsche kehrte für eine Weile betretenes Schweigen ein. Tom schob trotzig das Kinn vor, Lila runzelte die Stirn und schüttelte den Kopf – es war schwer zu sagen, ob ihr Missfallen Tom oder Tarik galt.

Mirjam kam mit einem Besteckkorb und einem Stapel bunter Keramikteller aus dem Haus und stellte beides auf den Tisch. »Was ist euch denn über die Leber gelaufen?«, fragte sie in die Runde.

»Alles gut«, flötete Lila und verteilte die Teller.

»Nein, es ist nicht alles gut«, erklärte Tom und verschränkte bockig die Arme vor der Brust. »Offensichtlich brodeln hier unter der Harmoniesoße latente Konflikte. Vielleicht sollte man die mal direkt ansprechen.«

»Ich wusste nicht, warum«, sagte Johanna. Sie zog ein Päckchen Roth-Händle ohne Filter aus der Schenkeltasche ihrer beigen Wanderhose, zündete sich eine an und inhalierte tief. »Ich habe einen Kräuterkurs gebucht, keinen Psychoworkshop.«

»Das sehe ich genauso«, stimmte Nadja ihr zu. »Wenn alle die Regeln der Höflichkeit und des Anstands beachten ...«

»Das ist genau die Art von Friede-Freude-Eierkuchen, die das Zusammenleben in unserer Gesellschaft so scheinheilig macht«, fuhr Tom auf. »Ich bin ein toleranter und politisch engagierter Mensch; ich muss mich von ein paar humorlosen Spießern nicht als Alkoholiker oder gar als Rassist hinstellen lassen, nur weil ich nachmittags gern ein Bier trinke!«

»Und wen genau möchtest du als humorlosen Spießer hinstellen, nur weil er nachmittags gern einen Schluck Wasser trinkt?«, erkundigte sich Tarik im Plauderton.

Tom schnappte nach Luft, Lila legte ihm beschwichtigend die Hand auf den Arm.

»Es kann doch ä jeder trinken, was er mag und wann er mag«, versuchte Elke zu vermitteln. »Des is ja kä Glaubensfrage, bei der es bloß richtig oder falsch gibt ...« Sie hielt inne, dachte über ihre Worte nach und blinzelte dann verlegen zu Tarik hinüber. »Ähm, also – jedenfalls meistens nedd.«

Kastner wusste aus der Ermittlungsakte, dass Tarik gebürtiger Nürnberger war und jeden Sonntag im Kirchenchor der katholischen Pfarrei von Sankt Georg sang, aber offensichtlich waren diese Umstände nicht allgemein bekannt.

Tarik zwinkerte Elke zu. »Ich persönlich trinke abends gern ein Gläschen spanischen Rotwein – am liebsten einen gut temperierten Tempranillo.«

Tom ließ sich von diesem alliterarischen Geständnis nicht den Wind aus den Segeln nehmen. »Es ist mir herzlich egal, was du trinkst oder nicht trinkst«, erklärte er finster. »Mich nervt hier etwas anderes: dieses Freilichtmuseumsidyll, dieses My-home-is-my-castle-Getue ... Dass zu wenig selbst gemachte Marmelade gegessen wird, ist sicher nicht das drängendste Problem unseres Planeten. Klimawandel, Leute! Abholzung der Regenwälder, Ressourcenknappheit, Mikroplastik in den Weltmeeren! Von den sozialen Verwerfungen ganz zu schweigen ... Wir können uns vor den Problemen der Welt nicht im privaten Wolkenkuckucksheim verstecken. Da geht es um Weltpolitik, da muss ein Ruck durch die ganze Menschheit gehen!«

Johanna tippte sich an die Stirn. »Und was schlägst du vor? Bomben werfen? Die Guillotine wieder auspacken? Ich hoffe, ich liege schon im Grab, wenn gefühlskalte Ökofaschisten wie du die Herrschaft übernehmen.«

»Bitte hört auf, euch zu streiten«, bat Nadja. »Ich finde es toll, was Bella hier macht; auch wenn es nur kleine Schritte in die richtige Richtung sind. Und so oder so verdient sie Respekt und Höflichkeit – sie ist unsere Gastgeberin!«

Wie um ihre Worte zu bestätigen, trat Bella auf die Terrasse und stellte einen Emaillekessel, einen Brotkorb und eine Salatschüssel auf den Tisch. »Guten Appetit«, wünschte sie. »Ihr nehmt euch selbst? Mag jemand ein Bier oder einen Wein zum Essen?«

Alle, selbst Tom, lehnten dankend ab. Mirjam rief nach Jannik und Sofie. Lila ließ sich die bunten Teller reichen, füllte jeden mit einer Kelle Eintopf und gab ihn weiter.

»Was ist da drin?«, fragte Sofie.

»Karotten, Sellerie, Lauch, Tomaten und Kartoffeln«, sagte Bella. »Dazu Pastinaken, Bohnen und Petersilienwurzeln, Kräuter und Quellwasser. Und Lammfleisch.«

Sofie ließ den Löffel fallen. Trotz ihres jungen Alters lebte sie schon seit vier Jahren vegetarisch.

»Isst du kein Fleisch?«, fragte Bella das Mädchen. »Wie dumm von mir, ich hätte vorher danach fragen sollen. Magst du etwas Käse und Obst?«

Sofie nickte schüchtern.

»Sonst noch jemand?«, fragte Bella.

Die Metzgersgattin Elke hob die Hand und outete sich zu Kastners Überraschung als Veganerin – was ihre asketisch magere Figur erklärte, einem Eheberater aber vermutlich Sorgenfalten auf die Stirn getrieben hätte.

Bella ging noch einmal ins Haus und kam bald darauf mit einer Rohkostplatte zurück. Eine Weile konzentrierten sich alle aufs Essen und brachen das Schweigen nur, um Bellas Kochkunst zu loben.

»Ein fantastischer Eintopf«, steuerte Nadja bei. »Verrätst du uns, mit welchen Kräutern er gewürzt ist?«

»Natürlich«, sagte Bella. »Thymian, Salbei und Rosmarin; ein paar Wacholderbeeren, ein Lorbeerblatt, frische Kresse und ein Stängel Minze.«

»Ich schmecke einen Hauch Zimt und Nelke«, bemerkte Tarik. »Und eine Prise Kümmel?«

»Da schmeckst du richtig«, bestätigte Bella lächelnd.

Tom nahm einen Nachschlag. »Schmeckt himmlisch«, stellte er fest. »So etwas bekommt man zu Hause nicht.«

Die Bemerkung brachte ihm einen säuerlichen Seitenblick von Lila ein, den er nicht bemerkte.

»Habt ihr heut früh die Zeitung gelesen?«, fragte er, nachdem er seinen Teller sauber geleckt hatte. »Den salbungsvollen Nachruf auf unseren Kurskollegen Julius selig?«

Einige nickten.

»Sein plötzliches Ableben hat ihm sauber die Maske vom Gesicht gerissen: neoliberaler Politiker, Hähnchenmäster, Agrarlobbyist«, zählte Tom auf. »Ich hab ein bisschen über ihn recherchiert – die sozialen Medien quellen über von seinen Statements. *Wirtschaftsinteressen first, Planet Erde second.* Wusstet ihr, dass nicht etwa Monokulturen, die Nitratbelastung des Grundwassers, Pestizide und Insektensterben das Problem sind, sondern, ich zitiere sinngemäß aus einem Twitter-Beitrag von the@realJuliusImthal: *die ökofaschistische Journaille, die mit einseitiger Panikmache einen Keil zwischen Bürger und Bauern treiben will?«*

Er warf einen vielsagenden Blick in die Runde und schloss mit den Worten: »Den Falschen hat es da nicht getroffen.«

»Das ist makaber«, warf Tarik ein.

»Gerade du müsstest eigentlich meiner Meinung sein«, fand Tom. »Du hast mir gestern erzählt, dass du Bienen hältst und deinen eigenen Honig machst ... Was glaubst du denn, wer am Bienensterben schuld ist? Lobbyisten wie Imthal, die sich unverfroren für den Einsatz von Glyphosat und anderen Insektenkillern einsetzen, um ihrer Klientel die Eier zu schaukeln.«

»Das ist richtig«, nickte Tarik. »Aber muss man dem politischen Gegner gleich den Tod wünschen? Damit stellt man sich auf eine Stufe mit Nazis oder Islamisten ...«

»Also, jetzt muss ich auch mal was sagen!«, meldete sich Lila, als bräche sie aus gegebenem Anlass ein lebenslanges Schweigegelübde. »Ich finde es unmöglich, wie ihr alle auf Tom rumhackt, nur weil er Klartext redet! Auf unserem Planeten laufen so viele Arschlöcher rum, denen niemand Paroli bietet – Trump, Salvini, Orbán, Bolsonaro ... Die Liste ließe sich fortsetzen. Diese Typen ignorieren die Tatsache, dass es nur einen Planeten gibt und die gesamte Menschheit eine Schicksalsgemeinschaft bildet, und sie reißen uns alle mit in den Abgrund! Denen den Schädel einzuschlagen läuft für mich unter Notwehr – warum nicht auch hier kleine Schritte machen und mit neoliberalen Lokalpolitikern anfangen?«

»Ich habe durchaus Verständnis für deine jugendliche Wut«, brummte Johanna. »Aber glaubst du ernsthaft, dass sich die Probleme der Welt mit Gewalt lösen lassen? Das haben Generationen vor uns schon versucht, und mit welchem Ergebnis?«

Lila zuckte die Achseln.

»Ich bin auch kein Fan von Trump und Co«, fuhr Johanna fort. »Aber sie alle wurden, mehr oder weniger, demokratisch gewählt. Und jetzt frage ich dich: Willst du ganze Völker ausrotten, nur weil sie nicht so abstimmen, wie du es für richtig hältst?«

»Auch Hitler wurde gewählt«, hielt Lila dagegen. »Und wenn ihm jemand beizeiten einen Stein über den Scheitel gezogen hätte, wäre der Welt viel Leid erspart geblieben!«

»Das ist richtig, aber keine Antwort auf meine Frage«, stellte Johanna fest.

»Vielleicht war die Frage falsch. Die Frage ist doch, warum so viele Deppen herumspazieren, die über ihren nationalen Tellerrand nicht hinausschauen wollen und in einem begrenzten System auf unbegrenztes Wachstum setzen.«

»Wenn das die Frage ist«, sagte Johanna, »was ist dann die Antwort? Hast du eine?«

»Die Antwort ist zweiundvierzig«, warf Jörg Ott ein. Er schielte zu Nadja hinüber, um zu sehen, ob sie seinen Einwurf witzig fand.

Nadja lächelte gequält.

»Das ist aus *Per Anhalter durch die Galaxis*«, teilte Jörg unaufgefordert mit. »Die bauen da diesen Computer, der die Antwort auf die Frage nach dem Leben, dem Universum und dem ganzen Rest finden soll ... Und nachdem der Computer endlich fertig und die Antwort gefunden ist, kann sich niemand mehr an die Frage erinnern ...«

»Hat dir noch nie jemand gesagt, dass ein flacher Scherz nicht besser wird, wenn man ihn erklärt?«, fiel Lila ihm ins Wort. »Und nebenbei erwähnt, lieber Jörg: Dein permanentes Gebalze nervt nicht nur Nadja, sondern uns alle.«

Verlegenheit und Scham nahmen Anflug auf Jörgs kantige, glatt rasierte Wangen, aber er verweigerte ihnen die

Landung. »Da ist wohl jemand eifersüchtig«, witzelte er halbherzig. »Sorry, Lila, du bist einfach nicht mein Typ.«

Lila verdrehte die Augen und wandte sich an die Blondine. »Man kann es mit der Höflichkeit auch übertreiben, liebe Nadja«, erklärte sie. »Warum sagst du Jörg nicht einfach, dass er dich in Ruhe lassen soll?«

Nadja wurde puterrot. »Also das ... Das geht dich ja wohl nichts an.«

»Was mich was angeht, entscheide ich schon selbst«, hielt Lila dagegen. »Und ehrlich gestanden geht mir deine Harmoniesucht beinahe ebenso auf den Geist wie Jörgs zudringliches Gegockel. Begreifst du nicht, dass man solchen Typen klare Grenzen setzen muss, weil sie alles andere als Einladung missverstehen? Deine Duldsamkeit wirft ein schlechtes Licht auf das ganze weibliche Geschlecht!«

Nadja schnappte nach Luft.

»Das Niveau des Tischgesprächs sinkt unter die Gürtellinie«, sprang Johanna der sprachlosen Nadja bei. »Wenn du dir Sorgen um die Außenwirkung des weiblichen Geschlechts machst, *liebe Lila*, solltest du vielleicht bei dir selbst anfangen. Offensichtlich mangelt es dir an Kinderstube und Respekt – warum kümmerst du dich nicht um deinen eigenen Mist und ersparst der Welt deine superklugen Analysen?«

»Manchmal muss man polarisieren, damit die Leute aus sich herauskommen«, behauptete Lila und fügte nach einem Blick auf Nadja an: »Leider klappt das nicht bei jedem.«

»Wie überheblich kann man eigentlich sein?«, fragte Johanna. »Glaubst du, es ist in Ordnung, andere Menschen zu manipulieren und zu instrumentalisieren, wenn es einem von dir definierten höheren Zweck dient?«

»Es ist so ein schöner Frühlingstag«, meldete sich Konrad Dennerlein überraschend zu Wort. »Wir sitzen hier bei bestem Wetter in einem wunderschönen Garten, die Vögel zwitschern, Bella hat einen köstlichen Eintopf für uns gekocht – warum genießen wir das nicht einfach?«

»Weil genau diese Haltung den Planeten an den Rand des Abgrunds geführt hat?«, meinte Tom. »Mit *weiter so* und *es wird schon alles gut werden* ist die Welt nicht zu retten.«

»Vielleicht ist die Welt so oder so nicht zu retten«, gab Johanna zu bedenken. »Der Mensch kann nicht aus seiner Haut, er ist ein Opfer seiner Gene. Wir alle schauen zuerst auf uns und dann erst auf die anderen, wir stecken unsere Claims ab und empfinden jeden Eindringling als Bedrohung; wir scheffeln, was geht, um Notzeiten überstehen zu können, und schielen immer neidisch auf die, die noch mehr haben. Wenn wir vorankommen, halten wir es uns selbst zugute, wenn wir scheitern, sind die Umstände schuld. Was wäre so schlimm daran, wenn die Menschheit sich zugrunde richtet? Der Planet wäre ohne uns besser dran.«

»Das ist eine ziemlich radikale Ansicht«, sagte Tom mit so etwas wie Anerkennung in der Stimme.

Johanna lächelte. »Du meinst: eine ziemlich radikale Ansicht für eine humorlose Spießerin?«

*

Am Abend fiel Kastner zu Tode erschöpft ins Bett. Er spürte einen ziehenden Schmerz in den Wadenmuskeln, und seine Füße waren in den nassen Wanderschuhen aufgequollen und wundgescheuert.

»Die sehen echt eklig aus«, konstatierte Mirjam. »Wie zwei kleine Wasserleichen.«

»Vielen Dank für den charmanten Vergleich und dein warmherziges Mitgefühl«, sagte Kastner.

»Das Barfußlaufen war eine interessante Erfahrung«, stellte Mirjam fest, kramte in ihrem Kulturbeutel und warf ihm eine Fußsalbe zu. »Irgendwie befreiend und reinigend, wie ein Hornhautpeeling für Leib und Seele.«

Sie hatte sich eine Flasche Rotwein mit aufs Zimmer genommen, den sie aus ihrem Zahnputzbecher trank. Mit dem Glas in der Hand setzte sie sich zu Kastner aufs Bett und sah zu, wie er die Salbe auf seinen schrumpeligen Fußsohlen verteilte.

»Und?«, fragte sie. »Was hältst du von den Kräuterfreunden?« Sie wirkte nicht im Geringsten müde, sondern vibrierte vor Energie.

»Ich habe gerade erst angefangen, mir ein Bild von der Lage zu machen, Hase.«

»Tom und Lila haben in der Sache natürlich recht. Man löst die Probleme der Welt nicht, indem man Himbeermarmelade in hübsche Gläschen füllt und ein buntes Etikett draufklebt. Aber ihr Benehmen war total daneben, oder? *Wir sind hier nicht im Kalifat*? Das ist ja wohl Nazideutsch!«

Kastner schraubte die Salbe wieder zu und ließ sich stöhnend aufs Kissen sinken. »Ich glaube nicht, dass Tom das ernst gemeint hat. Er hat mir erzählt, dass er sich auf Twitter und in seinem Blog gegen Ausbeutung und Rassismus engagiert.«

»Und was lernen wir daraus?«, schnaubte Mirjam. »Offenbar sind es zwei Paar Stiefel, sich im Netz aufgeklärt zu geben und es im wirklichen Leben zu sein.« Sie nahm ihre Zigarettenschachtel vom Nachtkästchen, drehte sie in der Hand und legte sie dann wieder weg – das Rauchen war in den Gästezimmern nicht gestattet.

»Tom hat zugegeben, dass er Julius' Tod nicht bedauert«, fuhr sie fort. »Und Lila hat gleich noch eins draufgesetzt: *Solchen Typen den Schädel einzuschlagen, läuft bei mir unter Notwehr. Warum nicht kleine Schritte machen und mit neoliberalen Lokalpolitikern anfangen?* Das war fast ein Geständnis! Die beiden könnten Imthals Tod gemeinsam geplant haben – Tom erledigt ihn, Lila gibt ihm ein Alibi, und der Kräuterkurs ist die perfekte Tarnung!«

»Du sprichst von Mord aus politischen Motiven?«, fragte Kastner. »Das Opfer schon Wochen vorher auspähen, den Tatablauf planen, sich eine Tarnung zurechtlegen? Eine Art linksradikale Terrorzelle?«

»Warum nicht?«, gab Mirjam zurück und nippte an ihrem Zahnputzbecher. »Die Nationalfaschisten organisieren sich seit Jahrzehnten, um ihre Propaganda unters Volk zu bringen und *wirklich* unschuldige Leute zu ermorden, und die Behörden unternehmen wenig, um sie daran zu hindern. Da wäre es der Ausgewogenheit der Kräfte nur dienlich ...«

»Da wäre zum einen die Tatwaffe«, unterbrach Kastner, ehe seine Lebensgefährtin sich in Theorien verstricken konnte, die womöglich den Verfassungsschutz auf den Plan riefen. »Ein simpler Stein. Welcher Mörder verlässt sich darauf, am Tatort einen passenden Gegenstand vorzufinden, mit dem er seinem Opfer den Schädel einschlagen kann? Wenn man so etwas plant, nimmt man sich einen Wagenheber, ein Messer oder gleich eine Schusswaffe mit. Und zum anderen hätten Tom und Lila nicht so frech auf der Kappe geblasen, wenn sie die Täter wären ... Meiner bescheidenen Erfahrung nach tun Mörder alles, damit man ihnen nicht auf die Schliche kommt: Sie schweigen und leugnen, solange es irgend geht.«

»Das kommt auf die Persönlichkeit an«, behauptete Mirjam. Sie sah sich gerne Krimis an, in denen Profiler eine tragende Rolle spielten. »Wer eitel ist, will sich mit seiner Tat auch brüsten – vor allem, wenn er weltanschauliche Motive hat! Und wenn Tom nicht eitel ist, bin ich nicht blond.«

»Hm«, machte Kastner.

Mirjam schenkte sich Wein nach. Im Gesprächsmodus kontroverse Debatte sog sie Flüssigkeiten schneller auf als eine Fünfzehnhundert-Watt-Kreiselpumpe.

»Nun gut«, lenkte sie ein. »Wir sollten uns nicht zu früh festlegen. Was hältst du von diesem Gärtnerlehrling – Anton Fritsche? Ich hab ein paar Takte mit ihm geplaudert und hatte den Eindruck, dass er zu seinen Gummistiefeln ein innigeres Verhältnis pflegt als zu seinen Mitmenschen. Andererseits kannte er nicht nur jedes Gras am Wegesrand mit Vor- und Nachnamen, sondern hatte auch eine dezidiert ablehnende Haltung zur Agrarsubventionspolitik der Europäischen Union, die Massentierhaltung und Monokulturen begünstigt. Ich wollte nur ein wenig Small Talk machen, aber er hat mir Fakten und Zahlen um die Ohren gehauen, die ein normaler Mensch sich gar nicht merken könnte.«

»Und was schließt du daraus?«

»Hallo?!«, schnaubte Mirjam. »Ein Rationalist, dem es eklatant an Empathie fehlt – das ist das Holz, aus dem Psychopathen geschnitzt sind!«

»Jetzt mal halblang, Hase«, winkte Kastner ab. »Nicht jeder kauzige Griesgram ist ein Psychopath, und nicht jeder Psychopath ist ein Mörder. Obwohl ich zugeben muss, dass Anton auch mit mir über seine Gummistiefel gesprochen hat – das Thema scheint ihm wirklich unter den Nägeln zu brennen.«

Mirjam starrte eine Weile schweigend in ihr Glas. Kastner hätte gerne das Licht ausgeschaltet und eine Mütze Schlaf genommen – die körperlichen Anstrengungen der letzten Tage steckten ihm in den Knochen. Aber seine Lebensgefährtin war mit ihrer Analyse möglicher Verdächtiger noch nicht fertig.

»Elke fand ich recht sympathisch«, sagte sie. »Aber mal unter uns: Der fehlen doch ein paar Latten am Zaun?«

Kastner nickte zustimmend. »Eine vegane Metzgersgattin, die gerne Operetten hört ...«

»Das meine ich nicht, du Ignorant«, stellte Mirjam klar. »Ich spreche von dieser Elektrosmog-Sache. Klar, ich möchte auch keinen Mobilfunkmasten auf meinem Hausdach haben, aber Elke behauptet ernsthaft, dass sie die Wellen *spürt*. In ihren *Adern*, verstehst du? Und sie ist überzeugt, dass feindliche Kräfte die Wellen benutzen, um uns zu manipulieren – Geheimdienste, Außerirdische, wer auch immer. Sie hat mir gestanden, dass sie zu Hause einen Aluhut trägt.«

»Einen *was*?«

Mirjam griff nach ihrem Laptop, der auf dem Nachttisch geparkt war, fuhr ihn hoch und tippte etwas in die Internetsuchmaske ein. Auf diese Weise erfuhr Kastner erstmals, dass man praktische Dinge wie eine Sleep-safe-Abschirmdecke, Strahlenschutz-Slips für Damen und Herren und alle Arten von wellenresistenten Kopfbedeckungen online bestellen oder aus haushaltsüblicher Alufolie selbst basteln konnte.

Er pfiff leise durch die Zähne.

»Und so ein Aluhut hält Aliens davon ab, unsere Gehirndaten auszulesen? Wir sollten dieses geheime Wissen vor Jannik verborgen halten – er wäre begeistert!«

»Von mir wird er es nicht erfahren«, versprach Mirjam.

»Also gut, Hase: Du hast recht«, gab Kastner zu. »Der netten Elke scheinen ein paar Latten am Zaun zu fehlen. Aber was hat das mit dem Mord zu tun?«

»Keine Ahnung – vielleicht hat Imthal als Gemeinderat den Ausbau des Mobilfunknetzes vorangetrieben?«, schlug Mirjam vor. »Vielleicht war Elke überzeugt, dass er im Interesse des intergalaktischen Geheimdienstes handelt? In jedem Fall war Imthal Hähnchenmäster, und er hat keine Biohühner großgezogen – in den Augen einer überzeugten Veganerin muss er dem Teufel recht nahegekommen sein.«

»Elke ist mit einem Metzger verheiratet! Das lässt auf eine überdurchschnittliche Toleranz schließen – zumindest in Ernährungsfragen.«

»Kann sein«, gab Mirjam zu. Sie griff wieder nach ihrer Zigarettenschachtel, stand auf und öffnete das Fenster.

Ein kalter Luftzug strömte herein.

»Das Rauchen in den Gästezimmern ist nicht gestattet«, merkte Kastner an.

Mirjam zündete einen der Glimmstängel an und konterte: »Ich rauche nicht zum Vergnügen, sondern um meine kleinen grauen Zellen anzuregen. Mein Lebensgefährte hat mich gegen meinen Willen in eine Mordermittlung hineingezogen.«

Dagegen konnte Kastner schwer etwas einwenden, obwohl der Qualm keineswegs aus dem Fenster, sondern direkt zum Bett zog.

»Was hältst du von Tarik Al-Halabi?«, fragte Mirjam. »Der hält sich auffallend bedeckt, finde ich. Er schießt immer mal wieder Pfeile gegen Tom und Lila ab, aber wo er wirklich steht, wird nicht recht klar.«

»Und was hältst *du* von Jörg Ott?«, stellte Kastner eine Gegenfrage.

»Jörg?« Mirjam blies eine Wolke Rauch aus und sah ihn erwartungsvoll an.

»Dir ist schon aufgefallen, dass er dich auf peinlich plumpe Weise angebaggert hat?«

Mirjam hob die Augenbrauen.

»Ich hätte erwartet, dass du dem Affen gründlich den Kopf wäschst«, erklärte Kastner. »Normalerweise erkennst du einen Schleimer, wenn du einen siehst.«

»Ach, bist du etwa eifersüchtig?«

»Eifersüchtig? Auf Jörg Ott? Das würde mir nicht im Traum einfallen!«, behauptete Kastner.

»Ich fand ihn ganz nett«, schnurrte Mirjam. »Er war sehr aufmerksam, sehr interessiert, sehr – zugewandt. Das ist per se nichts Schlechtes, oder?« Sie nippte noch einmal an ihrem Wein, ehe sie ihre Zigarette aus dem Fenster warf, den Zahnputzbecher auf dem Nachtkästchen abstellte und zu Kastner und den beiden kleinen Wasserleichen unter die Bettdecke kroch.

Tag 4/Donnerstag/Arsch der Waldfee

Am nächsten Morgen fuhr Kastner ein weiteres Mal vor Tau und Tag mit Mirjams Toyota nach Hersbruck – Karlheinz Bauer hatte angerufen und erste Ermittlungsergebnisse in Aussicht gestellt. Viertel vor acht parkte Kastner auf dem ländlich-leeren Parkplatz vor dem adretten, weiß verputzten Sandsteinbau mit dem Erker und den hölzernen Fensterläden, in dem die Polizeiinspektion untergebracht war. Er war schlecht gelaunt: Er hatte noch nicht gefrühstückt, und ein veritabler Muskelkater machte ihm jede Bewegung zur Qual. Kastner fühlte sich regelrecht urlaubsreif.

In dem winzigen Vorraum der Polizeiinspektion saßen zwei Damen auf einer schmalen Bank ohne Lehne. Die eine wartete auf ihre Tochter, die beim diensthabenden Beamten gerade eine Anzeige wegen Internet-Stalkings aufgab, die andere war Opfer einer Phishingmail geworden, wie Kastner unwillentlich erfuhr, nachdem er, vorerst vergebens, die Klingel neben der Tür betätigt hatte, die ins Innere der heiligen Hallen und hinauf in den ersten Stock führte.

»Ich waas nedd, warum des solang dauert«, sagte die Mutter des Stalkingopfers, eine Brünette Mitte vierzig. »Wenn ich des nämlich gwusst hätt, hätt ich heut früh schnell noch was gessen odder wenigstens ä Dassn Kaffee drunken. Hörens des Knurren? Des is mei Magen.«

Kastner hörte es in der Tat.

»Wie lange ist Ihre Tochter denn schon da drin?«, fragte die andere Dame, wohl weniger aus Mitgefühl als aus dem Bedürfnis, ihre eigene Wartezeit abschätzen zu können. Sie hatte einen Langhaardackel dabei, der sich auf dem gefliesten Boden zusammengerollt hatte und unglücklich aussah.

»Ich hock hier scho ä Stund rum«, sagte die Brünette.

Die Hundebesitzerin wurde blass.

»Dabei is die Gschichd schnell erzählt: Wenn mer so freizügiche Foddos ins Internetz schdellt, braucht mer sich nedd wundern, wenn einem die Psychos den Posteingang fluten, odder? Ich mein, was denken die Mädels? Dass sie ä Filmreschisseur odder ä Moddlscout entdeckt? Ich habs der Vanessa immer widder gsachd, aber sie wollt ja nedd hören.«

Durch ein breites Fenster gegenüber der Bank war Vanessa zu sehen, die mit einem behäbig wirkenden Beamten sprach. Sie sah beim besten Willen nicht aus, als könnte sich ein Filmregisseur oder ein Modelscout für sie interessieren, sondern wie ein ganz normales, geistig und körperlich völlig gesundes Mädchen. Der Diensthabende wischte sich hin und wieder den Schweiß von der Stirn oder tippte ein paar Worte in seinen PC.

Kastner legte erneut den Zeigefinger auf die Klingel.

»Ich hätt mir ä Veschber mitnehmen sollen«, fuhr die Brünette fort. »Ä Schinken-Käse-Sändwidsch odder ä Nusshörnlä. Ich hab dermaßen än Hunger, ich kanns gar nedd sagen.«

Der Dackel wickelte sich auf, seufzte und rollte sich auf der anderen Seite wieder zusammen. Seine Besitzerin sah aus, als hätte sie es ihm gerne gleichgetan.

»Im Backofen hab ich noch ä Lasagne von gestern«, erklärte die Brünette. »Hausgemachter Nudelteig, ä saubere Fleischsoß und ä cremige Beschamel. Mit Mozzarella drüber. Die mach ich mir heut Mittag warm, da freu ich mich edz scho drauf!«

Der Hund winselte, seine Besitzerin wischte sich verstohlen einen Speichelfaden aus dem Mundwinkel. Kastner hörte nun auch seinen eigenen Magen knurren. Er hämmerte energisch gegen die Tür.

Die Tür öffnete sich einen Spalt. Ein junger Mann in Uniform spähte hindurch.

Die Hundebesitzerin sprang auf. »Ich war zuerst da!«, erklärte sie.

»Und ich bin Kommissar Kastner und habe einen Termin bei Kommissar Bauer!«, konterte Kastner und quetschte sich an dem verblüfften Beamten vorbei.

»Na sauber«, sagte die Hundebesitzerin und sank resigniert wieder auf die Bank.

*

Im Besprechungszimmer der Polizeiinspektion hatte sich wenig verändert – lediglich die Staubschicht auf den Pflanzen und dem Keramikfrosch war ein wenig dicker geworden. Bauer schüttelte Kastner die Hand und bot ihm einen Stuhl an. Monika Schmidtlein und Dieter Bernauer waren ebenfalls anwesend. Monika hatte einen vielversprechenden Stapel Papier vor sich liegen, Dieter hatte den Nachbarstuhl herangezogen und die Füße hochgelegt.

Karlheinz Bauer eröffnete die Lagebesprechung mit einem Überblick über den Ermittlungsstand.

»Der Versuch, Imthals Handy zu orten, ist ergebnislos geblieben«, berichtete er. »Das erhärtet den Verdacht, dass der Täter es mitgenommen und eine Ortung durch gezielte Manipulation unmöglich gemacht hat.«

Kastner nickte, er hatte nichts anderes erwartet.

»Der Verbindungsnachweis durch den Mobilfunkanbieter liegt inzwischen vor«, fuhr Bauer fort. »Moni? Bist du so lieb?«

Monika Schmidtlein überreichte Kastner das obere Drittel des Papierstapels. »Ich bin mit der Auswertung noch nicht durch«, sagte sie. »Julius Imthal war ein kommunikativer Bursche, er hat mit Gott und der Welt geplaudert – mit seinen Gemeinderatskollegen, mit Landtagsabgeordneten und EU-Politikern, mit Pharmakonzernen und Düngemittelfabrikanten, mit Baufirmen ... Ein paar Nummern gehören zu Prepaidhandys und sind nicht zuzuordnen.«

»Mit wem hat er am Tattag zuletzt telefoniert?«, fragte Kastner.

Moni grinste von einem Ohr zum anderen. »Ab elf Uhr fünfzehn hat er etwa fünf Minuten lang mit der Bundesministerin für Ernährung und Landwirtschaft gesprochen.«

»Hm«, machte Kastner. Böse Zungen – darunter auch die seiner Lebensgefährtin – behaupteten, die Bundesministerin für Ernährung und Landwirtschaft täte alles, um Agrarlobbyisten überflüssig zu machen. Aber das war wohl eher metaphorisch zu verstehen. »Und danach hatte er keine Kontakte mehr?«

»Nicht über seinen Mobilfunkanbieter.«

»Hatte Imthal am Tattag Kontakte zu den Kräuterfreunden?«

»Nicht über seinen Mobilfunkanbieter«, wiederholte Moni. »Er hat allerdings über die WhatsApp-Gruppe kommuniziert – Frau Lindemann hat mir die Daten zukommen lassen. Während des Aufstiegs zur Luisenhütte hat Imthal Fotos geschossen und einige Videos gedreht. Frau Lindemann und ein paar andere Kursteilnehmer haben mir auch ihre persönlichen Fotos vom Tattag zur Verfügung gestellt.«

Sie zog einen USB-Stick aus der Hosentasche und schob ihn zu Kastner hinüber.

»Oh, danke«, sagte Kastner. »Ich werde mir das Material später in Ruhe ansehen. Ist *Ihnen* irgendetwas daran aufgefallen?«

»Kann man so sagen«, grinste Moni. »Ich hab noch nie zuvor so viele langweilige Fotos am Stück gesehen – obwohl die Diaabende meiner Großtante auch nicht ohne waren. Die meisten Bilder zeigen knöchelhohes Grünzeug in Großaufnahme.«

»Nun gut«, sagte Kastner. »Wie sind die Recherchen über Imthals beruflichen und privaten Hintergrund vorangekommen?«

»Da haben wir uns beide Beine ausgerissen«, behauptete Moni. Sie griff wieder nach ihrem Papierstapel. »Also, ähm ... Imthal hat die Geflügelmast vor achtzehn Jahren von seinem Vater geerbt. Zu dieser Zeit hatte er bereits sein Jurastudium abgeschlossen – mit Bestnoten. Er wurde Juniorpartner in einer Anwaltskanzlei und hat parallel seine politische Karriere betrieben. Mit dreißig hat er geheiratet – die Ehe hat aber nur zwei Jahre gehalten. Nach der Scheidung ist Imthal zum Teilhaber der Anwaltskanzlei aufgestiegen, in der Partei hat man ihn von unten nach oben durchgereicht. Den Spitzenplatz auf der Liste für die Landtagswahl haben ihm seine Parteigenossen förmlich aufgedrängt, heißt es. Er ist für sechs Jahre nach München gezogen, hat sich auf Agrarpolitik eingeschossen, erfolgreich Netzwerke geknüpft und Seilschaften gepflegt und dank seiner wirtschaftsfreundlichen Einstellung einige gut dotierte Aufsichtsratsposten ergattert. Nach der Legislaturperiode, 2013, ist er nach Velden zurückgekehrt – seine Mutter war an Krebs erkrankt.«

»Imthal hat seine kranke Mutter gepflegt?«, fragte Kastner. »Ein sympathischer Zug, findet ihr nicht?«

»Er soll ein recht enges Verhältnis zu seiner Mutter gehabt haben«, gab Moni zu. »Er war das einzige Kind.«

»Seine Tante sagt, er war ein Mamasöhnchen«, ergänzte Dieter – offensichtlich unterstand Imthals Privatleben seiner ermittlerischen Zuständigkeit. »Sie hat ihm noch die Schuhe zugebunden, als er schon sechzehn war.«

»Nach dem Tod seiner Mutter hat Imthal sich in den Veldener Gemeinderat wählen lassen«, fuhr Moni fort. »Seine neue Position hat er genutzt, um den Flächennutzungsplan zu ändern, die Geflügelmast baulich zu erweitern und einige Hektar Grünland- und Biotopflächen zu Futtermittelanbauflächen umzuwidmen. Und er hat den nächsten Karriereschritt geplant: Er wollte nach Brüssel, um seine agrarpolitischen Ideen im Europaparlament zu vertreten.«

»Ein zielstrebiger Mann«, stellte Kastner fest.

Moni nickte. »Die Geflügelmast hat Imthal ein hübsches Grundeinkommen gesichert – so konnte er sich in aller Ruhe um seine politische Karriere kümmern. Und wenn alle Stricke gerissen wären, hätte er als Anwalt immer noch ein halbwegs annehmbares Auskommen gehabt.« Zu dem Wort *halbwegs* malte sie mit Zeige- und Mittelfingern Anführungszeichen in die Luft. Dann stieß sie ihrem Kollegen den Ellbogen in die Seite und fragte feixend: »Warum bist du eigentlich kein Politiker geworden, Dieter?«

Dieter begriff diese Frage als rhetorisch, was Kastner als gutes Zeichen wertete. Monika Schmidtleins Rechercheergebnisse hatten ihn positiv überrascht – er war bereit zuzugeben, dass er das rotwangige Mädel unterschätzt hatte. Bei Dieter war er sich da noch nicht sicher.

»Was wissen wir über Imthals Privatleben?«, fragte er.

Dieter kniff die Augen zusammen. »Ich habe mit der Tante, also, äh, mit der älteren Schwester von Imthals

Mutter gesprochen«, teilte er mit. »Doris Rittmann. Sie hat gesagt ...« Er zog einen zerknitterten Zettel aus der Hosentasche und las ab: »*Mein Neffe hatte positive Eigenschaften – er war zuverlässig und strebsam. Allerdings ist mir seine aufreizend gut gelaunte Besserwisserei schon auf die Nerven gegangen, als er noch ein Kind war, und später ist es nicht besser geworden.*« Dieter steckte den Zettel wieder ein und fuhr fort: »Sie behauptet, ihren Neffen in den letzten zehn Jahren nur zwei- oder dreimal gesehen zu haben.«

»Und jetzt erbt sie den ganzen Kladderadatsch? Die Hähnchenmast, der Grundbesitz – da kommen ein paar Euro zusammen. Hat die Tante Kinder? Enkel? Andere Neffen oder Nichten?«

Dieter schüttelte den Kopf. »Nee, die hat nur einen Hund. So einen kleinen weißen Kläffer, der einem gleich am Hosenbein hängt, wenn man das Gartentürchen aufmacht.«

»Das ist ein Spitz, Schatzi«, sagte Moni.

»Demnach wird Imthals Besitz nach dem Tod der Tante an den Staat fallen?«, vermutete Kastner.

Moni grinste. »Wer weiß, vielleicht kriegt ja alles der Spitz? Eine eigene Hähnchenmast, besser kann man's als Hund kaum treffen!«

»Hm«, machte Kastner. »Hat die Tante ein Alibi?«

Dieter riss die Augen auf. »Sie meinen, außer der Tatsache, dass sie achtzig ist und Knieprobleme hat? Äh, ja. Sie war zur Tatzeit bei einem Osterbrunch im Veldener Gemeindehaus.«

»Der Spitz war dabei, der hat also ebenfalls ein Alibi«, gluckste Moni.

»Wunderbar«, nickte Kastner. »Dann können wir die beiden ja von der Liste der Verdächtigen streichen. Wusste die Tante was von einer Freundin oder einer Affäre ihres Neffen?«

»Nein, so nahe standen die sich nicht«, erklärte Dieter. »Imthals Nachbarn sagen, er hat allein gelebt; und es gab wohl auch keine regelmäßigen Damenbesuche. Oder so – na ja, irgendwelche ...« Er lief rot an und schloss: »Schwulitäten.«

Offensichtlich verstand Dieter unter freier Partnerwahl aus traditionellen Gründen eher die Auslese zwischen Personen des jeweils anderen Geschlechts.

»Nun gut«, lenkte Kastner ein. »Was ist mit der Exfrau? Sind da irgendwelche Rechnungen offen?«

»Die Ex hat gleich nach der Scheidung einen italienischen Geschäftsmann geheiratet«, erklärte Dieter. »Die beiden haben eine Stadtvilla in Mailand und ein Landhaus in Apulien. Die Dame hat sich also nicht direkt verschlechtert.« Nach dem Vorbild seiner Kollegin Moni setzte auch Dieter die Worte *nicht direkt verschlechtert* in gestische Anführungszeichen.

»Freunde?«, fragte Kastner.

»Von mir aus«, nickte Dieter.

»Oh. Das, ähm, freut mich«, sagte Kastner. »Aber eigentlich wollte ich wissen, ob *Imthal* Freunde hatte.«

»Ach so, tja, das kann man ihm nur wünschen. Keine Frau, keine Freunde – das wäre ja wohl ein Scheißleben.«

»Hm«, machte Kastner.

»Obwohl es Männer geben soll, die sich ausschließlich über ihren Beruf definieren«, sinnierte Dieter. »Vielleicht war Imthal so einer?«

Das war – unter anderem – genau das, was Kastner gerne erfahren hätte. »Habt ihr herausgefunden, warum er sich für diesen Kräuterkurs angemeldet hat?«, fragte er.

Moni nickte und blätterte in ihren Unterlagen. »Frau Lindemann sagt, er hat schon öfter Kurse bei ihr gebucht. Sie bietet spezielle Coachings für gestresste Manager an – die bezahlen offenbar ein Heidengeld dafür, sich reglos und schweigend in den Wald setzen und auf ihre Atmung achten zu dürfen. Und hin und wieder hat er auch eine Führung oder einen Kurs mitgemacht – nicht, weil ihn das Grünzeug sonderlich interessiert hätte, sondern *weil sich ein grüner Anstrich in den sozialen Medien gut verkauft und dem politischen Gegner den Wind aus den Segeln nimmt.* Sagt Frau Lindemann.«

»Das nennt man Greenwashing«, glänzte Dieter mit Fremdsprachenkenntnissen. Dass der Begriff abwertend gemeint war, schien er nicht verstanden zu haben: »Diese Naturspinner und Vegetarier vermehren sich ja wie die Fliegen«, fuhr er fort, »und weil wir in einer Demokratie leben, dürfen die wählen wie jeder normale Mensch. Also – sobald die volljährig sind. Deshalb müssen Politiker auf Instagram Fotos posten, auf denen sie Bäume umarmen oder Insektenhotels bauen.«

»Diese Art der Wahlwerbung richtet sich dann aber eher an Menschen, die nicht lesen können?«, vermutete Kastner. »Denn wenn ich richtig informiert bin, hat Imthal aus seiner politischen Haltung kein Geheimnis gemacht: Er hat sich für die Verlängerung der Glyphosatzulassung eingesetzt und vermutlich jede Menge Bäume für Umgehungsstraßen fällen lassen. Womit wir bei seinen Feinden wären: Naturschützern, Tierschützern, Brückenschützern ...«

»Brückenschützern?«, fragte Dieter.

Kastner gab einen kurzen Überblick über die Ziele der Bürgerinitiative Pegnitztalbrücken. Moni und Dieter starrten ihn an, als trüge er einen selbst gebastelten Aluhut.

»Wenn man Feinde *so* definiert, hatte er sicher jede Menge davon«, gab Moni schließlich zu. »Auch im Kräuterkurs: Konrad Dennerlein ist Mitglied im Bund Naturschutz, Nadja Lipinski engagiert sich in einer Vereinigung namens Ärzte gegen Massentierhaltung. Tarik Al-Halabi ist Imker und hat das Volksbegehren Rettet die Bienen unterstützt, Tom Gellert und Lila Kiesling setzen sich für den Klimaschutz, den Regenwald, die Eisbären, die Zauneidechse und was weiß ich noch alles ein. Anton Fritsche ist bei einer Jugendorganisation der Linken aktiv. Aber wer bringt denn jemanden um, nur weil der eine andere politische Einstellung hat?«

Kastner konnte es sich nicht verkneifen. »Sie meinen: von Neonazis einmal abgesehen?«

»Es muss ja kein Mord gewesen sein, Moni«, merkte Kommissar Bauer vermittelnd an. »Vielleicht war es ein Totschlag im spontanen oder verzögerten Affekt?«

Moni wirkte skeptisch. Dieter pulte sich etwas Grünes aus den Zähnen und schnippte es unter den Tisch.

»Was habt ihr über die Teilnehmer des Kräuterkurses sonst noch herausgefunden?«, fragte Kastner.

»Ich habe die Namen der Damen und Herren durch die Kriminaldatenbank laufen lassen«, sagte Bauer. »Ohne viel Hoffnung, wie ich zugeben muss. Aber es gab Treffer. Anton Fritsche ist mehrfach mit dem Betäubungsmittelgesetz kollidiert, weil er in einer entlegenen Ecke seines Lehrbetriebs psychoaktive Pflanzen kultiviert hat, angeblich aus rein naturwissenschaftlichem Interesse. Tom Gellert hat eine Vorstrafe wegen Nötigung im Straßenverkehr – ein halbes Jahr auf Bewährung, das kann kein Kavaliersdelikt gewesen sein. Und Johanna Dennerlein hat in den späten Achtzigerjahren einen Oberstufenschüler geohrfeigt, was ihr ein Disziplinarverfahren eingebracht hat.«

»Meinen Segen hat die Lady«, feixte Moni. »Ich ziehe jedes Wochenende bekiffte Oberstufenschüler aus dem Straßenverkehr, denen eine saubere Schellen auch nichts schaden tät.«

»Es gab einen weiteren Treffer«, fuhr Bauer fort und blätterte in seinem Notizbuch. »Das ist eine Sache, die für unsere Ermittlung wirklich interessant sein könnte – es besteht nämlich ein direkter Zusammenhang mit Julius Imthal.«

»Ich bin ganz Ohr«, sagte Kastner.

»Gegen den Ehemann der Kursleiterin, Thorsten Lindemann, wurde vor sieben Monaten wegen des Verdachts auf Brandstiftung ermittelt. Auf dem Gelände von Imthals Geflügelmastbetrieb ist eine Lagerhalle bis auf die Grundmauern niedergebrannt. Man hat Spuren von Brandbeschleuniger und einen leeren Kanister mit Lindemanns Fingerabdrücken gefunden. Lindemann hat zu dieser Zeit für Imthal gearbeitet – er ist Berufskraftfahrer und war kurzfristig eingesprungen, weil einer von Imthals festangestellten Fahrern im Krankenhaus ein neues Kniegelenk bekommen hat.«

»Ach was. Und wie ist Thorsten Lindemann aus dieser Sache wieder herausgekommen?«, wunderte sich Kastner.

»Der Geschäftsführer – ein Betriebswirt namens Hellriegel, der schon für Imthals Vater gearbeitet hat – hat ausgesagt, dass Lindemann am Abend des Brandes mit einem Schlachttiertransport in Norddeutschland unterwegs war. Und die Fingerabdrücke auf dem Kanister konnte er auch erklären: Zwei Tage vor dem Brand habe er Lindemann eben jenen Kanister in die Hand gedrückt und ihn beauftragt, auf dem Hof Verpackungsmaterial zu verbrennen. Das Gegenteil war nicht zu beweisen, die Ermittlungen wurden eingestellt.«

»Wie praktisch«, sagte Kastner. »Was war in der Halle denn gelagert?«

Bauer zuckte die Achseln. »Futtermittel und Medikamente. Ein kleines Büro und ein Technikraum mit einer sündteuren EDV-Anlage sind ebenfalls verbrannt. Nachdem Lindemann aus dem Schneider war, hat die Versicherung zähneknirschend eineinhalb Millionen Euro für den Schaden bezahlt.«

»Respekt«, nickte Kastner und meinte damit sowohl die Summe als auch Bauers Ergebnisse. »Hat Bella Lindemann je erwähnt, dass Imthal nicht nur ihr langjähriger Kunde, sondern auch ein Arbeitgeber ihres Mannes war? Hat sie die Brandermittlung erwähnt?«

»Nein, mit keinem Wort.« Bauer strich sich nachdenklich durch den Bart. »Vielleicht hat Lindemann seiner Frau verschwiegen, dass gegen ihn ermittelt wird? Vielleicht war ihr nicht bewusst, dass Imthal der Eigentümer des Betriebs war? Die Firma läuft unter dem euphemistischen Namen Wiesenthal-Geflügel, obwohl die armen Viecher in ihrem kurzen Leben keinen Sonnenstrahl sehen; und für sämtliche Betriebsabläufe zeichnet der Geschäftsführer verantwortlich – auf Imthals Namen stößt man nur, wenn man das Kleingedruckte liest.«

»Hm«, machte Kastner. »Womöglich war die Ehe der Lindemanns zu dieser Zeit schon so zerrüttet, dass sie nicht mehr miteinander gesprochen haben – Lindemann hat seine Frau ja wenig später verlassen. Trotzdem sollte man sie zu diesem Sachverhalt befragen.«

Bauer nickte und machte sich eine Notiz.

»Eine Brandstiftung, ein Versicherungsschaden von eineinhalb Millionen Euro, ein Geschäftsführer, der sich rührend bemüht, den einzigen Verdächtigen zu entlasten ...«, zählte Kastner auf. »Und kaum wird das Verfahren eingestellt, schmeißt Lindemann alles hin, um sich auf den Kanaren einen Lenz zu machen? Kommt euch das nicht auch seltsam vor?«

Bauer runzelte die Stirn. »Du denkst an einen Versicherungsbetrug? Du glaubst, Imthal hat Lindemann für die Brandstiftung bezahlt?«

»Glauben heißt nicht wissen«, gab Kastner zu. »Aber ich frage mich, warum in diese Richtung nicht ermittelt wurde?«

»Bei der Einstellung des Verfahrens wusste noch niemand, dass sich Lindemann *auf den Kanaren einen Lenz machen würde*«, sagte Bauer. »Und ohne diesen Punkt ist deine Aufzählung nur noch halb so zwingend, das musst du zugeben. Andere Verdächtige gab es nicht, die Versicherung hat bezahlt, ein öffentlicher Schaden ist nicht entstanden – warum hätte die Staatsanwaltschaft auf Kosten der Allgemeinheit weiterermitteln sollen?«

»Um der Gerechtigkeit Genüge zu tun?«, schlug Kastner vor, wohlwissend, dass dies ein völlig wirklichkeitsfremder Einwand war.

»Man könnte mal bei der Versicherungsgesellschaft nachfragen, die den Schaden abgewickelt hat«, sagte Moni. »Wenn jemand in Richtung Betrug ermittelt hat, dann ja wohl die Versicherung.«

»Das ist eine gute Idee«, nickte Kastner.

»Wozu soll das gut sein, Leute?«, fragte Dieter. »Das Verfahren wurde eingestellt, das interessiert keine Sau mehr. Wir sollen den Todesfall Imthal klären, oder hab ich da was falsch verstanden?«

»Es könnte einen Zusammenhang geben, Schatzi«, sagte Moni und tätschelte ihrem Kollegen freundlich das Knie.

»Imthals Bude brennt ab, Lindemann verschwindet, ein halbes Jahr später wird Imthal während eines Kräuterkurses bei Lindemanns adipöser Gattin erschlagen – das ist möglicherweise kein reiner Zufall?«

»Kann ich mir die Ermittlungsakte zu dem Brand ansehen?«, fragte Kastner.

»Im Prinzip ja«, sagte Bauer. »Es kann aber ein paar Tage dauern, bis der Antrag auf Akteneinsicht bewilligt ist. Die Ermittlung wurde vom Regierungsbezirk Oberpfalz betrieben – die Firma Wiesenthal-Geflügel hat dort ihren Firmensitz. Was ich bisher weiß, hat mir ein Oberpfälzer Kumpel erzählt, der mir noch etwas schuldig war.«

*

Nach seiner Rückkehr in den *Grünen Schwan* traf Kastner die Kräuterfreunde im Tagungsraum an – sie starrten auf holzgerahmte Drahtgitter, die mit dürren Pflanzenbüscheln bedeckt waren. Er reihte sich unauffällig ein.

»Durch die Trocknung werden die Pflanzenteile über viele Monate lagerfähig, die ätherischen Öle und Geschmacksstoffe bleiben jedoch erhalten«, erklärte Bella gerade. »Es ist immer wieder ein Erlebnis, wie sie sich aufs Neue entfalten, wenn man eine Handvoll trockener Blätter und Blüten mit heißem Wasser übergießt und aufquellen lässt. Entscheidend für Qualität und Haltbarkeit sind Temperatur und Dauer der Trocknung sowie die Lichtverhältnisse ...«

»Wir haben die Teekräuter mithilfe eines elektrischen Dörrapparats getrocknet«, brachte Mirjam Kastner flüsternd auf den neuesten Stand. »Lila hat angemerkt, dass sie das aus klimaschutzpolitischen Gründen nicht okay findet. Bellas Argument, dass eine Lufttrocknung um diese Jahreszeit ein paar Wochen dauern kann, hat sie ebenso wenig beeindruckt wie Sofies begründete Sorge, danach mehr Staub als Kraut in der Teetasse zu haben. Erst die Erkenntnis, dass der *Grüne Schwan* Ökostrom aus erneuerbaren Energiequellen bezieht, hat ihr den Wind aus den Segeln genommen – der halbe Vormittag ist mit dieser Debatte draufgegangen.«

Kastner nickte und unterdrückte ein Gähnen.

Bellas Vortrag über das sachgerechte Trocknen von Teekräutern zog sich in die Länge und wurde immer wieder von Fragen zur richtigen Lagerung unterbrochen – Papiertüten? Cellophantüten? Durchsichtige oder undurchsichtige Schraubgläser? Kastner sah mehrmals verstohlen auf die Uhr und kämpfte tapfer gegen äußerst lebhafte, multisensorische Visionen einer Lasagne aus hausgemachtem Nudelteig mit Fleischsoße und cremiger Bechamel an, die mit dem dürren Gegenstand von Bellas Erläuterungen weniger als nichts zu tun hatten.

Auch Jannik war offenbar kein Freund langatmiger Theorie – er trat von einem Fuß auf den anderen, verzog das Gesicht hinter Bellas breitem Rücken zu Grimassen und hielt zunehmend verzweifelt Ausschau nach einer amüsanten Abwechslung. Seine Mutter Claudia nannte dieses Gehampel Appetenzverhalten – ein Begriff aus der Verhaltensbiologie, der eine auf Triebabfuhr zielende, stereotype Bewegungsabfolge umschrieb. Schließlich fand Jannik, was er gesucht hatte: Er griff sich einen der bereitstehenden Wasserkocher, füllte ihn am Waschbecken bis zum Rand und ließ das Kabel des Elektrogeräts über dem Kopf kreisen, als gelte es, einen Trupp blutdürstiger Wiedergänger abzuwehren.

»Können wir den Tee jetzt endlich mal ausprobieren?«, schrie er.

Bella zuckte zusammen und sah auf die Uhr. »Wir sollten jetzt Mittagspause machen«, sagte sie. »Ähm – dieser Kommissar Bauer hat mich angerufen, er hat wohl noch ein paar Fragen zu Julius' Tod. Ich muss heute Nachmittag in die Polizeiinspektion fahren und kann leider nicht abschätzen, wie lange das dauern wird.«

»Und was sollen wir so lange machen?«, fragte Anton mürrisch.

»Sagen wir, der Nachmittag steht zur freien Verfügung«, schlug Bella vor. »Ich habe euch Papiertütchen, Etiketten und Stifte bereitgelegt – wer will, kann schon mal die getrockneten Teekräuter abfüllen. Und den Tee ausprobieren, natürlich«, fügte sie mit einem Augenzwinkern an, das an Jannik gerichtet war.

*

Nach dem Mittagessen nahm Mirjam die Kinder mit in den Tagungsraum, wo sie Teekräuter abwogen und Papiertüten beschrifteten. Kastner beschloss, die Zeit zur Aufarbeitung seiner ermittlerischen Defizite zu nutzen. Er hätte sich gerne in den Biergarten gesetzt – es war ein warmer, sonniger Tag –, aber die Erfahrung mit Hermann Dennerlein hatte ihn gelehrt, dass ungestörtes Arbeiten im öffentlichen Raum des *Grünen Schwans* nur schwer möglich war.

Deshalb zog er sich ins Gästezimmer zurück, steckte den USB-Stick in Mirjams Laptop und scrollte sich zunächst durch den Chatverlauf der Kräuterkurs-WhatsApp-Gruppe vom Vormittag des Tattages. Moni Schmidtlein hatte recht gehabt: Ein Großteil der Kommunikation bestand aus Fotos, und das Bildmaterial war enervierend langweilig – knöchelhohes Grünzeug in Nahaufnahme. Immerhin gab es einige Gruppenfotos vom Aufstieg durch den Wengleinpark – die Kursteilnehmer standen im Halbkreis um Bella und lauschten ihren Erklärungen.

Auf Julius Imthals Videos war mehr zu hören, aber wenig mehr zu sehen: Bella plauderte über das Konzept des Wengleinparks, den Parkgründer und die Lebensräume für Pflanzen und Tiere. Hermann stellte Zwischenfragen, Johanna rauchte, Gabi und Nadja machten sich Notizen. Jörg grinste. Anton fummelte an seinen Pickeln herum. Jeder Kameraschwenk endete mit einer Aufnahme von Imthals eigenem, hornbebrillten Bubengesicht. Während der Mittagsrast hatte er zwei Fotos geschossen, auf denen seine Kollegen vespernd an einem Holztisch vor einer rustikalen Hütte zu sehen waren; ein anderes stammte von Bella. Kastner zoomte hinein, bis er Imthals Gesicht erkennen konnte: Der Gemeinderat saß zwischen Hermann und Johanna Dennerlein und strahlte in die Kamera, als übe er für den nächsten Wahlkampf.

Bella hatte am Tattag nur drei Fotos gemacht – das Gruppenfoto an der Luisenhütte und zwei weitere während des Aufstiegs. Auf einem war Imthal nur von hinten zu sehen, auf dem anderen unterhielt er sich anscheinend angeregt mit Nadja Lipinski.

Auch Hermann, Nadja und Elke hatten ihre privaten Fotos zur Verfügung gestellt. Nadja und Elke hatten offenbar nur Pflanzen- und Landschaftsfotos gemacht. Hermann hatte die Leiche aus unterschiedlichen Blickwinkeln abgelichtet. Im Hintergrund waren, etwas unscharf, Momentaufnahmen der anderen Kursteilnehmer zu sehen. Kastner erkannte Nadja, die auf dem Boden saß und den Rücken an einen Baumstamm lehnte. Sie war sichtlich grau im Gesicht. Neben ihr hockte der unvermeidliche Jörg Ott und sprach auf sie ein. Auf dem nächsten Bild starrten Tarik, Johanna und Elke betreten auf die Leiche. Elke hatte sich die Hand vor den Mund geschlagen, Bella stand abseits mit verschränkten Armen. Auf dem letzten Foto war der tote Imthal im Profil zu sehen, dahinter Anton, der gerade in ein belegtes Brötchen biss.

Kastner verglich Hermanns Tatortfotos mit denen der KTU, konnte aber keinen Unterschied feststellen: Die Lage des Rucksacks und die Anordnung der herausgezerrten Gegenstände schienen unverändert.

Er speicherte die Fotos auf Mirjams Laptop und widmete sich dem Chatverlauf nach der Mittagsrast. Auch hier überwogen die Fotos:

(12:09) Elke: Foto Vergissmeinnicht.

(12:14) Hermann: Foto Knabenkraut.

(12:20) Anton: Foto.

(12:20) Nadja: ☺

(12:20) Lila: @Anton: Was soll das sein? Sehe ich nicht auf der Bestimmungskarte.

(12:21) Anton: Kein Wunder, die Bestimmungskarte richtet sich eher an Laien. Das ist Hylocomium splendens neben Dryopteris filix-mas.

(12:22) Lila: @Anton: Hä? Bitte verschon uns. Wir sollen die Pflanzen von der Bestimmungskarte suchen, oder hab ich das falsch verstanden?

(12:23) Elke: Antons Foto sieht jedenfalls toll aus! Bei mir ist immer alles unscharf. ☺

(12:27) Hermann: Foto Frühlingsplatterbse.

(12:28) Tarik: Foto Lerchensporn.

(12:30) Nadja: Foto Küchenschellen.

(12:35) Hermann: Foto Lungenkraut.

(12:39) Elke: Sehr hübsch. ☺

(12:58) Tarik: Bin an der Hütte. Nur Tom ist da. Wo seid ihr alle?

(13:00) Bella: Leute, es gibt ein Problem. Wir treffen uns nicht, wie besprochen, an der Luisenhütte, sondern am Wegkreuz.

(13:00) Tom: Was für ein Problem?

(13:05) Elke: Was für ein Wegkreuz? Ich glaub, ich hab mich verlaufen.

(13:10) Elke: Bin jetzt an der Hütte. Wo seid ihr?

Das, fand Kastner, war eine gute Frage. Er holte das Faltblatt *Wegbegleiter Wengleinweg* aus seinem Rucksack und schlug den Übersichtsplan auf. Dann las er noch einmal die Aussagen der Kräuterfreunde und verfolgte mithilfe der Karte die Wege, die sie nach der Mittagsrast eingeschlagen hatten.

Bella war auf dem Rastplatz geblieben und gab an, sich weder zwischendrin die Beine vertreten noch etwas Verdächtiges gehört oder gesehen zu haben. Dass während dieser Zeit jemand an der Luisenhütte vorbeigegangen war, konnte sie nicht ausschließen: Tisch und Bänke standen auf der Südseite des Blockhauses, der Wengleinweg führte an der Nordseite vorbei. Ihre WhatsApp-Konversation mit Jörg Ott war dokumentiert:

(12:29) Jörg: Foto. Das ist doch eine Knoblauchsrauke?

(12:32) Bella: Nein! Das ist, oder vielmehr: das war eine Frauenschuh-Orchidee. Sie steht auf der Roten Liste der gefährdeten Arten.

Jörg hatte die Nachricht nicht über die Gruppe, sondern direkt an Bella gesendet – vielleicht war ihm seine Unwissenheit vor den anderen peinlich gewesen?

Lila Kiesling und Tom Gellert waren nach der Rast bergauf zum Aussichtsfelsen gelaufen. Dort war Tom eingenickt; Lila war eine Weile durch den Wald geschlendert und etwa um zwölf Uhr fünfunddreißig zur Luisenhütte zurückgekehrt.

Die Dennerleins waren von der Luisenhütte aus zunächst nach Osten und dann über die Orchideenwiese bergab gegangen, hin und wieder hatten sie einen Abstecher in den angrenzenden Wald unternommen.

Elke hatte sich anfangs den Dennerleins angeschlossen, dann aber ein menschliches Bedürfnis verspürt und das etwas hochtrabend Befreiungshalle genannte Klohäuschen östlich der Orchideenwiese angesteuert. Dort traf sie gegen zwölf Uhr fünfzehn auf Tarik und wechselte ein, zwei Sätze Small Talk mit ihm. Etwa um zwölf Uhr fünfundzwanzig traf sie am südlichen Waldsaum der Orchideenwiese auf Jörg. Sie bestimmten zusammen eine Pflanze, die nach Elkes Meinung eine Frauenschuh-Orchidee war, während Jörg darauf beharrte, es sei eine Knoblauchsrauke. Nachdem Bella um zwölf Uhr zweiunddreißig Elkes Einschätzung bestätigte, war die Stimmung *nicht mehr so gut*. Elke trabte noch zwei, drei Minuten neben Jörg her, resignierte dann angesichts seiner Gereiztheit und schlug eine andere Richtung ein.

Nadja, Jörg und Tarik waren nach der Rast dem Wengleinweg in östlicher Richtung bergab gefolgt. Tarik trennte sich schon nach wenigen Minuten von den anderen beiden – neben Jörgs *stetem Liebeswerben* habe er sich komplett überflüssig gefühlt. Vor und nach der Begegnung mit Elke am Klohäuschen bestimmte er im Wald östlich des Lehrpfads mehrere Pflanzen.

Knappe zehn Minuten, nachdem Tarik in den Wald abgebogen war, erreichten Nadja und Jörg die Befreiungshalle. Jörg machte, wie er es ausdrückte, *einen kurzen Boxen-*

stopp, danach war Nadja *wie vom Erdboden verschluckt*. Jörg rief nach ihr, erhielt aber keine Antwort. Er folgte dem Lehrpfad bis zum Malerwinkel, verließ dort den markierten Weg und stieg am westlichen Waldsaum der Orchideenwiese bergauf. Hier traf er Elke, die ihm *mit ihrem Geplapper bald auf die Nerven ging*.

Hört, hört, dachte Kastner.

Nach der *strittigen Bestimmung* der Frauenschuh-Orchidee/Knoblauchsrauke war Jörg *nicht böse*, als Elke ihm den Rücken kehrte. Er selbst ging auf dem Wengleinweg weiter in Richtung Wegkreuz und hörte etwa fünf Minuten später Nadjas Schrei.

Nadja hatte Jörgs Pinkelpause genutzt, um sich *aus dem Staub zu machen* (das war zumindest Karlheinz Bauers handschriftliche Interpretation, Nadja hatte es höflicher ausgedrückt: Sie habe Jörg recht anstrengend gefunden und eine Weile allein sein wollen). Sie ging in etwa den gleichen Weg wie Jörg, hatte aber ein paar Minuten Vorsprung und lief nicht über die Wiese, sondern durch den Wald – um von ihrem aufdringlichen Verehrer nicht gesehen zu werden, wie Kastner vermutete. Irgendwann stieß sie wieder auf den Wengleinweg und folgte ihm bergauf, fotografierte unterhalb des Wegkreuzes die Küchenschellen und fand Julius Imthals Leiche.

Anton war nach der Mittagsrast als Vorletzter aufgebrochen – er erinnerte sich, dass Imthal noch seinen Rucksack gepackt hatte, als er losgegangen war. Er ging von der Luisenhütte aus nach Westen, auf dem Wengleinweg bergab bis zum Sonnenweg, der oberhalb der Ritterschlucht verlief. Dort vergaß er bei der eigenmächtigen Bestimmung seltener Moose und Farne *ein wenig die Zeit* – es war schon nach eins, als er auf dem Rückweg zur Luisenhütte wieder am Wegkreuz ankam, wo sich die anderen Kursteilnehmer bereits um die Leiche versammelt hatten.

Während Kastner mit dem Kugelschreiber Kringel um Namen und Uhrzeiten machte, sehnte er sich einmal mehr nach Claudias Hilfe. Sie hätte den Faktenwust ruck, zuck in eine gefällige Ordnung gebracht, die Entfernungen und Wegstrecken vermessen, die Alibis der Kursteilnehmer bewertet und die Ergebnisse als übersichtliches Zeitstrahldiagramm ausgedruckt. Und obwohl er das auch unter hochnotpeinlicher Befragung nicht zugegeben hätte: Sogar Felix Wernreuthers ewige Nörgelei ging ihm ein wenig ab. *Warum versteifst du dich so auf die Kräuterfreunde?*, hätte Wernreuther gefragt, *woher willst du wissen, dass Imthal nicht mit sonst wem da am Wegkreuz verabredet war?*

Nun, er wusste es nicht. Aber er musste notgedrungen mit dem arbeiten, was er hatte.

Das beste Alibi hatten die Dennerleins (sofern man nicht annahm, dass sie Imthal zu dritt getötet hatten): Sie waren von der Mittagsrast bis zum Leichenfund zusammen gewesen und hatten regelmäßig Fotos gepostet.

Elkes Alibi war nicht so lückenlos, aber insgesamt überzeugend. Sie hatte sich zehn nach zwölf von den Dennerleins getrennt, gegen zwölf Uhr fünfzehn Tarik am Klohäuschen getroffen und war etwa um zwölf Uhr fünfundzwanzig im unteren Drittel der Orchideenwiese Jörg Ott begegnet. Um zwölf Uhr dreiundzwanzig hatte sie sich außerdem über den Chat gemeldet – dass sie in diesem eng getakteten Zeitplan einen Mord oder Totschlag begangen hatte, hielt Kastner für unwahrscheinlich.

Tarik war gegen zwölf Uhr fünfzehn von Elke am Klohäuschen gesehen worden. Ihm wären demnach zwei Zeitfenster von weniger als fünfzehn Minuten geblieben, um zum

Wegkreuz zu laufen, Imthal zu erschlagen, seinen Rucksack zu durchwühlen und sich wieder davonzumachen. Das war knapp, aber nicht unmöglich, denn Tarik war schlank und wirkte durchtrainiert.

Jörgs Alibi war genauso gut – oder genauso schlecht. Zwischen der Trennung von Nadja und dem Treffen mit Elke lagen fünfzehn Minuten. Wenig Zeit, insbesondere wenn man von einer Tat im Affekt ausging – einem Streit, der sich hochschaukelte. Dennoch: Es war machbar.

Tom und Lila gaben sich bis etwa zwölf Uhr zwanzig gegenseitig ein Alibi. Falls sie Komplizen waren, konnte man dieses getrost vergessen: Beide hätten genug Zeit gehabt, Imthal zu töten, einzeln oder zusammen. Tom hatte sich am WhatsApp-Chat zwischen zwölf und dreizehn Uhr mit keinem Wort beteiligt – ein Verhalten, das ihm nicht ähnlich sah: Am Vormittag war er in der Gruppe recht aktiv gewesen, hatte Fotos kommentiert und Videos mit umweltpolitischen Inhalten weitergeleitet. Dass er am Aussichtsfelsen ein Schläfchen gemacht hatte, konnte stimmen oder auch nicht. Das Einzige, was in Kastners Augen für die Glaubwürdigkeit der beiden sprach, war der Umstand, dass sie sich zwischenzeitlich getrennt hatten. Warum sollten sie freiwillig eine Lücke in ihr Alibi reißen, wenn sie etwas zu verbergen hatten?

Bella hatte allenfalls ein indirektes Alibi: Sie hatte mit ihren Kursteilnehmern verabredet, an der Luisenhütte zu bleiben, und daher jederzeit damit rechnen müssen, dass jemand vorbeikam – wie es Lila Kiesling ja dann auch getan hatte. Theoretisch hatte sie in den dreißig Minuten zwischen dem Ende der Mittagsrast und Lilas Eintreffen jedoch reichlich Zeit gehabt, Imthal zu töten. Von der Luisenhütte zum Wegkreuz waren es nur vierzig, fünfzig Meter über einen markierten Wanderweg und kaum ein Höhenunterschied – selbst für eine Frau von Bellas Statur keine Herausforderung. Und falls ihre Abwesenheit jemandem aufgefallen wäre, hätte sie sich leicht mit einer beliebigen Ausrede entschuldigen können.

Anton hatte definitiv kein Alibi. Und Nadja hatte auch keines.

Für Nadja sprach, dass ihre Schilderung des Leichenfundes authentisch und plausibel klang und sie nicht den Eindruck einer kühl berechnenden Lügnerin erweckte. Falls sie Imthal, warum auch immer, getötet hatte: Warum hätte sie bei der Leiche bleiben und durch ihr lautes Geschrei alle Welt auf sich aufmerksam machen sollen, anstatt sich schnell und heimlich davonzustehlen?

Kastner klappte den Laptop zu. Er hatte das deprimierende Gefühl, komplett im Trüben zu fischen, und fand, er habe sich eine Ruhepause in der Nachmittagssonne redlich verdient.

*

Im Biergarten traf er auf Mirjam, der es offenbar ähnlich ging. Sie saß allein an einem Biertisch, trug eine Sonnenbrille wie Audrey Hepburn in *Frühstück bei Tiffany* und hatte ein Glas Prosecco vor sich stehen.

»Darf ich mich zu Ihnen setzen, Miss Golightly?«, fragte Kastner.

»Bitte?«

»Wegen der Sonnenbrille, Hase«, erklärte Kastner. »Ich dachte, du wärst vielleicht inkognito unterwegs.«

»Könnte man so sagen«, stimmte Mirjam zu. »Ich habe stundenlang Kräuter mit der Briefwaage abgewogen, gemischt und in Tütchen gefüllt. Ich musste fünf Tassen Kräutertee trinken und behaupten, dass er hervorragend schmeckt. Und am Ende kam heraus, dass Jannik auf sämtliche Tütchen mit Filzstift *Arsch der Waldfee* geschrieben und den Titel mit einer passenden Grafik ergänzt hatte. Jemand, der ihn nicht so gut kennt wie wir, hatte ihn beauftragt, einen poetischen, naturnahen Namen für den Kräutertee zu designen, und Jannik fand seinen Einfall derart genial, dass er eine Rücksprache für überflüssig hielt. Kurzum: Ich finde, ich habe jetzt mal eine Pause verdient.«

»Das sehe ich auch so«, sagte Kastner. »Brauchst du eine Nackenmassage?«

»Fürs Erste bin ich mit einem Sekt und einer Kippe zufrieden«, winkte Mirjam ab. »Auf die Massage würde ich bei Gelegenheit aber gern zurückkommen.«

Kastner deutete gestisch sein Einverständnis an. »Wo sind die Kinder?«, fragte er. »Soll ich sie übernehmen?«

»Nein, die hat Elke jetzt an der Backe«, lächelte Mirjam. »Und das geschieht ihr ganz recht – es war ihre Idee, Jannik das Corporate Design zu übertragen.«

Kastner setzte sich zu ihr und bestellte die bewährte Kombination gedeckter Apfelkuchen/Cappuccino. Dann zog er Schuhe und Strümpfe aus und legte stöhnend die wunden Füße hoch.

Mirjam äugte über den Rand ihrer Sonnenbrille. »Mannomann«, sagte sie. »Die könnten in einem Horrorfilm mitspielen.«

»Ich weiß auch nicht«, sagte Kastner. »Meine Wanderschuhe scheinen ein Problem mit Feuchtigkeit zu haben, obwohl ich sie regelmäßig mit Lederfett einreibe.«

»Mit regelmäßig meinst du einmal im Jahr?«, vermutete Mirjam und fuhr kopfschüttelnd fort: »Die Latschen sehen aus, als wären sie bei der Erstbesteigung des Matterhorns dabei gewesen. Die Sohlen haben kein Profil mehr, das Leder hat eine Struktur wie Ötzis Haut ... Warum kaufst du dir nicht ein Paar neue? Die Wissenschaft hat in den letzten fünfundzwanzig Jahren erstaunliche Fortschritte gemacht, was wasserabweisende Materialien angeht.«

»Hm«, machte Kastner. Er hing an seinen Schuhen. Sie hatten sich über die Jahre der Form seiner Füße perfekt angepasst, sie hatten eine Geschichte und sie hatten Charakter. Schließlich kam auch niemand auf die Idee, Ötzis ledrige Mumie gegen eine frischere Leiche auszutauschen, nur weil die weniger Arbeit machen würde.

»Das ist nicht dein Ernst«, vermutete Mirjam, als er diesen Gedankengang äußerte.

Kastner schwieg.

»Na gut«, lenkte Mirjam ein. »Was hältst du davon? Wir legen deine Wanderschuhe zu Hause ins Gefrierfach, du sprühst sie täglich mit einer antibakteriellen Lösung ein, und wir verkaufen Eintrittskarten an Kulturinteressierte, die einen Blick darauf werfen wollen? Und für den banalen Alltagsgebrauch kaufst du dir neue, die den Anforderungen gewachsen sind.«

»Sehr witzig, Hase«, sagte Kastner.

»Wenn du es nicht für dich tun willst, dann tu es für deine Schuhe«, schlug Mirjam vor. »Stell dir vor, man würde Ötzi aus seiner Kühlkammer zerren, ihm in den Hintern treten und von ihm verlangen, sich Pfeil und Bogen umzuschnallen und mal wieder zu einer Steinbockjagd aufzubrechen, anstatt sich so willenlos hängen zu lassen. Fändest du das fair?«

Das Chorgeläut des Kölner Doms verhinderte, dass Kastner sich darauf eine Antwort überlegen musste. Im Display leuchtete der Name seines Chefs auf. Er machte eine Bitte-entschuldige-ich-muss-da-rangehen-Geste in Mirjams Richtung und hob ab.

*

»So, Kastner«, sagte Wismeth. »Wie steht es denn in der fränkischen Provinz? Irgendwelche Ermittlungsergebnisse? Eine heiße Spur? Ermitteln Sie überhaupt?«

»Ihnen auch einen guten Tag, Herr Polizeidirektor«, erwiderte Kastner.

»Wenn Sie sich gelegentlich mal melden würden, müsste ich Ihnen nicht hinterhertelefonieren«, stellte Wismeth fest. »Der Leichenfund liegt drei Tage zurück, und die einzigen Berichte, die bisher auf meinem Schreibtisch liegen, stammen von der Rechtsmedizin und der KTU. Ich fand das gleich eine fragwürdige Idee, diese verdeckte Ermittlung. Wie soll man da als Vorgesetzter wissen, wo der Urlaub aufhört und wo die Arbeit anfängt? Und was macht eigentlich dieser Kommissar Bauer – hat dem noch niemand erklärt, dass man als leitender Ermittler gelegentlich die übergeordnete Dienststelle über seine Fortschritte informiert?«

»Ich denke, wir sind hier auf einem guten Weg«, floskelte Kastner und gab seinem Chef einen kurzen Überblick über den Ermittlungsstand.

Mirjam nippte an ihrem Prosecco und lauschte interessiert.

»Hm«, machte Wismeth. »So, so. Das mit dem Brandfall ist immerhin ein Ansatz ... Darauf hätte man aber auch kommen können, ohne dass Sie auf Kosten des Steuerzahlers durch die Fränkische schlendern und Blümchen pflücken, nicht wahr?«

Kastner hatte gute Lust, Wismeth ein Foto seiner blutig aufgescheuerten Füße zu schicken, mit der Bitte, es an den Steuerzahler weiterzureichen. Stattdessen sagte er: »Das mag sein, Herr Polizeidirektor. Und wenn ich behaupten würde, dass hier alles glatt läuft, wäre es gelogen. Aber prinzipiell halte ich unser Vorgehen für zielführend – einerseits die offizielle Ermittlung, andererseits ein Blick hinter die Kulissen. Ich hoffe, beides ergänzt sich zu einem umfassenden ...«

»Ja, ja, verschonen Sie mich. Kommen Sie einfach in die Gänge. Haben Sie eigentlich Ihren Dienstausweis dabei? Nur so für den Fall, dass Sie dieses alberne Inkognito beenden und anständig ermitteln wollen?«

»Mein Dienstausweis liegt in meiner Schreibtischschublade«, erklärte Kastner. »Nur so für den Fall, dass Sie es vergessen haben: Eigentlich bin ich hierhergefahren, um Urlaub zu machen.«

Er hatte kaum aufgelegt, als die Domglocken erneut läuteten.

»Ja?«, sagte er schroff, in der Annahme, dass Wismeth seinen konstruktiven Anregungen noch etwas hinzufügen wollte.

»Dir auch einen guten Tag, Kastner«, ertönte die Stimme von Felix Wernreuther. »Ich hab mir gedacht, du willst bestimmt wissen, wie meine Schulung läuft.«

»Oh, äh, unbedingt. Wie läuft die Schulung, Felix?«

»Ganz ausgezeichnet!«, erklärte Wernreuther. »Wie zu erwarten war, sind die Ausbilder beeindruckt von meinen Fähigkeiten – gestern durfte ich zum Beispiel ein Referat über die sachgerechte Dokumentation polizeilicher Ermittlungsergebnisse halten. Ich schätze, die abschließende Prüfung ist nur noch Formsache.«

»Das freut mich zu hören. Und wie geht es Claudia? Lernt ihr zusammen?«

»Nun ja«, hüstelte Wernreuther. »Claudia gibt sich wirklich Mühe, das muss man anerkennen. Aber für eine gemeinsame Lerngruppe ist das Wissensgefälle zwischen uns einfach zu groß. Das ist nicht böse gemeint, es ist einfach nur eine Tatsache.«

»Ich verstehe«, behauptete Kastner. »Nimm es mir nicht übel, Felix, aber ich bin gerade in einem wichtigen Gespräch. Ich rufe dich bei Gelegenheit zurück. Okay?«

»Dein Klingelton ist eine Zumutung«, sagte Mirjam, nachdem er aufgelegt hatte. »Kannst du nicht wenigstens die Lautstärke runterregeln?«

»Es gibt ein, zwei Dinge, die ich lieber täte – zum Beispiel einen Cappuccino trinken und einen Apfelkuchen essen, ohne dabei mit meinem Chef und Wernreuther kommunizieren zu müssen«, erklärte Kastner. »Im Prinzip hast du freilich recht, Hase – der Klingelton ist unerträglich. Du weißt nicht zufällig, wie man ihn ändern kann?«

Mirjam griff kopfschüttelnd nach seinem Handy und drückte ein paar Tasten. »Was hätten wir denn gern?«, fragte sie. »Bongo, Arrow, Bell Tree oder Cascade?«

»Ich stelle mir ein sonores Brummen knapp oberhalb der Hörschwelle vor«, sagte Kastner.

*

Vor dem Abendessen bestand Mirjam auf einem Spaziergang, danach auf der überfälligen Runde Uno mit den Kindern. Jannik zockte so humorlos wie ein Pokerprofi, der sich mit illegalem Glücksspiel den Lebensunterhalt verdienen muss, und gewann jedes Spiel.

Nach der dritten Runde deutete Sofie an, er würde schummeln, was Jannik mit allen Anzeichen gerechter Empörung weit von sich wies.

»Ey, echt – ich schwör!«, beteuerte er und hob Zeige- und Mittelfinger der rechten Hand.

»Das ist das Peace-Zeichen. Schwören geht anders«, sagte Sofie und machte es auch gleich vor.

»Uno«, konterte Jannik und legte seine vorletzte Karte auf den Ablagestapel.

Mirjam schnippte mit den Fingern vor Kastners Nase. »Hallo? Du bist dran!«

»Ich kann nicht.«

»Du hast achtzehn Karten in der Hand, da wird ja wohl die richtige Farbe dabei sein!«, schnaubte Mirjam.

»Ich fürchte, wir reden aneinander vorbei, Hase«, erklärte Kastner. Der Abendspaziergang war seinen Füßen nicht gut bekommen, sein Muskelkater vom Vortag lief gerade erst zur Hochform auf, die unsortierten Fakten des ungeklärten Todesfalls schwirrten ihm durch den Kopf. Die beiden Seidla, mit denen er eine sehr schmackhafte Tellersülze mit Bratkartoffeln hinuntergespült hatte, hatten die Situation seltsamerweise nicht verbessert: Er hatte Mühe, seine achtzehn Karten in der Hand zu halten.

»Kastner ist gar nicht dran«, erklärte Sofie. »Du bist dran – Jannik hat eine Richtungswechselkarte abgelegt!«

»Oh«, sagte Mirjam. »Welche Farbe? Rot?«

Sofie nickte.

»Beim Arsch der Waldfee – ich kann auch nicht.«

»Nicht können: eine Karte ziehen«, flötete Jannik. »Vulgär fluchen: zwei Karten ziehen. Macht in Summe drei!«

Tag 5/Freitag/Ein Cumulonimbus wie aus dem Bilderbuch

Am nächsten Morgen rüttelte Mirjam Kastner aus einem seligen, traumlosen Schlaf.

»Steh auf«, verlangte sie. »Wir sind um acht mit den anderen Kursteilnehmern zum Frühstück verabredet.«

Kastner war sich ganz sicher, mit niemandem irgendetwas verabredet zu haben. »Es ist noch dunkel«, stellte er blinzelnd fest.

Mirjam zog die Vorhänge zurück und strafte seine Worte Lügen: Die Morgensonne warf schräge Strahlen auf das Doppelbett, in den Bäumen vor dem Fenster zwitscherten die Vögel. Vom Flur her waren das Schlagen von Türen, gedämpfte Stimmen und das Knarzen alter Holzdielen zu hören. Mirjam war vollständig bekleidet und roch frisch geduscht.

Kastner stöhnte und machte eine mitleidheischende Bemerkung über seine Doppelbelastung als Aktivurlauber und Ermittler.

»Jammer nicht rum«, sagte Mirjam, »du hast acht Stunden geschlafen! Und die verdeckte Ermittlung war deine Idee, nicht meine!«

Kastner kroch aus dem Bett, putzte sich die Zähne und nahm eine lange, heiße Dusche. Die aufgequollene Hornhaut seiner Fersen verabschiedete sich in den Abfluss und zog blutige Schlieren hinter sich her. Er sah sich gezwungen, Mirjam erneut um die Fußsalbe zu bitten.

Sie reichte sie ihm mit einem aufreizend freundlichen Lächeln und den Worten: »Ruckedigu, Blut ist im Schuh! Das kann der rechte Bräutigam nicht sein!« Sie saß mit ihrem Laptop auf dem Bett und klickte sich durch die Nachrichten und Fotos der Kräuterkurs-WhatsApp-Gruppe.

»Dir ist schon klar, dass das alles vertrauliche Informationen sind, Hase?«, merkte Kastner an.

»Ja, ja«, sagte Mirjam. »Eins muss man sagen: Auf jedem Foto von Nadja steht Jörg daneben und sabbert ihr in den Ausschnitt.«

»Es freut mich, dass dir das auffällt«, sagte Kastner. »Ich habe außerdem bemerkt, dass Nadja wenig erfreut darüber wirkt. Für mich sieht das nach sexueller Belästigung aus.«

»Sexuelle Belästigung ist ein starkes Wort«, konstatierte Mirjam. »Vielleicht ist Jörg einfach ein wenig distanzlos, und die brave Nadja hat kein Mittel gefunden, ihn in die Schranken zu weisen? Viele kleine Grenzübertretungen sind schwerer abzuwehren als eine große, und Typen wie Jörg haben Übung darin, in kleinen Schritten voranzukommen.«

»Aber was ist sein Ziel? Kann man eine Frau so lange nerven, bis sie mit einem ins Bett geht, obwohl sie das gar nicht will?«

»Das ist eine interessante Frage. Eine Frage, auf die es womöglich keine einfache Antwort gibt.«

»Ach was?«

»Es kommt auf die Umstände an, schätze ich«, führte Mirjam aus. »Frauen mit einer passiven Grundhaltung und mangelndem Selbstwertgefühl fühlen sich von einem anhaltenden Interesse an ihrer Person vielleicht geschmeichelt, obwohl der Bewerber sonst nicht ihr Typ ist.«

»Das ist ja ekelhaft.«

Mirjam zuckte die Achseln. »Als Frau über dreißig muss man immer irgendwelche Kompromisse eingehen. Sonst läuft man Gefahr, kinderlos zu bleiben und alleine alt zu werden.«

Das Gespräch nahm eine Wendung, die Kastner beunruhigend fand. »Bist du deshalb mit mir zusammen?«, fragte er. »Weil du nicht alleine alt werden möchtest?«

»Ich wüsste keinen besseren Grund, um mit jemandem zusammen zu sein.«

»Liebe vielleicht?«, schlug Kastner hoffnungsvoll vor.

Mirjam zuckte die Achseln. »Liebe ist ja erst mal nur ein Klischee, das Spielraum für alle möglichen Interpretationen bietet. Zusammen alt werden ist dagegen eine Herausforderung, die den Begriff Liebe konkret definiert.«

»Dein Liebesbegriff ist recht pragmatisch«, bemerkte Kastner. »Wo bleibt da die Romantik?«

»Romantik wird überschätzt.«

*

Zum Frühstück versammelten sich die Kräuterfreunde in der Gaststube um zwei aneinandergeschobene Holztische auf der kleinen Empore, die bei Veranstaltungen im *Grünen Schwan* als Bühne diente.

»Du darfst neben mir sitzen, Kastner«, verkündete Jannik und winkte mit einem vielbeinigen Plastikmonster, das an eine Spinne erinnerte – eine auffallend hässliche Spinne. »Meine Monsterkrake hat dir einen Stuhl frei gehalten!«

»Sehr freundlich von der, äh, Monsterkrake!«, sagte Kastner.

Sofie schnaubte und erklärte, an Kastner gewandt: »Frei gehalten ist gut. Du kannst dir sogar aussuchen, ob du links oder rechts neben meinem Bruder sitzen willst, so nervig hat er mit dem scheußlichen Viech herumgefuchtelt.«

Kastner zog eine Runde um das Frühstücksbuffet und versorgte sich mit einer Ration an Kohlenhydraten und

Proteinen, die ihn, so hoffte er zumindest, für die anstehende Bärlauchexkursion fit machen würden.

»Deine Auswahl fällt nicht gerade unter den Oberbegriff gesunde Diätkost«, stellte Mirjam kritisch fest, während er das Rührei mit Bacon etwas zur Seite schob, um die beiden Kaisersemmeln mit Bierschinken und Emmentaler belegen zu können.

»Findest du mich etwa zu dick, Hase?«

»Dazu möchte ich mich vor Zeugen lieber nicht äußern«, erklärte Mirjam diplomatisch.

Anton beugte sich zu ihr hinüber. »Aus Gründen des Klimaschutzes ist von einer Diät dringend abzuraten«, stellte er mit ernstem Gesicht fest. »Wenn Körperfett verbrannt wird, entsteht neben Wasser auch das klimaschädliche Gas CO_2. Das ist nicht gut für unseren Planeten.«

Johanna Dennerlein konstatierte augenzwinkernd: »Und ich kann aus eigener Erfahrung ergänzen, dass der menschliche Körper sich hartnäckig weigert, von einem einmal erreichten Gewicht auch nur ein Gramm wieder abzugeben. Wenn man ihn mit Gewalt dazu zwingt, legt er sich für das nächste Mal eine Sicherheitsreserve zu. So entsteht der gefürchtete Jo-Jo-Effekt.«

»Johanna hat recht«, stimmte Nadja zu. »Außerdem dient das Fettgewebe als Schadstoffspeicher – wenn es abgebaut wird, können schwere Vergiftungen entstehen.«

»Danke für eure Unterstützung«, sagte Mirjam kopfschüttelnd.

*

Nach dem Frühstück ging Kastner vor die Tür und wählte die Nummer von Martina Götz.

»Kastner!«, sagte Martina. »Ich hab mich schon gefragt, warum du nicht anrufst.«

»Ich habe wohl eine Verhaltung dagegen entwickelt«, behauptete Kastner. »Aus gutem Grund: Wann immer ich dich anrufe, wäschst du mir den Kopf.«

»Aus gutem Grund. Wann immer du mich anrufst, willst du Dinge wissen, die ich selbst noch nicht weiß.«

»Dann hätten wir das ja geklärt«, sagte Kastner. »Ein, zwei Fragen habe ich trotzdem noch. Die erste: Hat Holger Lurz auf Imthals Computern schon irgendetwas Interessantes gefunden? Nein? Dann habe ich eine Idee, wonach er suchen könnte ...« Er erzählte Martina von dem Brandfall bei Wiesenthal-Geflügel. »Die Ermittlungsakte liegt zurzeit leider noch in der Oberpfalz.«

»Ist notiert«, sagte Martina.

»Gut. Zweitens: Ich würde gern wissen, ob Imthal am Tattag mit einem anderen Kursteilnehmer über seinen E-Mail-Account oder seine Messengerdienste kommuniziert hat. Wir haben bisher nur die Telefonverbindungen und den Chatverlauf der offiziellen Kräuterkurs-WhatsApp-Gruppe, und die geben recht wenig her.«

»Holger hat die Auskünfte schon beantragt. Mehr als Datum, Zeit und IP-Adressen kriegst du von den Anbietern aber nicht geliefert, das ist dir schon klar?«

»Besser als nichts. Und drittens würde ich gerne wissen, ob die Laborergebnisse schon vorliegen?«

»Da hast du Glück. Ich habe meinen Bericht vor fünf Minuten an Kommissar Bauer gemailt. Wenn du mir deine private E-Mail-Adresse gibst, kriegst du auch einen.«

Kastner gab ihr die Adresse von Mirjam – er war einer der letzten Menschen ohne privates E-Mail-Postfach. »Gibt es vorab eine mündliche Zusammenfassung?«

»Klar. Pass auf: Wir haben auf Imthals T-Shirt zwei Barthaare von Hermann Dennerlein gefunden. Ein paar Hautschuppen auf Imthals Cordhose stammen von Jörg Ott und Anton Fritsche; eine Wimper, die in der blutigen Wunde auf dem Kopf des Toten klebte, wurde Nadja Lipinski zugeordnet. Rund um den Tatort haben Jörg Ott, Isabel Lindemann, Hermann Dennerlein und Nadja Lipinski hübsche Fußabdrücke hinterlassen. Im Fünfmeterbereich um Leiche und Tatort war von jedem Kursteilnehmer etwas dabei, entweder Genmaterial oder Fußspuren. Johanna Dennerlein scheint eine starke Raucherin zu sein – das Labor hat ihren Speichel an fünf Kippen von filterlosen Zigaretten gefunden. Leider lässt sich nicht feststellen, welche Spuren vor und welche nach Imthals Tod entstanden sind.«

»Hm«, machte Kastner. »Die beiden Haare hat Hermann Dennerlein vermutlich verloren, als er dem Toten den Puls gefühlt hat.«

»Möglich«, sagte Martina.

Kastner blätterte in den Zeugenaussagen. »Jörg Ott hat zugegeben, dass er sich über die Leiche gebeugt hat. Kann er dabei diese Hautschuppen auf Imthals Hose hinterlassen haben?«

»Möglich«, wiederholte Martina. Kastner konnte förmlich sehen, wie sie dabei die Achseln zuckte.

»Anton Fritsche hingegen hat behauptet, er hätte sich der Leiche nicht genähert ...«

»Das muss nichts heißen«, sagte Martina. »Er kann die Spuren zu Imthals Lebzeiten hinterlassen haben – vielleicht hat er während der Mittagsrast neben ihm gesessen oder sich an irgendeiner Engstelle des Wegs an ihm vorbeigezwängt?«

»Du verstehst es, einem Mut zu machen. Was ist mit der Wimper von Nadja Lipinski? Sie kann sich angeblich nicht daran erinnern, was sie unmittelbar nach dem Leichenfund getan hat, aber ...«

»Kastner: Ich war nicht dabei. Ich kann dir nur sagen, dass sie der Leiche sehr nahe gekommen ist, während das Blut der Kopfwunde noch nicht geronnen war: Ihre Wimper ist mit dem Blut zusammen verkrustet.«

»Und wie lange hat es gedauert, bis das Blut geronnen war?«

»Zehn, fünfzehn Minuten.«

»Dann doch so lang.« Kastner war enttäuscht.

»Tut mir leid. Aber vielleicht kann ich dich ein wenig aufmuntern – wir konnten die Fingerabdrücke auf den Gegenständen zuordnen, die jemand aus Imthals Rucksack herausgezerrt hat.«

»Ich höre«, sagte Kastner.

»Sie stammen von Jörg Ott. Er hat mehrere sehr gut erkennbare Abdrücke auf Imthals Geldbeutel, der Banane und dem Rucksack selbst hinterlassen. Ich bin gespannt, wie er das erklären wird.«

»Du wirst es bald erfahren. Danke, Martina!«

Er legte auf und rief Bauer an, um nach dem Ergebnis von Bella Lindemanns gestriger Vernehmung zu fragen.

»Wie ich mir schon gedacht hatte«, sagte Bauer. »Sie bestreitet, irgendetwas gewusst zu haben. Ihr Ehemann hat oft als Springer gearbeitet und ist für eine oder zwei Wochen irgendwo eingesetzt worden, wenn Not am Mann war. Gelegentlich hat er erwähnt, für wen er gerade fährt, aber Imthals Name ist entweder nie gefallen, oder sie kann sich zumindest nicht daran erinnern. Thorsten Lindemann hat zu Hause nur selten über seine Arbeit gesprochen – was will man auch erzählen, wenn man hauptberuflich den rechten Fahrstreifen irgendeiner deutschen Autobahn blockiert?

Wie lange man gebraucht hat, um mit achtzig Sachen einen italienischen Kollegen am Berg zu überholen?«

»Vermutlich gibt es spannendere Gesprächsthemen beim Abendessen mit der Familie«, gab Kastner zu. »Obwohl es sicher auch weniger spannende gibt ...«

»Ich habe sogar gehört, dass viele Paare nach fünf, sechs Jahren Zusammenleben gar nicht mehr miteinander reden – von Rudimentärkommunikation einmal abgesehen«, ergänzte Bauer mit einer Stimme, als spräche er über die Kriegsverbrechen der deutschen Wehrmacht.

»Aha«, sagte Kastner, der gegen einen in gemütlich schweigender Eintracht vor dem Fernseher verbrachten Abend nichts einzuwenden fand. »Nun gut, nehmen wir an, Bella wusste nicht, dass ihr Mann für Imthal gearbeitet hat. Aber dass gegen ihn wegen Brandstiftung ermittelt worden ist, wird er wohl erwähnt haben?«

»Bella sagt Nein«, erklärte Bauer und schlug auch gleich mögliche Erklärungen vor: »Vielleicht hat Lindemann sich geschämt und wollte seine Familie schützen? Oder ... Falls du recht hast – falls der Brand wirklich ein Versicherungsbetrug war und Lindemann eine Prämie dafür kassiert hat –, gäbe es noch einen anderen möglichen Grund für sein Schweigen: Er hatte längst vor, Bella und die Mädchen sitzen zu lassen, und hat sich als Brandstifter verdingt, um an ein hübsches Startkapital für den geplanten Absprung zu kommen. Je weniger Bella darüber wusste, desto besser für ihn.«

»*Bella?*«, fragte Kastner. »Und *die Mädchen?*«

»Oh, äh«, sagte Bauer. »Du nennst sie doch auch Bella, da dachte ich ...«

»Ich nenne sie Bella, weil ich es so gewohnt bin. Wir duzen uns im Kurs. Als wir das letzte Mal über sie gesprochen haben, hast du sie noch Frau Lindemann genannt.«

Bauer schwieg eine Weile.

Kastner wartete.

»Es ist so«, sagte Bauer. »Ich hab Bella nach der Vernehmung nach Hause gefahren. Sie hätte sonst ewig auf den Zug warten und dann von Hohenstadt noch bis Eschenbach zu ihrem Auto laufen müssen. Bei uns auf dem Land kann man sich nicht schnell mal ein Taxi rufen.«

»Was du nicht sagst.«

»Ich hatte dabei vor allem unsere Ermittlung im Auge. Ich dachte, vielleicht erzählt sie mir von Mensch zu Mensch etwas, das sie bei einer offiziellen Vernehmung verschweigt.«

»Und?«, fragte Kastner. »Hat sie?«

»Sie hat mir einiges über ihre Ehe erzählt. Zum Beispiel, dass Lindemann mit einer Imbissfee namens Jenny durchgebrannt ist. Und dass sie diese Kräuterkurse nur anbietet, weil er für seine Kinder keinen Unterhalt zahlt und sie sich finanziell irgendwie über Wasser halten muss. Das spricht jedenfalls dagegen, dass sie in den Versicherungsbetrug eingeweiht war – falls es denn überhaupt einer war. Sonst hätte sie ihrem treulosen Hund von Ehemann doch Interpol hinterhergehetzt, meinst du nicht?«

»Hm«, machte Kastner und ließ den Ausdruck *treuloser Hund von Ehemann* eine Weile auf sich wirken. »Und während der Fahrt hat sie dir dann das Du angeboten?«

»Nein, erst als wir bei ihr zu Hause waren. Wir haben vorher noch die Mädchen bei ihrer Schwiegermutter abgeholt – ein echter Drachen, übrigens. Nachdem die Kinder im Bett lagen, hat Bella mich noch auf einen Schluck Rotwein und ein Baguette mit hausgemachter Chili-Kräuter-Creme eingeladen.«

»Und dabei hat sie dir dann das Du angeboten? Bei der *hausgemachten Chili-Kräuter-Creme*?«

»Äh, ja«, sagte Bauer. »So in etwa da.«

Kastner konnte sich ein Grinsen nicht verkneifen. Er war wahrlich kein Fachmann in Liebesdingen. Bevor Mirjam ihn vor etwa zehn Jahren mit einem auf den Punkt gegarten Coq au Vin betört und anschließend entschlossen abgeschleppt hatte, war er in Frauenkreisen eher als guter Kumpel denn als potenzieller Lebens- oder Bettgefährte gehandelt worden. Aber er war sich relativ sicher, dass ein Mann wie Bauer keine fünf Minuten im Bierzelt einer beliebigen Landkirchweih sitzen musste (oder konnte), bis die Dorfschönheiten sich um einen Platz auf seinem Schoß zankten. War es denkbar, dass Bauer eine gestandene und deutlich mehr als üppige Rubensdame mittleren Alters anziehender fand als mager gehungerte Hühnchen, die es mit der Wimperntusche übertrieben?

»Gut, Karlheinz«, sagte er. »Hast du den Laborbericht der KTU schon gelesen?«

»Er liegt vor mir. Wenn ich das Wissenschaftskauderwelsch richtig deute, hat Jörg Ott in Imthals Rucksack gewühlt. Soll ich ihn für eine Befragung abholen lassen?«

»Nein, zunächst sollten wir Ott gründlich durchleuchten. Familie, Freunde, Finanzen, mögliche Verbindungen zu Imthal – das Übliche eben.«

»Okay«, sagte Bauer. »Ach ja, noch etwas: Moni hat den Versicherungsdetektiv ausfindig gemacht, der mit dem Brandfall Wiesenthal-Geflügel betraut war. Er kommt morgen um neun in die Polizeiinspektion. Möchtest du bei dem Gespräch dabei sein?«

Kastner wollte.

*

Den Vormittag verbrachten die Kursteilnehmer im Tagungsraum, wo die Kräuterhexe sie mit einer weiteren PowerPoint-Präsentation auf die geplante Bärlauchexkursion einstimmte.

»Das Amaryllisgewächs *Allium ursinum*, im Volksmund Bärlauch, Waldknoblauch, Hundsknoblauch, Hexenzwiebel, Zigeunerlauch oder Ramser, ist in Europa weit verbreitet«, erfuhr Kastner. »Als Nahrungs- und Arzneipflanze wird Bärlauch nachweislich schon seit der Jungsteinzeit genutzt. Seine Heilwirkung beruht auf schwefelhaltigen ätherischen Ölen, die positiv auf Darm und Magen, die Atemwege sowie Leber und Galle wirken. In der Naturheilkunde wird er bis heute gegen Arteriosklerose, Bluthochdruck und Darmerkrankungen eingesetzt. Zudem wirkt er stoffwechselanregend, senkt den Cholesterinspiegel und hilft gegen Würmer ...«

Gegen dreizehn Uhr dreißig – etwa zu der Zeit, als Kastners Magenknurren im gesamten Auditorium deutlich zu hören war – fuhr Bella den Videobeamer herunter und fragte: »Seid ihr so weit? Kann's losgehen?«

Wie sich herausstellte, sprach sie keineswegs vom Mittagessen, sondern von der Exkursion. Sie deutete aus dem Fenster. »Ihr solltet wasserfeste Kleidung mitnehmen. Das ist ein Cumulonimbus wie aus dem Bilderbuch – es wird Regen geben.«

*

Der Weg, den sie einschlugen, führte am *Café Jakobsklause* und der Eschenbacher Kirche vorbei. Bella verriet, dass ihre beiden Töchter hier getauft worden waren, und erwähnte nebenbei, dass die im dreizehnten Jahrhundert erbaute und nach dem Apostel Paulus benannte ehemalige Wehrkirche eine der ältesten im Nürnberger Land sei. Elke sprach sich daraufhin für eine Besichtigung aus: »Bloß gschwind neispitzen und äweng ä Kultur schnuppern!«

Obwohl Bella von der Verzögerung wenig begeistert schien, fand der Vorschlag rasch eine demokratische Mehrheit. Einzig Johanna verweigerte sich dem Vorhaben rigoros: Mit christlichem Gedöns habe sie nichts am Hut, winkte sie ab und zündete sich vor der Kirchentür eine Zigarette an. »Kennst du eine Kirche, kennst du alle: vergoldetes Geschnörkel und rußende Kerzen, und immer ist es arschkalt.«

Kastner folgte den anderen ins düstere Innere des Sakralbaus, der Johannas Beschreibung eins zu eins entsprach. Er kämpfte gegen einen allergischen Niesreiz an, den der Geruch nach kaltem Weihrauch bei ihm auslöste.

Hermann Dennerlein recherchierte mithilfe seines Smartphones architektonische Details über den Glockenturm, das Langhaus und den frühgotischen Chorraum mit steinernem Kreuzrippengewölbe, »der durch einen runden Schlussstein mit der plastischen Darstellung des Osterlammes beeindruckt.«

Sofie ließ sich erklären, was ein Kreuzrippengewölbe war, und machte sich anschließend auf die Suche nach dem Lamm.

»Das sieht aus wie ein Bullterrier, der unter den Trecker geraten ist!«, stellte Jannik gänzlich unbeeindruckt fest, als sie es gefunden hatte.

Niemand widersprach, sogar Sofie teilte ausnahmsweise die Meinung ihres kleinen Bruders.

Hermann hatte inzwischen eine Internetseite über die Kirchenhistorie der Paulskirche gefunden und ließ alle an seinem kurzfristig angelesenen Wissen teilhaben: »Nach den Herren von Neidstein folgten die Herren von Hartenstein und nach deren Aussterben die Schenken von Reicheneck, welche die Türriegel als Ministeriale einsetzten.«

»Was soll das heißen?«, unterbrach Sofie.

»Hm, gute Frage«, gab Hermann zu und wischte über sein Handy. »Laut Onlinebibliothek sind Ministeriale unfreie Beamte des Mittelalters, die im Dienst eines Fürsten stehen.«

Sofie gluckste. »Diese Dings von Reichenecks haben *Türriegel* als *Beamte* eigesetzt? Das ist ziemlich schräg, oder? Ich meine, ich hab schon davon gehört, dass im Mittelalter schwarze Katzen auf dem Scheiterhaufen verbrannt und bissige Hunde vor ein ordentliches Gericht gestellt worden sind – aber Türriegel verbeamten?«

»Ich schätze, das Missverständnis beruht auf einem Bezugsfehler«, schlug Konrad schmunzelnd vor. »Der Satz müsste richtig heißen: In ihrer Eigenschaft als Ministeriale haben die Schenken von Reicheneck die Türriegel einsetzen lassen.«

Konrads Hypothese wurde kontrovers diskutiert. Jannik nutzte die Unaufmerksamkeit seines Betreuungspersonals, um mit dem flüssigen Wachs einiger Votivkerzen kreativ zu arbeiten.

Nach der Kirchenbesichtigung und einem Friedhofsrundgang – »edz, wo mer eh scho grad da sind«, hatte Elke gemeint – sah Bella auf die Uhr und drängte zur Eile.

Sie folgten ihr auf der schmalen Teerstraße, die am Ortsrand von Eschenbach in einen Forstweg mündete. Der Weg verlief oberhalb des Pegnitztals durch heckengesäumte Wiesen und stieg mäßig, aber regelmäßig an. Als sie den Wald erreichten, zuckten die ersten Blitze durch die grauen Wolken, begleitet von dumpfem Donnergrollen. Wenige Minuten später öffnete der Himmel seine Schleusen. Sie drängten sich unter den Ästen einer großen Fichte zusammen, spannten Schirme auf oder kramten in ihren Rucksäcken nach Regenkleidung.

»Muss des edz sein, dass mä sich bei Blitz und Donner ausgerechnet unter än hohen Baum stellt?«, fragte Elke.

Konrad lächelte ihr beruhigend zu. »Hohe Bäume sind nur gefährlich, wenn sie allein stehen. Hier im Wald musst du dir keine Sorgen machen.«

»Ich hab kä gutes Gfühl dabei. Ich spür hier ä wahnsinnig intensive Spannung in der Luft.«

»Du kannst ja zurück auf die Wiese gehen und dich flach auf den Boden legen«, schlug Anton vor.

Elke machte ein Gesicht, als zöge sie diesen Vorschlag ernsthaft in Erwägung.

»Ich hoffe, es ist nur ein kurzer Schauer«, sagte Bella. »Am besten warten wir hier, bis das Schlimmste vorüber ist. Wir können die Zeit nutzen, um unser Wissen über den Bärlauch zu vertiefen ...«

Alle stimmten zu, auch Elke nickte tapfer.

»Bärlauch schätzt tiefgründige, humose und anhaltend feuchte Böden und wächst daher bevorzugt an schattigen Fluss- oder Bachauen, wo er große Bestände bilden kann«, erzählte Bella gegen das Prasseln des Regens an.

»Anhaltend feuchte Böden – wir haben also bestes Bärlauchwetter!«, witzelte Jörg und schüttelte Wasser von seiner orangen Funktionsjacke.

Lila runzelte die Stirn. »Das ist ein Starkregenereignis«, befand sie, »und man muss schon ein komplett verholzter Ignorant sein, wenn man die Auswirkungen des Klimawandels spaßig findet!«

»Das ist ein Gewitter. Das gab's früher auch schon«, erklärte Anton.

»Ach – bist du einer von diesen Klimaleugnern?«, erkundigte sich Lila.

»Man kann Klima nicht leugnen«, gab Anton zurück, »sondern allenfalls die Verantwortung der Menschheit für den derzeit stattfindenden Klimawandel.« Er deutete auf den XXL-Schirm aus durchsichtigem Plastik, den Tom über sich und seine Freundin hielt: »Wenn ihr so besorgt um die Umwelt seid, solltet ihr euch Papiertüten über den Kopf halten.«

»Und du solltest den Ball flach halten«, machte Lila einen Gegenvorschlag. »Der Schirm besteht aus recyceltem Kunststoff, das ist total nachhaltig. Tom und ich essen kein Rindfleisch und fahren jede Woche drei Kilometer mit dem Lastenfahrrad zum Unverpackt-Laden, um dort einzukaufen. Wie steht's denn um dein klimaschutzpolitisches Engagement?«

»Ich lebe in einer vier Quadratmeter kleinen Hütte ohne Wasser und Strom«, behauptete Anton. »Ich esse nur, was von den Bäumen fällt, wasche mich am Bach und webe meine Kleidung eigenhändig aus Pflanzenfasern. Ich besitze nicht einmal ein Lastenfahrrad.«

»Echt jetzt?«, fragte Lila verblüfft.

»Nein, das war gelogen«, gab Anton zu. »Mein Beitrag zum Klimaschutz sieht so aus: Ich flechte mir freitags Greta-Zöpfchen ins Haar und schwänze die Berufsschule.«

Lila starrte ihn an.

»Ich hab mir Toms Blog spaßeshalber mal angesehen«, mischte Tarik sich ins Gespräch. »Da gibt es Reiseberichte aus Afrika, Brasilien und der Antarktis ... Ist er da auch mit dem Lastenfahrrad hingefahren?«

»Was soll die blöde Frage?« Offenbar fand Tom es an der Zeit, selbst das Wort zu ergreifen. »Ich bin natürlich geflogen – aber nicht um Urlaub zu machen, sondern weil ich als Greenfluencer wichtige politische Aufklärungsarbeit leiste. Dir ist sicher aufgefallen, dass ich in meinem Blog auf die Situation afrikanischer Kleinbauern, das Sterben der Regenwälder und das Abschmelzen des Festlandeises hinweise?«

»Vor allem sind mir die vielen Seht-her-wie-toll-ich-bin-Selfies aufgefallen«, erwiderte Tarik gelassen. »Kann es sein, dass die Umweltzerstörung und die Probleme der Einheimischen nur als malerische Staffage für deine Selbstdarstellung dienen?«

»Das ist ja wohl ...«, brauste Tom auf.

»Bis ins späte Mittelalter wurden dem Bärlauch magische Kräfte zugeschrieben«, fuhr Bella unbeirrt fort. »Er galt als Aphrodisiakum und vertrieb dem Volksglauben nach böse Geister, Hexen und Vampire. Sofern er vor der Walpurgisnacht, also der Nacht zum 1. Mai, gesammelt wird, soll er sogar den Teufel selbst in die Flucht schlagen – da liegen wir gut in der Zeit, falls einer von euch Probleme mit dem Unaussprechlichen hat.«

»Gut zu wissen«, feixte Jörg mit einem Seitenblick auf Lila.

»Habt ihr das gesehen?«, fragte diese empört. »Diesen – frauenfeindlichen Blick?«

Konrad Dennerlein hob die Hände zu einer beschwichtigenden Geste. »Ich verstehe nicht, warum hier ständig gestritten wird«, stellte er fest. »Wir sind alle Naturfreunde, wir sollten am selben Strang ziehen.«

*

Blitz und Donner zogen ohne Eile nach Osten ab. Das Prasseln des Regens mäßigte sich zu einem steten Rauschen und dann zu einem leisen Nieseln. Sie gingen weiter, stiegen auf dem Forstweg zwischen nass glänzenden Laub- und Nadelbäumen bergauf und querten eine Lichtung, auf der mannsdicke Baumstämme wie Mikadostäbchen durcheinanderlagen. Von Bella erfuhren sie, dass ein Frühjahrssturm namens Sabine diese Schneise der Verwüstung in eine vom Borkenkäfer geschädigte Fichtenschonung gerissen hatte. Zwischen den Kursteilnehmern entspann sich ein Gespräch über die Auswirkungen des Klimawandels auf die Forstwirtschaft, bei dem Hermann mit dem technokratischen Vorschlag, sämtliche Bäume zu roden und dafür neue, klimaresistente Arten zu pflanzen, ins Kreuzfeuer der Kritik geriet.

Kastner nutzte die Gelegenheit und schloss zu Bella auf. Obwohl der Weg nun leicht bergab führte, war die Kräuterhexe rot im Gesicht und atmete schwer. Ihr lavendelblaues Regencape hätte bei einem Pfadfindertreffen als Fünfmannzelt dienen können, und ihre Miene lud keineswegs zu einem Gespräch ein.

»Kommt das oft vor?«, fragte Kastner im Plauderton. »Dass die Leute ihre Weltanschauung mit in deine Kurse bringen und alle anderen dazu bekehren wollen?«

Bella blieb stehen, rang nach Luft und blickte sich nach den anderen um. Die waren bei der Sturmschneise stehen geblieben und debattierten gestenreich. Jannik und Sofie, die in ihren gelben Regenjacken wie zwergwüchsige friesische Fischer aussahen, kletterten auf den umgestürzten Baumstämmen herum.

»In meinen Wochenkursen treffen sich Menschen, die normalerweise nicht zusammen Urlaub machen würden«, sagte die Kräuterhexe schließlich. »Da prallen Denkweisen und Temperamente schon mal aufeinander.«

»Du gehst sehr gelassen damit um«, stellte Kastner fest. Bella zuckte die Achseln.

»Ich finde es ein wenig seltsam, dass nach dem gewaltsamen Tod eines Kurskollegen alle so schnell zur Tagesordnung zurückgekehrt sind«, sagte Kastner. »Wenn ich jemanden darauf anspreche, höre ich immer dasselbe: furchtbar, grauenhaft, schrecklich; und dann wird recht schnell das Thema gewechselt.«

»Das nennt man wohl Verdrängung«, sagte Bella.

Kastner wartete eine Weile, ob sie dieser küchenpsychologischen Diagnose etwas hinzufügen wollte – vergebens. Er versuchte sich selbst an einer Auslegung: »Du meinst, es fällt schwer, über eine traumatische Erfahrung zu sprechen, und deshalb plaudert man lieber über Alltägliches oder zankt sich über die richtige umweltpolitische Einstellung, bis einer weint?«

»So in etwa«, nickte Bella. »Ich glaube nicht, dass Julius' Tod schon abgehakt ist. Die sensibleren Gemüter stehen vermutlich noch unter Schock, und die weniger sensiblen wollen sich ihre Erschütterung und ihre Ängste nicht anmerken lassen.«

Kastner warf einen Köder aus: »Vielleicht wird so wenig über Julius gesprochen, weil man über Tote nicht schlecht reden soll und niemandem etwas Gutes über ihn einfällt?«

Bella streckte die Hand aus, prüfte die Stärke des Regens und schob ihre Kapuze zurück. »Wie meinst du das?«

»Julius war Agrarlobbyist und Hähnchenmäster, hat Massentierhaltung, Pestizideinsatz und Monokulturen befürwortet – damit war er ja wohl ein Außenseiter in diesem Kurs? Auf einige muss er wie ein rotes Tuch gewirkt haben.«

Bella schüttelte funkelnde Tröpfchen aus ihren roten Locken. »Sicher, er ist mit seinen Meinungen ein paarmal angeeckt. Aber ich glaube kaum, dass jemand gewusst hat, wer er wirklich war … Die Leute sollen sich in meinen Kursen auf Augenhöhe begegnen, deshalb verzichte ich auf eine Vorstellungsrunde und bestehe darauf, dass wir uns duzen.«

»Das ist ein schöner Ansatz. Aber die Leute sitzen zusammen beim Abendessen und unterhalten sich – denkst du, Julius hat bewusst gelogen, um seine Identität zu verschleiern?«

»Ich denke gar nichts«, erklärte Bella. »Die Ämter und politischen Einstellungen meiner Kursteilnehmer sind mir ebenso herzlich egal wie ihr Privatleben und ihre Privatgespräche – ich mache hier einfach nur meinen Job. Warum interessierst du dich so brennend für Julius?«

»Oh, äh, man gerät ja nicht alle Tage in einen Kriminalfall. Und ich trage die Verantwortung für die Kinder meiner Kollegin – die Vorstellung, dass womöglich einer der anderen Kursteilnehmer ein Mörder ist, beunruhigt mich natürlich.«

»Ein Kursteilnehmer?« Bella schüttelte den Kopf, als wäre das ein völlig abwegiger Gedanke. Sie sah sich wieder nach den anderen um. »Wir müssen weiter!«, schrie sie zur Sturmschneise hinauf und hob die Hand zu einem Winken.

Hermann Dennerlein winkte zurück. Nach und nach setzten sich alle gemächlich in Bewegung. Bella warf einen Blick auf die Zeitanzeige ihres Handys und seufzte.

»Wer kümmert sich denn um deine Kinder, während du arbeitest?«, erkundigte sich Kastner, um von seinem Interesse für Imthal abzulenken.

»Sie haben einen Hortplatz. Und während der Schulferien springt meine Schwiegermutter ein. Sie arbeitet selbst halbtags und muss sich jedes Mal Urlaub nehmen, wenn ich einen Ferienkurs betreue. Das gefällt ihr nicht, aber einen Babysitter kann ich mir nicht leisten.«

»Und der Vater deiner Kinder beteiligt sich nicht an der Betreuung? Äh – wenigstens finanziell?«

Bellas Blick verfinsterte sich.

»Bitte entschuldige«, bat Kastner. »Ich wollte nicht indiskret sein oder taktlos.«

»Indiskret? Taktlos?« Bella winkte ab. »Der ganze Landkreis zerreißt sich das Maul darüber, dass mein Ehemann das Weite gesucht hat. Ich teile dieses Schicksal mit vielen anderen Frauen, über die niemand ein Wort verliert – was mich so interessant macht, ist der Umstand, dass ich fett bin. Da durchschaut jeder Ursache und Wirkung, da weiß jeder einen guten Rat. Das mögen die Leute.«

Kastner hätte gern etwas Tröstendes gesagt. Es fiel ihm jedoch nichts Kluges ein, und da er Bella nicht mit abgedroschenen Floskeln beleidigen wollte, sagte er lieber nichts. Er stellte fest, dass eine verdeckte Ermittlung Grenzen verwischte: Zeugen und Tatverdächtigen privat und auf Augenhöhe zu begegnen, war etwas grundlegend anderes, als ihnen als Ermittler gegenüberzutreten. Er tat sich schwer, professionelle Distanz zu wahren; und er tat sich schwer, Gespräche auf die Fakten zu lenken, die ihn interessierten.

*

Es regnete nicht mehr, aber der Tag blieb feucht und kühl, und die allgemeine Stimmung entsprach dem wolkenverhangenen Himmel. Sie verließen den Forstweg und folgten einem Pfad, der sich um die Bergflanke schlängelte, duckten sich unter den Ästen struppiger Sträucher und kletterten über sehnige Wurzelstränge, die schroffe Dolomitbrocken umklammerten. Eine Ortsverbindungsstraße zerschnitt die Idylle – sie verband den etwa fünfzig Einwohner zählenden Weiler Hubmersberg mit dem Rest der Welt, wie Bella erklärte. Jenseits der Straße floss ein Bächlein namens Leitenbach zwischen hohen Buchen geruhsam der Pegnitz zu. In den Senken um das Gewässer stockten zahllose Büschel Bärlauch. Ein intensiver Knoblauchduft hing in der Luft und brachte Kastners Magen zum Knurren – er hatte seit dem Frühstück nichts mehr gegessen.

»Wir machen eine kurze Vesperpause«, lautete Bellas Weisung.

»Das stand in den Kursunterlagen«, erklärte Anton einmal mehr. »*Bärlauchexkursion – bitte ein Vesper mitnehmen.*« Er setzte sich auf einen umgefallenen Baumstamm, biss in ein üppig belegtes Brötchen und schmatzte genüsslich. »Hab ich mir heut Morgen am Frühstücksbuffet geschmiert«, verriet er. »Mettwurst mit Gewürzgurken und Zwiebeln – fast so gut wie bei meiner Mama, und die macht die besten Mettbrötchen ever!«

»Ja mei, die Mama ist halt immer die Beste, gelt?«, schmunzelte Elke und wünschte dem jungen Mann *än Guudn* – ohne erkennbaren Vorwurf oder Neid in der Stimme. Sie selbst knabberte äußerst diszipliniert auf einer nackten Stange Staudensellerie herum.

»Ebenfalls«, gab Anton höflich zurück.

Auch die Dennerleins nahmen auf dem Baumstamm Platz und packten ihre Brotzeit aus: Bauernseufzer, hart gekochte Eier, Tomaten und Laugenbrezen.

Kastner schluckte einen Mundvoll Speichel hinunter und wandte den Blick ab. »Haben wir auch was dabei?«, fragte er seine Lebensgefährtin.

»Das Übliche«, gab Mirjam mit sparsamer Miene zurück und fügte an: »Genau genommen ist die Frage eine Frechheit – du hättest die Kursunterlagen ja auch mal studieren und mitdenken können. Bin ich hier der Ernährungsminister, nur weil mein zweites X-Chromosom noch beide Beine hat?«

Nadja Lipinski, die Schnittkäse, Bauernbrot und eine Salatgurke dabeihatte, schob ihre Vorräte und ihr Taschenmesser zu Kastner und Mirjam hinüber. »Wollt ihr? Nur zu, mir ist das eh viel zu viel.«

»Echt?«, fragte Mirjam – wohl eher pro forma, denn sie säbelte bereits eine Ecke vom Käse und schob sie sich in den Mund. »Ähm – wir können als Gegenleistung einen Apfel anbieten? Oder ein Stück Nussschokolade?«

»Gern«, lächelte Nadja.

»Bitte, bedien dich.« Mirjam reichte der Blondine ihren Rucksack, schnitt das Bauernbrot in fingerdicke Scheiben und die Gurke in Würfel. Dann rief sie Jannik und Sofie.

Nadja fand die verheißenen Genussmittel am Grunde von Mirjams Rucksack. Kastner erkannte den Proviant wieder, der ihn vier Tage zuvor schon in den Wengleinpark begleitet hatte, und er schämte sich ein wenig – es war nicht auszuschließen, dass dieser Bodensatz an Wegzehrung schon seit Wochen oder gar Monaten seiner Bestimmung harrte und mehrmals von einem Rucksack in den anderen gewandert war. Aber Nadja schien hocherfreut über den Anblick der beiden schrumpeligen Äpfel und der quadratisch geformten Schokoladentafel und bedankte sich überschwänglich.

»Kein Ding«, sagte Mirjam und verteilte Brot, Käse und Gurkenwürfel an Claudias Kinder.

Nadja brach eine Rippe von der Schokolade und ignorierte tapfer die Tatsache, dass die braune Masse schon grau angelaufen war. »Das mindert die Qualität kein bisschen«, behauptete sie. »Wir werfen viel zu viele Lebensmittel weg, obwohl sie noch einwandfrei sind.«

Kastner hätte sich ebenfalls gerne etwas von Nadjas Vesper genommen, aber Mirjam, Jannik und Sofie hatten den Bestand schon so weit dezimiert, dass er sich wie ein Schuft vorgekommen wäre. Er hoffte, dass niemand seinen Magen knurren hörte.

Nadja nahm ihr Taschenmesser, zerteilte die Apfelmumien in adrette Achtel und schnitt das Kerngehäuse heraus.

Jannik wirkte interessiert, aber ein strenger Blick von Mirjam brachte ihn zur Räson. Kastner nahm sich ein Achtel. Es schmeckte, wie es aussah.

»Darf man sich anschließen?«, fragte eine Stimme aus dem Off. Jörg Ott warf, siegessicher lächelnd, einen stattlichen, in Alufolie eingeschlagenen Brocken kalten Schweinebraten und eine Tupperdose voller gegrillter und in Kräuteröl marinierter Paprikastreifen in die Runde.

»Wow!« Mirjam schenkte Jörg einen Augenaufschlag, der sich gewaschen hatte. »Das sieht sensationell lecker aus!«

Jörg verzichtete darauf, Bescheidenheit vorzutäuschen. Er grinste und drängelte sich zwischen Mirjam und Nadja. »Man darf sich zu den hübschen Damen setzen?«, fragte er rhetorisch.

»Freilich«, flötete Mirjam, den Blick fest auf den Braten gerichtet.

Nadja rückte so weit wie möglich zur Seite. Das zuvor so herzliche Lächeln gefror ihr in den Mundwinkeln.

Jörg schnitt Scheiben von dem Braten und verteilte sie. Kastner schwankte zwischen dem Bedürfnis, seine Zähne in das knusprig gebratene Fleisch zu schlagen, und dem

Drang, Jörg beiseitezunehmen und ein Wort unter Männern zu wechseln. Er entschied sich für den Braten, worauf er nicht sonderlich stolz war. Auch Mirjam und die Kinder griffen zu. Nur Nadja hielt sich eisern an die Apfelschnitze und die angelaufene Schokolade.

Nach der Vesperpause trieb Bella zur Eile an.

»Ich schlage vor, jeder pflückt ein paar Büschel Bärlauch, und in einer halben Stunde treffen wir uns wieder hier. Um acht wird es finster, bis dahin sollten wir zu Hause sein.«

*

Es dämmerte bereits, als Bella zum Aufbruch drängte. Aus den Senken des Leitenbaches stiegen Nebelschwaden, die an den Ästen der Buchen kondensierten und als feiner Sprühregen wieder herunterfielen. Es wurde kalt. Mirjam schlüpfte in ihre Fleecejacke und verteilte Wollpullover an Jannik und Sofie. Auch Kastner kramte in seinem Rucksack nach einem wärmenden Kleidungsstück, war allerdings nicht sonderlich überrascht, als er keines fand.

»Können wir?«, fragte Bella.

»Nadja und Jörg sind noch nicht da«, meldete Elke.

»Das ist scheiße«, stellte Bella mit überraschend aggressivem Unterton fest. »Was ist mit denen? Hab ich mich nicht klar genug ausgedrückt? Bin ich hier im Kindergarten?«

»Bella hat *scheiße* gesagt«, frohlockte Jannik und fügte an: »Meine Mama sagt, scheiße sagen ist scheiße!«

»Da hat deine Mama recht«, gab Bella zu. »Es ist aber auch scheiße, wenn jeder macht, was er will, ohne auf die anderen Rücksicht zu nehmen. Ich muss um acht meine Kinder abholen, sonst krieg ich verschärften Ärger mit meiner Schwiegermutter.«

»Sie werden bestimmt bald hier sein«, vermutete Konrad. »Vielleicht hat es zwischen den beiden endlich gefunkt? Wenn man jung und verliebt ist, kann man schon mal die Zeit vergessen.«

Lila schüttelte den Kopf, als hätte sie etwas vergleichbar Dämliches noch nie gehört. Kastner war geneigt, der streitbaren jungen Frau in diesem Fall recht zu geben. Bella knirschte mit den Zähnen, sagte aber nichts. Sie warteten eine halbe Stunde, bis die zunehmende Dunkelheit Konrads optimistisch-romantische These ad absurdum führte.

»Jörg!«, rief Hermann in den Wald. »Nadja? Wo seid ihr? Wir wollen los!«

Bella zog ihr Smartphone aus der Hosentasche und wählte Jörgs Nummer. Nichts geschah. »Ganz toll«, sagte sie genervt. »Wie es aussieht, sitzen wir mitten in einem Funkloch.«

»Tja«, sagte Anton achselzuckend. »Wer nicht kommt zur rechten Zeit ...«

»Das ist nicht dein Ernst«, meinte Johanna. »Du würdest doch nicht zwei Kurskollegen mitten in der Pampa zurücklassen, nur weil sie nicht rechtzeitig am Treffpunkt waren?«

»Warum nicht?«, erwiderte Anton. »Deshalb trifft man ja Vereinbarungen – damit sich alle daran halten.«

»Da hat unser zottiger Freund ausnahmsweise recht«, erklärte Tom. »Ich schätze, Jörg und Nadja sitzen längst im *Grünen Schwan*, wärmen sich an der Heizung und trinken einen Tee mit Rum auf unser Wohl.«

»Ohne Bescheid zu sagen?« Konrad runzelte die hohe Stirn.

Lila verdrehte die Augen. »Wie hätten sie denn Bescheid sagen sollen? Vermutlich haben sie uns eine Nachricht geschickt, die im Funkloch versackt ist.«

»Und wenn ihnen etwas zugestoßen ist?«, fragte Mirjam.

»Was soll denen schon zugestoßen sein?«, schnaubte Tom. »Wir sind hier in der Fränkischen Schweiz, nicht in Syrien.«

»Angesichts der jüngsten Ereignisse ist das eine außergewöhnlich dämliche Bemerkung«, stellte Mirjam fest.

Peng, das hatte gesessen. Tom ruderte umgehend zurück: »Du hast recht, Mirjam – es tut mir leid!«, beteuerte er. »Ich wollte nicht ...«

»Ja, ja, lass stecken«, winkte Mirjam ab. »Das Schlimmste muss man nun auch nicht gleich annehmen. Aber vielleicht haben sie sich verlaufen, oder jemand hat sich den Fuß verknackst?«

»Ich tät die Bollizei rufen«, schlug Elke vor.

»Das ist an sich eine gute Idee«, sagte Bella. »Aber leider sitzen wir, wie schon mehrfach erwähnt, in einem Funkloch.«

»Des stimmt«, nickte Elke einsichtig. »Dann sollerten mir die zwei vielleicht suchen gehen, solang mer noch äweng was sicht?«

»Viel Spaß«, sagte Anton und verschränkte die Arme vor der Brust.

»Ich gehe«, bot Tarik an. »Hat jemand eine Taschenlampe dabei?«

»Hast du keine Taschenlampen-App auf dem Handy?«, fragte Tom.

»Ich habe mein Handy im *Grünen Schwan* gelassen«, erklärte Tarik.

»Ach, dann nimm meins!« Tom übergab zuvorkommend sein Mobiltelefon und verschränkte ebenfalls die Arme vor der Brust.

»Sehr freundlich, wirklich«, sagte Tarik.

»Ich komme mit«, sagte Kastner. »Und ich schlage vor, alle anderen machen sich auf den Rückweg in den *Grünen Schwan* – den Kindern klappern schon die Zähne vor Kälte.«

»Das gefällt mir nicht«, stellte Bella fest. »Sollten wir nicht besser zusammenbleiben? Ich trage hier die Verantwortung, und zwei abgängige Kursteilnehmer sind mir lieber als vier, wenn ihr versteht, was ich meine.«

»Tarik und ich sehen uns nur ein wenig um«, beruhigte Kastner die Kräuterhexe. »Wir drehen eine Runde, und wenn wir nichts finden, kehren wir um und rufen die Polizeiwache in Hersbruck an, sobald wir aus dem Funkloch sind. Wir haben beide Taschenlampen, wir werden den Weg schon finden.«

»Mir ist nicht wohl dabei«, beharrte Bella.

Aber da niemand einen besseren Vorschlag hatte, wünschte sie Tarik und Kastner schließlich viel Glück.

*

Über den dunstigen Senken war die Nacht sternenklar. Die eisige Kälte des Weltalls prallte ungebremst auf den Planeten, und Kastner fror, obwohl er den Reißverschluss seiner Wanderjacke bis zum Kinn hochgezogen hatte. Er hatte mit Tarik vereinbart, in Rufweite und in der Nähe des Leitenbaches zu bleiben – ein Plan, der nicht lange aufging. Gerade noch hatte er den Schein von Tariks Taschenlampe durchs Unterholz huschen sehen und seine Rufe »Jörg! Nadja! Wo seid ihr?« gehört, und nun war er plötzlich allein.

»Tarik?«, rief er.

Der Wald stand zunehmend schwarz und beklemmend schweigend.

Kastner warf einen Blick auf sein Handy: Es gab noch immer keinen Empfang. Er beschloss, bis zur Straße nach Hubmersberg zurückzugehen, dort ein Auto anzuhalten und sich an einen segensreichen Ort im Sendebereich eines Mobilfunkmastes bringen zu lassen. Aber obwohl er geschworen hätte, sich nur wenige Meter vom Ufer des Baches entfernt zu haben, fand er es nicht wieder. Die Taschenlampe seines Handys erhellte wenig mehr als die Stelle, an der seine Wanderschuhe knöcheltief in modrigem Laub und nassem Moos versanken. Dicke Baumstämme, die einer wie der andere aussahen, umringten den schüchternen Lichtschein wie feindliche Soldaten eine belagerte Burg.

Bella hatte recht gehabt – es war städterhaft-anmaßend gewesen, auf eigene Faust nach den Vermissten zu suchen.

»Tarik?«, schrie Kastner. »Wo bist du?«

Nicht einmal ein Windhauch regte sich. Die Dunkelheit legte an Dichte noch eine Schippe drauf – eine Infamie, die Kastner zuvor für unmöglich gehalten hätte.

*

»Ich habe Empfang«, vermeldete Mirjam, als die Lichter von Eschenbach aus der Dunkelheit auftauchten. »Keine Nachricht von Nadja und Jörg – und auch keine von Kastner oder Tarik.

»Wir rufen die Polizei«, beschloss Bella. »Ich habe die Nummer der Polizeiinspektion Hersbruck eingespeichert.« Sie zückte ihr Mobiltelefon, stellte auf Lautsprecher und wählte. Es tutete eine geraume Weile.

»Bernauer«, sagte eine männliche Stimme.

»Isabel Lindemeier«, sagte Bella. »Die Leiterin des Kräuterkurses, Sie erinnern sich?«

»Hm«, machte die Stimme.

»Wir haben im Wald zwischen Eschenbach und Hubmersberg vier unserer Kursteilnehmer aus den Augen verloren. Können Sie einen Streifenwagen schicken?«

»Einen Streifenwagen?«, fragte die Stimme. »Warum? Und wohin genau?«

»Wir vermissen vier Kursteilnehmer«, wiederholte Bella. »Wir haben sie zuletzt östlich der Straße von Hohenstadt nach Hubmersberg gesehen – im Bärlauchwald.«

»Ich brauche eine Adresse«, sagte Bernauer.

»Soll das ein Witz sein?«, fragte Bella.

»Wenn ich einen Streifenwagen schicken soll, brauche ich eine Adresse«, beharrte Bernauer. »Ort, Straße, Hausnummer – falls es in dem Ort keine Straßennamen gibt, genügt die Hausnummer.«

»Kann ich bitte mit Herrn Bauer sprechen?«, bat Bella.

»Nein«, beschied Bernauer. »Kommissar Bauer ist nicht abkömmlich, er ermittelt in einem Mordfall.«

»Das weiß ich!«, stellte Bella klar. »Er ermittelt im Mordfall Julius Imthal. Julius war einer meiner Kursteilnehmer, und jetzt sind vier weitere verschwunden – womöglich gibt es einen Zusammenhang? Gefahr im Verzug?«

»Wenn ich einen Streifenwagen schicken soll, brauche ich eine Adresse. Sonst wissen die Kollegen ja nicht, wohin sie fahren sollen.«

»Ich könnte Ihnen die GPS-Koordinaten senden«, schlug Bella vor.

»Was für Zeug?«, fragte Bernauer.

Bella legte auf und wählte eine andere Nummer.

Es tutete ein-, zweimal, dann meldete sich eine einige Oktaven tiefere Stimme: »Bella – wie schön, von dir zu hören! Ist alles in Ordnung?«

»Leider nein«, sagte Bella.

Bauer ließ sich die Koordinaten schicken und versprach, die Suche nach den Vermissten persönlich zu leiten.

*

Kastner überdachte seine Möglichkeiten.

Einfach stehen zu bleiben war vermutlich das Beste, was er tun konnte. Wenn er sich innerhalb der nächsten halben Stunde nicht meldete, würden Mirjam oder Bella Kommissar Bauer anrufen. Ein ordentlich mit Funkgeräten, Scheinwerfern und Megafonen ausgestatteter Suchtrupp würde ihn bald finden – allzu weit konnte er nicht von der Stelle entfernt sein, an der sie den Bärlauch gesammelt hatten.

Andererseits konnte es dauern, bis die Retter eintrafen. Eine Stunde? Zwei? Die Kälte war schwer auszuhalten, wenn man sich nicht bewegte, und in Kastners kleinem Kegel aus künstlichem Licht schien die Zeit auf bedrückende Weise erstarrt zu sein. Wie lange würde sich eine Stunde hinziehen, wenn ihm schon eine Minute wie eine Ewigkeit vorkam?

Er entschloss sich, weiterzugehen. Natürlich war es weniger wahrscheinlich, auf eine Straße oder ein Mobilfunknetz zu stoßen, als sich in den ausgedehnten Wäldern zwischen dem Nürnberger Land und der Oberpfalz heillos zu verirren. Wenn es blöd lief, würde der Suchtrupp an der Grenze zwischen den Regierungsbezirken kehrtmachen, um die bürokratischen Gegebenheiten zu klären; und wenn ein Wanderer Tage später seinen ausgezehrten, toten Körper in irgendeinem Grenzgraben fände, würden die Behörden die Zuständigkeit so lange hin- und herschieben, bis die Sonne seine Knochen gebleicht hatte. Aber es war ihm lieber, irgendetwas zu tun, als tatenlos herumzustehen.

Das Licht seines Handys schnitt fahle Momentaufnahmen aus der Nacht – wechselnde Stillleben aus struppigem Unterholz und dicken Baumstämmen. Er hatte keine Ahnung, wo er war und wohin er ging – links oder rechts, bergauf oder bergab waren Begriffe ohne Bedeutung. Offensichtlich war der Sehsinn ein unverzichtbares Element der menschlichen Orientierungsfähigkeit. Der Gedanke, Julius Imthal könnte der blinden Mordlust eines Psychopathen zum Opfer gefallen sein, erschien ihm plötzlich gar nicht mehr abwegig. Womöglich hatte eine fränkische Version von Hannibal Lecter beschlossen, alle Teilnehmer des Kräuterkurses auszulöschen? Vielleicht waren Nadja, Jörg und Tarik längst tot, und der Mörder ergötzte sich durch ein Nachtsichtgerät an der zunehmenden Panik seines nächsten Opfers?

Kastner verwarf diese Angst als irrational, aber sie folgte ihm trotzdem wie sein Schatten, während er ziellos dem Schein seiner Taschenlampe hinterherstolperte.

Unvermittelt schlug etwas Hartes gegen seine Stirn, und er ging, blind vor Schmerz, in die Knie.

*

»Warum dauert das so lange?«, fragte Mirjam nervös.

»Kommissar Bauer meldet sich bestimmt bald«, beruhigte Konrad. »Einen Suchtrupp zu organisieren braucht seine Zeit.«

»Können die nicht einfach die Handys orten?«, erkundigte sich Mirjam.

»Das kommt darauf an«, plauderte der Globetrotter Tom aus dem Nähkästchen. »Wenn das Handy keinen Kontakt zu einem Mobilfunksender hat, ist eine Ortung nur über GPS möglich. Das setzt voraus, dass das Handy eingeschaltet und

GPS-fähig ist. Außerdem muss der Besitzer die entsprechenden Einstellungen aktiviert haben.«

»Na toll«, sagte Mirjam. »Die Hoffnung schwindet. Kastner ist technisch schon überfordert, wenn er an der Waschmaschine die richtige Einstellung für Vierzig-Grad-Wäsche aktivieren soll.«

»Des wird scho alles gut gehen«, sagte Elke tröstend.

Mirjam seufzte und zündete sich eine Zigarette an.

*

Kastner rieb sich den pochenden Schädel, bis der Schmerz etwas nachließ. Er rappelte sich auf und erkundete mithilfe der Taschenlampe seine Umgebung. Ein Felsbuckel, den höhere und kantigere Geschwister säumten. Gestrüpp, Moos, Bäume. Von einem der Bäume ragte in Kopfhöhe ein waagerechter Ast ab, den das Nürnberger Grünflächenamt aus Gründen der Verkehrssicherheit so nicht genehmigt hätte – offensichtlich war Kastner mit der Stirn dagegengeprallt. Was sich, im Nachhinein, als glückliche Fügung erwies: Keine zwei Schritte weiter fiel das Gelände steil ab. Das Licht der Taschenlampe reichte nicht bis zum Grund.

»Tarik?«, schrie er. »Nadja? Jörg?«

Er lauschte der Stille, dann zog er sich zurück, langsam und vorsichtig, als wäre der Abgrund ein lebendes Wesen, das seine Angst riechen und die Krallen nach ihm ausstrecken könnte. Erst zwischen den Felsen fühlte er sich wieder halbwegs sicher. Er nahm seinen Rucksack ab, durchsuchte ihn nach etwas Essbarem und fand eine letzte Rippe angelaufener Schokolade. Missvergnügt schlang er sie hinunter. Warum war er nicht mit den anderen zurück in den *Grünen Schwan* gegangen? Er hätte Kommissar Bauer anrufen, einen Suchtrupp anfordern und sich anschließend ein Hirschgulasch in Pilzrahmsoße bestellen und ein, zwei Halbe Kellerbier trinken können. Er hatte den Gedanken kaum zu Ende gedacht, als das Licht ausging. Von jetzt auf gleich war es so finster wie im Arsch des Teufels. Kastner hörte seinen eigenen Atem und den Schlag seines Herzens, er roch Harz und Moder. Seine Füße waren so kalt, dass er sie kaum noch spürte. Er sah: Nichts.

Sein Handy war so freundlich, ihm diese Veränderung zu erklären. *Stromsparmodus*, meldete es lapidar. *Nur noch sieben Prozent Akkuladung – bitte schließen Sie Ihr Mobiltelefon an das Ladegerät an. Die Taschenlampen-Funktion ist zurzeit nicht möglich.*

»Ist *das* deine Vorstellung von moderner Informationstechnologie, du ... du *Scherzartikel*?«, fluchte Kastner laut. »Glaubst du, du kannst gemütlich zu Hause am Ladekabel rumhängen, während die Menschheit das Dunkel der Nacht wieder mit ölgetränkten Fackeln erleuchtet und ihre Botschaften mit Federkiel und Tinte auf Pergament kritzelt und mithilfe von Brieftauben versendet?«

Das Handy reagierte auf diese verbale Anfeindung mit der Verdunkelung seines Displays. Kastner war versucht, das impertinente Gerät mit dem Absatz zu zertreten, aber letztlich saß es wohl am längeren Hebel: Sieben Prozent Akkuladung waren besser als nichts und würden hoffentlich für eine Ortung ausreichen.

*

»Ich will mir keine zwei Minuten lang vorstellen, wie es wäre, hier allein im Dunkeln zu stehen«, gab Moni Schmidtlein freimütig zu.

»Das musst du auch nicht«, erklärte Bauer. »Du sollst nur die Leute finden, die hier allein im Dunkeln stehen.«

Moni nickte und ließ den breiten Lichtkegel ihrer Taschenlampe durchs Unterholz kreisen. Einige Freiwillige der Feuerwehr Hohenstadt taten es ihr nach.

»Hallo?!«, riefen sie. »Hört uns jemand?«

»Warum sind die Stadtmenschen nicht da geblieben, wo sie hingehören – in der Stadt?«, sinnierte Dieter Bernauer. »Sie hätten ins Theater oder in einen Club gehen können; und wir hätten unsere Ruhe gehabt.«

»Das kannst du die Stadtmenschen selber fragen, sobald du sie gefunden hast«, gab Bauer zurück.

»Genauso gut könnte man eine Stecknadel im Heuhaufen suchen«, murrte Dieter. »Womöglich sind die längst in der Oberpfalz? Dann geht uns das alles gar nichts mehr an.«

»Es geht uns so lange etwas an, bis wir sie gefunden haben«, sagte Bauer.

»Ich könnte jetzt in meinem Hobbykeller sitzen und ein paar Modelleisenbahnteile brünieren«, fabulierte Dieter. »Meine Frau würde irgendwann runterkommen und mir ein Käsebrot und eine Flasche Bier bringen und sich dann diskret wieder zurückziehen. Ich könnte *Bayern 3* hören und einen rundum gemütlichen Abend haben – wenn die Stadtmenschen auf ihrer Seite des Zauns geblieben wären.«

»Dumm gelaufen. Und jetzt sei so lieb und beweg deinen Popo, du Dorfphilosoph. Je eher wir die Stadtmenschen finden, desto eher kommst du wieder in deinen Hobbykeller.«

*

»Das war Kommissar Bauer«, sagte Bella, nachdem sie das Telefongespräch beendet hatte. »Sie haben Tarik gefunden, an der Straße zwischen Hohenstadt und Hubmersberg. Er ist leicht unterkühlt, ansonsten aber wohlauf. Und sie haben Nadjas Handy geortet – irgendwo im Nirgendwo. Sie sind auf dem Weg zu ihr.«

»Was ist mit Kastner?«, fragte Mirjam.

Bella schüttelte den Kopf. »Bisher keine Spur von ihm. Auch nicht von Jörg.«

»Ich finde es grauenhaft, hier tatenlos rumzuhocken«, erklärte Mirjam und trommelte mit den Fingern auf den Tisch. »Ich habe gute Lust, da noch mal hinzufahren und beim Suchen zu helfen.«

»Das lässt du bitte bleiben«, bat Bella. »Ich hätte schon Kastner und Tarik verbieten sollen, sich von uns zu trennen – dann hätte der Suchtrupp nur zwei Personen suchen müssen.«

»Das nennt man Siloeffekt«, dozierte Anton. »Der Erste fällt rein, der Zweite will ihn retten und fällt ebenfalls rein, der Dritte ...«

»Danke Anton, ich glaube, wir haben es verstanden«, fiel Johanna ihm ins Wort.

»Darf ich euch alle zu einem Schoppen Frankenwein einladen?«, fragte Hermann und winkte dem Kellner. »Wenn wir schon tatenlos herumsitzen müssen, können wir es uns genauso gut ein bisschen gemütlich machen!«

*

Die Dunkelheit war absolut.

Kastner legte den Kopf in den Nacken und starrte in den mondlosen Nachthimmel. Vor der segensreichen Erfindung der satellitengestützten globalen Lokalisationsbestimmung hatte sich die Menschheit über Jahrzehntausende am Sternenhimmel orientiert. Ohne diese Fähigkeit, so vermutete er, wären Amerika und Australien nicht besiedelt und womöglich weder der Ackerbau noch das Rad oder die satellitengestützte globale Lokalisationsbestimmung erfunden worden. Er kannte leider nur wenige Sternbilder, genau genommen nur zwei: den Großen Wagen und Orion mit dem Schwert. Er wusste, dass es einen Polarstern gab, hatte aber keine Ahnung, welcher der vielen kleinen Lichtpunkte am Himmel der Polarstern war. Wie es schien, wurde die Menschheit im gleichen Maße dümmer, in dem sie klüger wurde.

Um seinen düsteren Überlegungen etwas entgegenzusetzen, begann er laut zu singen. Er intonierte, weil es ihm thematisch passend schien, einige Strophen von Bob Dylans *Blowing in the Wind*, schwenkte dann auf *Der Mond ist aufgegangen* um und schloss, weil ihm partout nichts anderes mehr einfiel, mit dem Gassenhauer *Drei Chinesen mit dem Kontrabass*. Er war schon beim Vokal U – Dru Chunusun mut dum Kuntrubuss –, als ihn ein Geräusch aufmerken ließ. Etwas bewegte sich durchs Unterholz. Unwillkürlich stellten sich seine Nackenhaare auf wie die Borsten eines Igels.

»Hallo?«, rief er.

Eine Weile war es still, dann antwortete eine dünne, zittrige Frauenstimme: »Hallo?«

»Nadja? Bist du das?«

»Wer will das wissen?«, fragte Nadja.

»Ich bin es – Kastner! Ich suche dich schon seit gefühlten Stunden. Hast du mich nicht rufen hören?«

»Ich habe dich singen hören«, sagte Nadja. »Du singst grauenhaft falsch.«

Kastner hörte Füße über nasses Laub schlittern, einen unterdrückten Fluch und einen dumpfen Aufprall. Die

Finsternis machte es ihm unmöglich, Richtung und Entfernung zu schätzen.

»Nadja?«, schrie er.

Ein Stöhnen antwortete ihm, dann hörte er Nadja sagen: »Alles okay. Ich bin nur ausgerutscht. Meine Taschenlampe ist ausgegangen.«

»Hör zu!«, sagte Kastner. »Da vorne – oder da hinten, ich habe keine Ahnung – gähnt ein schwarzes Loch im Boden ...«

»Ein schwarzes Loch?«, fragte Nadja. »Ist das – eine Art Metapher?«

»Nein, das ist ein topographisches Faktum! Ein Abgrund, ein Steilhang, eine Schlucht ... Was auch immer. Der Punkt ist: Wenn du da reinfällst, brichst du dir womöglich den Hals. Bitte – bleib genau da, wo du jetzt bist!«

»Ich will nicht da bleiben, wo ich bin«, erklärte Nadja. »Mir ist kalt. Es ist dunkel. Ich habe Angst. Ich habe Hunger.«

»Alles wird gut«, versicherte Kastner seiner Kurskollegin. »Der Suchtrupp ist bestimmt schon unterwegs. Die finden uns, du wirst sehen!«

Nadja schwieg.

»Wo ist Jörg?«, fragte Kastner.

»Jörg?«, fragte Nadja zurück, als hätte sie den Namen noch nie gehört.

»Wart ihr nicht zusammen unterwegs?«

»Nein«, behauptete Nadja. »Wir waren nicht *zusammen unterwegs*. Er ist mir nachgelaufen, aber wir haben uns schon vor Stunden getrennt. Da war es noch taghell. Er muss bei den anderen sein ... Wo sind die eigentlich? Sind die einfach nach Hause gegangen, ohne auf uns zu warten?« Ihre Stimme klang schrill.

»Ich bin ja da«, sagte Kastner beruhigend und wiederholte: »Alles wird gut!«

»Das kann stimmen«, sagte Nadja, »oder auch nicht. Woher soll ich wissen, dass du real bist?«

»Was sollte ich sonst sein?«, fragte Kastner verblüfft.

»Vor einer halben Stunde hat mich ein blau schillernder Astralkörper angesprochen«, gestand Nadja. »Der hat auch gesagt: *Alles wird gut* – ein dunkler Tunnel, danach ein helles Licht ... Du kommst mir weniger schillernd und weniger blau vor, aber inhaltlich seid ihr nah beieinander. Warum also sollte ich dir vertrauen?«

»Du musst logisch denken!«, bat Kastner. »Wenn ich mit dem Astralleib unter einer Decke stecken würde, hätte ich dich nicht vor dem Abgrund gewarnt. Ich hätte dich reinstolpern lassen, dich durch den langen, dunklen Tunnel zum Licht geführt und die Früchte meiner Arbeit geerntet.«

»In existenziellen Grenzsituationen hilft Logik nicht weiter«, behauptete Nadja. »Da muss man sich auf seine Instinkte verlassen ... Was ist das?«

»Was ist was?«

»Siehst du nicht die Lichter zwischen den Bäumen?«

Für einen Augenblick war Kastner überzeugt, dass Nadja den Verstand verloren hatte. Aber dann sah er, was sie meinte: die hellen Lichtkegel von Taschenlampen, die durchs Unterholz huschten.

»Das ist der Suchtrupp!«, sagte er erleichtert.

*

Es war schon nach Mitternacht, als ein Mitglied der Freiwilligen Feuerwehr Hersbruck anbot, Nadja und Tarik zurück in den *Grünen Schwan* zu fahren. Kastner legte Nadja nahe, sich in ein Krankenhaus bringen zu lassen, aber sie winkte ab.

»Es ist ja nichts passiert«, behauptete sie. »Ich brauche einfach nur eine heiße Dusche, ein warmes Essen und eine Mütze voll Schlaf, dann geht das schon wieder.«

Die Sanitäter zuckten die Achseln und zogen sich in ihren standbeheizten Krankenwagen zurück. Sie hatten Nadja in eine Rettungsfolie gewickelt, ihren Blutdruck gemessen und ihr eine Tasse Tee eingeflößt – für eine Blaulichtfahrt ins Krankenhaus sahen auch sie keinen Anlass. Kastner war sich da weniger sicher. Dass man psychisch aus der Spur geriet, wenn mitten im finsteren Wald plötzlich das Licht ausging, hatte er am eigenen Leib erfahren; aber ein blauschillernder Astralleib war ihm nicht erschienen.

Der Feuerwehrmann ließ seinen Wagen an. Tarik hielt Nadja die Tür auf und nahm neben ihr auf dem Rücksitz Platz. Er legte den Arm um ihre Schulter, sie schloss die Augen und lehnte sich an ihn.

»Und was ist mit dir?«, fragte Tarik Kastner. »Kommst du nicht mit?«

Kastner machte eine abwehrende Handbewegung. Er schloss die Autotür, gab dem Feuerwehrmann ein Zeichen und winkte zum Abschied. Die Rücklichter des Geländewagens verschwanden in der Dunkelheit.

*

»Da hast du Glück gehabt, Kastner«, schmunzelte Bauer. »Wenn Nadja Lipinski dich nicht gefunden hätte, würdest du noch immer im dunklen Wald sitzen. Wir konnten zwar ihr Handy orten, aber nicht deins – offensichtlich hast du nicht die richtigen Einstellungen aktiviert.«

»Ich habe das Handy erst seit ein paar Tagen«, verteidigte sich Kastner. »Und seitdem demütigt es mich vorsätzlich und mit perfider Lust. Ich kann nicht ausschließen, dass es mich physisch vernichten will ...«

Bauer strich sich durch den Bart. »Die Sanitäter sind noch da, sie könnten dich ins Krankenhaus fahren. Manchmal sind die psychischen Auswirkungen einer existenziellen Grenzerfahrung relevanter als die körperlichen.«

»Das kann so sein. Oder auch nicht ... Gibt es irgendeine Spur von Jörg Ott? Konntet ihr sein Handy orten?«

Bauer schüttelte den Kopf. »Nein. Ich habe Suchhunde angefordert, aber es wird noch eine Weile dauern, bis sie hier sind.«

*

Gegen ein Uhr dreißig kam Moni Schmidtlein mit einer Plastiktüte zurück – sie war in den *Grünen Schwan* gefahren, um eine Geruchsprobe von Jörg Ott zu besorgen.

»Das sieht aus wie eine längere Zeit getragene Sportsocke«, stellte Kastner fest.

»Das *ist* eine längere Zeit getragene Sportsocke«, bestätigte Moni Schmidtlein Kaugummi kauend und feixte: »Ihr könnt froh sein, dass ein Knoten in der Tüte ist.«

Fünfzehn Minuten später war von der Ortsverbindungsstraße her der Motor eines Geländewagens zu hören. Autoscheinwerfer stachen Lichtkegel in die Nacht, Türen schlugen. Wenige Minuten später traten zwei Polizeibeamte ins Licht der Scheinwerfer – ein Mann mit adrett abstehenden Ohren und eine junge Frau. Beide führten je einen hüfthohen, schlappohrigen Hund an der kurzen Leine. Kastner trat unwillkürlich einen Schritt zurück: Die Tiere wedelten zwar freundlich mit den Schwänzen, wären bei einem Casting für *Orpheus und Eurydike* aber ganz sicher in die engere Auswahl für die Rolle des Höllenhundes Zerberus gekommen. Bauer begrüßte die Hundeführer mit einem Händedruck und tätschelte den Vierbeinern die Hälse. Sie schmiegten sich an seine Beine, lächelten mit hängenden Lefzen, und ihre fingerlangen Reißzähne funkelten im Scheinwerferlicht.

Kastner beobachtete, wie die Tiere nacheinander die Schnauzen in den Plastikbeutel mit der muffigen Socke steckten. Sie schnüffelten eine Weile um den Baumstamm herum, an dem die Kursteilnehmer gevespert hatten, dann zogen sie ihre Leinen straff und folgten einer unsichtbaren Spur in den dunklen Wald. Die Hundeführer schalteten ihre Taschenlampen ein und liefen ihnen hinterher.

»Wie stehen die Chancen, dass sie Ott finden?«, erkundigte sich Kastner.

Bauer zuckte die Achseln. »Ganz gut, würde ich sagen. Hunde sind Makrosmatiker – sie sehen quasi mit der Nase –, und Danny und Amber sind ausgebildete Personenspürhunde mit langjähriger Berufserfahrung.«

»Dann drücken wir den Schnüffeln mal die Daumen«, stellte Kastner abschließend fest, ehe er sich von Moni Schmidtlein in den *Grünen Schwan* fahren ließ. Er war so müde, dass er im Stehen hätte einschlafen können.

Tag 6/Samstag/Am sechsten Tag

Der nächste Morgen begann mit einer guten Nachricht: Die schlappohrigen Makrosmatiker hatten Jörg aufgespürt. Anscheinend war er im Dunkeln von einem Felsen gerutscht und hatte dabei Glück im Unglück gehabt – ein Strauch hatte seinen Sturz gebremst, sodass er sich nicht den Hals, sondern nur zwei Rippen gebrochen und den Knöchel verstaucht hatte.

»Offenbar hatte Ott mit dem Leben schon abgeschlossen«, erzählte Bauer am Telefon. »Er hat Rotz und Wasser geheult, als wir ihn aus diesem Strauch gezogen haben. Er liegt noch im Krankenhaus, kann aber voraussichtlich heute Mittag entlassen werden ... Und wie geht es dir? Hast du dich von dem nächtlichen Schrecken halbwegs erholt?«

»Alles bestens«, behauptete Kastner, obwohl er nur vier Stunden geschlafen hatte und sich fühlte, als hätte ihn jemand durch den Fleischwolf gedreht. »Heute Morgen kommt der Versicherungsdetektiv, nicht wahr? Gib mir eine halbe Stunde für die Morgentoilette und eine Tasse Kaffee, dann fahre ich zu euch rüber. Ich würde gern hören, was der Mann zu sagen hat.«

*

Frank-Uwe Nüsslein, Detektiv der Agrar-Assekuranz Wendelin, war Ende fünfzig und stämmig gebaut, und seine roten Apfelbäckchen links und rechts der monumentalen Nase zierte ein Kranz feiner, blauer Adern.

»Sehr erfreut, sehr erfreut«, sagte er und schüttelte sowohl Kastner als auch Bauer die Hand, als wären sie alte

Schulfreunde, die sich über die Jahre aus den Augen verloren hatten.

»Natürlich erinnere ich mich an den Brandschaden Wiesenthal-Geflügel«, erzählte er ungefragt, noch ehe Bauer ihm einen Stuhl angeboten hatte. »Das war ein teures Vergnügen für meine Firma. Zunächst sah alles nach Brandstiftung aus: ein entsprechendes Gutachten, ein Benzinkanister mit Fingerabdrücken, ein Tatverdächtiger ... Alles hätte so schön sein können. Aber dann hat der Geschäftsführer den Verdächtigen entlastet, und am Ende wollte nicht einmal der Sachverständige noch beschwören, dass es überhaupt Brandstiftung war: *Eine natürliche Brandursache – etwa durch Selbstentzündung – kann nicht mit letzter Sicherheit ausgeschlossen werden.* Dem Mann ist vermutlich der Arsch auf Grundeis gegangen, weil der Eigentümer der Firma Politiker und Rechtsanwalt war. Der wollte lieber in nichts hineingeraten, was für ihn selbst hätte teuer werden können.«

Nüsslein nahm auf dem angebotenen Stuhl Platz und fächelte sich mit einer kräftigen, stark behaarten Hand Kühlung zu. »Dass es Ende April schon so warm ist«, sagte er kopfschüttelnd. »Das ist dieser Klimawandel. Immer mehr Bauern fragen nach einer Versicherung gegen Sommertrockenheit und Hitzeschäden, aber unser Rückversicherer deckt so etwas nicht ab, das Risiko ist viel zu hoch.« Er lachte laut. »Natürlich kann ein starker Raucher mit Ende fünfzig noch eine Lebensversicherung abschließen, aber die Beiträge kann er leider nicht bezahlen! Es sei denn, er ist Millionär, haha, aber wozu bräuchte er dann eine Lebensversicherung?« Nüsslein schlug sich vergnügt auf die Schenkel – offenbar war die Raucheranekdote unter Versicherungsangestellten ein echter Brüller, der bei jeder Weihnachtsfeier für Stimmung sorgte.

»Die Wendelin-Assekuranz versichert ihre Kunden also lieber gegen Schäden, die vermutlich nie eintreten?«, erkundigte sich Kastner.

»Haha, ja, das könnte man sagen«, gab Nüsslein zu und wischte sich eine Lachträne aus dem Augenwinkel. Dann räusperte er sich und wurde ernst. »In Wahrheit ist es eine Art Mischkalkulation«, erklärte er. »Wir, äh, breiten einen starken Schutzschild über den Interessen unserer Klienten aus und bieten alle im Agrarbereich relevanten Versicherungen aus einer Hand – die Kundenzufriedenheit mit unseren Leistungen ist überdurchschnittlich hoch.«

Kastner nahm an, dass Nüsslein die letzte Passage aus dem Werbeflyer seines Arbeitgebers zitiert hatte.

»Es ist jedenfalls sehr freundlich, dass Sie zu einem Gespräch bereit sind«, schlug Kastner wieder eine kooperative Richtung ein. »Der Brandschaden bei Wiesenthal-Geflügel interessiert uns zurzeit vor allem im Zusammenhang mit einem Tötungsdelikt ...«

»Davon habe ich in der Zeitung gelesen!«, strahlte Nüsslein und zeigte zwei lückenlose Reihen blendend weißer Zähne, die in seinem markanten, farbenfrohen Gesicht äußerst unpassend wirkten. »Jemand hat den Eigentümer erschlagen – Julius Imthal. Stimmt's?«

»Ja, das stimmt«, sagte Bauer.

»Und Sie vermuten einen Zusammenhang mit der Brandstiftung? Oder sagen wir: mit der bisher leider unbewiesenen Brandstiftung?«

»Wir ermitteln in alle Richtungen«, sagte Bauer.

»Haha«, machte Nüsslein. »Das müssen Sie so sagen, was? Im Fernsehen sagen die das auch immer. Aber mal unter uns: Besteht eine Chance, dass die Ermittlungen wegen Brandstiftung wieder aufgenommen werden?«

»Das kommt unter anderem auf Ihre Aussage an«, behauptete Kastner, obwohl er keine fünfzig Cent auf eine Wiederaufnahme des Verfahrens gesetzt hätte.

»Dann fragen Sie mal munter drauflos!« Nüsslein lehnte sich zurück und verschränkte erwartungsvoll die Arme vor der breiten Brust.

Bauer schaltete das Aufnahmegerät ein.

»Sie waren als Versicherungsdetektiv der Agrar-Assekuranz Wendelin mit dem Fall des Brandschadens bei Julius Imthals Mastbetrieb Wiesenthal-Geflügel betraut?«, fragte er.

»Aber hallo«, nickte Nüsslein gut gelaunt.

»Aus Sicht Ihres Arbeitgebers gab es den Verdacht auf Brandstiftung?«

»Aber hallo!«, wiederholte Nüsslein und wiederholte auch die bekannten Fakten und seine bereits geäußerten Mutmaßungen über die Gründe für die Einstellung des Verfahrens.

»War die Sache für Ihren Arbeitgeber damit erledigt?«, fragte Bauer.

»Nein, keineswegs. Damit verdiene ich ja meine Brötchen: Ich hake nach, wenn der Staatsanwalt seine faltigen Eier aus der Schusslinie bringt.«

»Hatte ich erwähnt, dass unser Gespräch für Dokumentationszwecke aufgezeichnet wird?«, erkundigte sich Bauer sachlich.

»Ja, ja«, sagte Nüsslein und fächelte sich wieder Luft zu. Zwischen seinen buschigen, schwarzen Augenbrauen standen glänzende Schweißperlen. »Sagt mal: Können wir vielleicht ein Fenster aufmachen? Hier hat's dreißig Grad.«

Bauer stand auf, räumte den Keramikfrosch und die staubigen Sukkulenten beiseite und öffnete einen Fensterflügel.

»Danke«, sagte Nüsslein. »Wo war ich stehen geblieben?
»Bei den faltigen ... Sie haben erwähnt, dass Sie weitere Recherchen angestellt haben«, sagte Bauer.
»Genau«, nickte Nüsslein. »Für mich war die Sache schnell klar: Der Geschäftsführer der Wiesenthal hat einen seiner Angestellten beauftragt, Beweise zu vernichten. Ein Aushilfsfahrer – Thorsten Lindemann – hat den Auftrag ausgeführt und sich für seine Kooperation vermutlich gut entlohnen lassen.«
»Beweise zu vernichten?«, fragte Kastner. »Beweise wofür?«
»Ach, das wisst ihr gar nicht?«, freute sich Nüsslein und rieb sich die Hände. »Imthals Firma hat jahrelang einen Wurstfabrikanten beliefert, der die zerrupften Gieger zu Paprikawurst und Bierschinken verarbeitet hat. Irgendwann hat die Lebensmittelkontrolle kleine Lebewesen in der Wurst gefunden – Salmonellen, Listerien, resistente Keime; kurzum alles, was das Leben wild und gefährlich macht. Es soll sogar Tote gegeben haben. Einen eindeutig Verantwortlichen dingfest zu machen, ist in solchen Fällen schwierig: Wurden die Hygienevorschriften beim Lieferanten oder in der Produktion missachtet? Gab es während des Transports eine Lücke in der Kühlkette? Wurden Lebensmittelkontrollen zu lax gehandhabt? Da schieben sich der Wurstfabrikant, die Transportfirmen und die Lieferanten gegenseitig den Schwarzen Peter zu, und nach einem jahrelangen Prozess wird irgendein Abteilungsleiter entlassen. Als Geschädigter Schmerzensgeld zu bekommen, ist noch viel schwieriger – weisen Sie mal nach, dass der resistente Keim, der Ihren Opa erledigt hat, in der leckeren Paprikawurst aus einer bestimmten Fabrik war! Ein Angestellter der Wurstfabrik hat durchblicken lassen, dass die Sache

Methode hatte – wenn man Gammelfleisch, das eigentlich als Sondermüll entsorgt werden müsste, als teure Wurstwaren verkauft, ergeben sich sowohl für den Lieferanten als auch für den Fabrikanten satte Gewinnspannen. Wie es der Teufel will, ist mit Imthals Lagerhalle auch ein Büro abgebrannt, in dem Rücken an Rücken die Ordner standen, die die lukrative Geschäftsbeziehung zwischen Imthal und dem Wurstfabrikanten dokumentiert haben.«

»Das ist interessant«, sagte Kastner. »Haben Sie Beweise für diese Behauptung?«

»Sie sind witzig«, kicherte Nüsslein. »Wenn ich Beweise hätte, wäre das Verfahren nicht eingestellt worden, meinen Sie nicht? Letztlich wollte der Angestellte der Wurstfabrik lieber nicht vor Gericht aussagen, und ohne die verbrannten Unterlagen war nicht nachzuweisen, dass Wiesenthal belastetes Fleisch geliefert hatte. Punkt, Ende der Ermittlungen.« Nüsslein grinste. »Raten Sie mal, wer den Wurstfabrikanten rechtlich vertritt?«

»Doch nicht etwa Imthals Anwaltskanzlei?«

»Bingo!«, nickte Nüsslein. »Imthal selbst tritt dabei natürlich nicht in Erscheinung, das hätte dann doch ein Geschmäckle. Einer seiner Kompagnons hat sich des Falles angenommen.«

»Ich nehme an, Sie haben Thorsten Lindemann damals gründlich durchleuchtet?«, gab Kastner seiner Hoffnung Ausdruck.

»Freilich. Leider ohne Erfolg. Der Mann war nicht vorbestraft und hat in soliden Verhältnissen gelebt: treusorgender Familienvater, keine Schulden, weder spiel- noch drogensüchtig. Zur Tatzeit soll er in Norddeutschland unterwegs gewesen sein. Dafür gab es interessanterweise einen Zeugen.«

»Warum interessanterweise?«, hakte Bauer nach.

»Weil der Zeuge angeblich Lindemanns Beifahrer war. Ich habe mit jedem einzelnen Fahrer von Wiesenthal-Geflügel gesprochen, mit den Festangestellten ebenso wie mit den Aushilfen, und kein Einziger von denen war jemals mit einem Beifahrer unterwegs. Warum zwei Leute bezahlen, wenn man Fahrtenschreiber manipulieren kann?«

»Wie hieß denn dieser Zeuge?«, fragte Kastner.

Bauer blätterte in der Ermittlungsakte.

»Sie müssen nicht nachsehen, ich hab den Namen im Kopf«, winkte Nüsslein ab. »Der Mann hieß Kai Ott.«

»Ott?«, fragten Kastner und Bauer wie aus einem Mund.

»Kai Ott«, wiederholte Nüsslein. »Das war auch eine Aushilfe. Wenn Sie mich fragen: Ja, seine Aussage war gekauft. Und nein, ich habe keine Beweise dafür.«

*

»Die Oberpfälzer Kollegen haben mir die Ermittlungsakte zum Brandfall Wiesenthal-Geflügel erst heute Morgen übermittelt«, entschuldigte sich Bauer. »Ich habe sie nur kurz überflogen, sonst wäre mir der Name Ott sicher aufgefallen.«

»Bürokratie und Grenzen wurden erfunden, um Ermittlern das Leben sauer zu machen«, stellte Kastner fest. »Hast du Jörg Ott schon gecheckt? Ist dir dabei ein Kai Ott über den Weg gelaufen?«

Bauer nickte. »Kai ist Jörgs Bruder, oder vielmehr: Er war es. Er ist vor etwa einem halben Jahr an Krebs gestorben ...« Bauer blätterte in seinem Notizbuch. »*Jörg* Ott ist ein Vorbild an Beständigkeit. Er hat den mittleren Schulabschluss gemacht und sich danach im Lebensmitteleinzelhandel vom Lageristen zum Filialleiter hochgearbeitet. Er zahlt brav seine Steuern, parkt nie im Halteverbot und löst vor jeder Fahrt in öffentlichen Verkehrsmitteln einen gültigen Fahrschein. Sein drei Jahre älterer Bruder Kai war aus anderem Holz geschnitzt: mehrere abgebrochene Ausbildungen, Jobs in der Gastronomie, auf dem Bau, in Autowerkstätten und als Fahrer; nirgends länger als ein halbes Jahr. Und er ist mehrfach mit dem Gesetz in Konflikt geraten. Hehlerei, Kreditkartenbetrug, und, das ist interessant: eidesstattliche Falschaussage.«

»Sieh an«, sagte Kastner. »Worum ging es dabei?«

»Um einen fingierten Autocrash.« Bauer verglich die Daten aus der Ermittlungsakte mit denen in seinem Notizbuch. »Kai Ott war offenbar schon schwer krank, als er Thorsten Lindemann im Brandfall Wiesenthal-Geflügel mit seiner Aussage entlastete. Er ist nur zwei Wochen später gestorben.«

»Falls er für seine Aussage bezahlt wurde, hat er persönlich nicht viel davon gehabt«, stellte Kastner fest. »War er verheiratet? Hatte er Kinder?«

»Oh, äh ...« Bauer las eine Weile mit gerunzelter Stirn. »Nein, er war nicht verheiratet. Aber er hat einen zweijährigen Sohn, der bei seiner Mutter lebt. Und, wenn ich das sagen darf: Wenn man todkrank ist, greift man nach jedem Strohhalm. Mein Vetter ist letztes Jahr an einem Hirntumor gestorben. Der arme Kerl ist in den drei Monaten vor seinem Tod mit dem Hut herumgelaufen, um Spenden für Therapien zu sammeln, die die Krankenkasse nicht bezahlt. Falls der Teufel ihm eine hübsche Summe für seine Seele angeboten hätte, er hätte ohne Zögern eingeschlagen.«

»Das ist ebenso traurig wie verständlich«, nickte Kastner. »Fassen wir zusammen: Kai Ott konnte jeden Cent gebrauchen – ob nun für seine Therapien, für ein schönes Begräbnis oder für sein Kind. Er hatte zuvor schon als Fahrer gearbeitet, hatte Übung darin, vor Gericht zu lügen, und sein Tod war absehbar. Falls Wiesenthal-Geflügel einen Versicherungsbetrug vertuschen wollte, war er der ideale Kandidat für eine Falschaussage.«

Bauer klappte sein Notizbuch zu und trommelte mit den Fingern darauf herum. »Aber wie hängt das alles mit Imthals Tod zusammen?«

Kastner zuckte die Achseln. »Da kann ich im Moment nur raten. Falls Jörg Ott von dem Versicherungsbetrug gewusst hat, könnte er auf den Gedanken verfallen sein, Imthal zu erpressen. Vielleicht war er der Ansicht, Imthal habe seinem Bruder nicht genug bezahlt? Vielleicht wollte er eine kleine Nachforderung stellen?«

Bauer nickte nachdenklich. »Imthal wollte für die Europawahl kandidieren – ihm war sicher daran gelegen, dass niemand den Staub aufwirbelt, der sich über den Wurstskandal und den Brand gelegt hatte. Aber warum sollte Ott die Kuh erschlagen, die er melken wollte?«

»Ich hoffe, er wird uns das erklären, wenn wir ihm die Pistole auf die schmächtige Brust setzen«, hoffte Kastner. »Eine Verbindung zum Opfer, seine Fingerabdrücke auf Imthals Sachen – da muss er sich schon was einfallen lassen. Kannst du gleich einen Durchsuchungsbeschluss beantragen und der KTU Bescheid sagen?«

Bauer nickte. »Sollen wir Ott im Krankenhaus besuchen und ihm ein paar Fragen stellen?«

»Nein. Wir sollten die Pferde auf den letzten Metern nicht scheu machen.«

*

Nachdem er die Polizeiinspektion verlassen hatte, steuerte Kastner Mirjams Toyota zum Pegnitztal-Einkaufszentrum, kurz PEZ, das zwischen der B14 und Hohenstadt die Pegnitzaue dominierte. Bella Lindemann hatte am Morgen über die WhatsApp-Gruppe angefragt, ob jemand für die Herstellung des fränkischen Pestos fünf Liter hochwertiges Speiseöl besorgen könne – die Kosten würden natürlich aus der Kurskasse erstattet. Kastner hatte geistesgegenwärtig zugesagt und sich auf diese Weise ein Alibi für seine vormittägliche Abwesenheit beschafft.

Obwohl der PEZ-Parkplatz groß genug war, um einen Airbus zu landen, herrschte die samstagsübliche Hysterie. Ältere Herren parkten umständlich ein, junge Mütter parkten umständlich aus, und alle waren der Meinung, dass lautes Hupen die Abläufe sicher beschleunigen würde. Auf den Zu- und Abfahrtswegen staute sich das Blech dicht an dicht; die Autofenster wurden heruntergekurbelt, um neben gestischen auch verbale Ehrabschneidungen austauschen zu können. Radfahrer und Fußgänger wirkten besonders genervt: Die Autofahrer weigerten sich, ihren Erzfeinden auch nur eine Handbreit des mühsam erkämpften Bodens zu überlassen.

Der Supermarkt war gut besucht. Im Eingangsbereich ergatterte Kastner unter Einsatz beider Ellbogen ein Einkaufskörbchen und tauchte in die Masse ein. Anfangs kam er gut voran – da er keinen sperrigen Einkaufswagen vor sich herschieben musste, gelangen ihm sogar einige gewitzte Überholmanöver. Am Ende der Markthalle, in der zwanglos aufgereihte Obst- und Gemüsestände ein südländisches Flair vermitteln sollten, geriet er jedoch in einen Mahlstrom, der immer wieder stockte und ihn mehrmals im Kreis führte.

»Daran sind die verheirateten Männer über fünfzig schuld«, vertraute eine ältere Dame mit lila Löckchen ihm flüsternd an. »Die gehen fünf Tage die Woche entspannt in die Arbeit und setzen sich abends an den gedeckten Tisch, und am siebten ruhen sie. Aber wehe – am *sechsten* Tag, da schickt ihre Gattin sie zum Einkaufen! Und dann stehen sie vor den Kartoffeln und haben keinen Schimmer, ob sie die festkochende Sieglinde oder die mehlige Melody kaufen sollen. Die Samstagseinkäufer, das sind die Sonntagsfahrer unter den Konsumenten!«

Zwischen fränkischen Gurken und spanischen Paprika glückte Kastner durch einen kühnen Ausfallschritt die Flucht in einen Seitengang mit Herrenpflegeprodukten. Einer vierköpfigen Familie war es gelungen, zwei Einkaufswagen zu ergattern, die Vater und Mutter nun stolz nebeneinander herschoben. In einem der Wagen saß – zwischen Bergen von Kartoffelchips, Popcorn und Schokoriegeln – der etwa dreijährige Sohn. Er streckte Kastner die Zunge heraus und warf eine Dose Ölsardinen nach ihm.

Kastner wich geschickt aus und schnitt dem Bengel eine Grimasse. Er hatte sich ein paar ziemlich gruselige Fratzen aus einem Horrorclown-Film abgeschaut, den er zu Zeiten, als es noch Videotheken gab, einmal versehentlich anstelle von Fellinis *Satyricon* ausgeliehen hatte. Mirjam war an diesem Abend früh zu Bett gegangen, aber er hatte sich gedacht: *bezahlt ist bezahlt.*

Der Junge verzog das Gesicht und plärrte.

»Na, hören Sie mal!«, rief der Vater, der gerade noch entspannt das Kleingedruckte auf einer Rasiercreme gelesen hatte, empört. »Sie machen dem Kind ja Angst!«

»Wenn Sie so freundlich wären, einen Ihrer Einkaufswagen etwas randlich zu platzieren?«, schlug Kastner vor.

»Dann bin ich gleich hier weg, und der arme Bub muss mich nicht länger ansehen als nötig.«

Die Mutter schüttelte den Kopf. »Arme Welt«, sagte sie. »Nur noch Egoisten, die es eilig haben.« Sie schob ihren Einkaufswagen etwa zwanzig Zentimeter zur Seite – betont langsam, damit Kastner auch bemerkte, wie sehr ihr das gegen den Strich ging.

»Herzlichen Dank!«, sagte Kastner und quetschte sich durch die Lücke.

»Ihr solltet euch seine Adresse geben lassen«, schlug die Tochter, ein Teenager mit Filzlocken und schwarz umrandeten Augen, vor. »Dann könnt ihr ihm die Rechnung schicken, falls Cornelius psychologische Hilfe braucht.«

Kastner war sich nicht sicher, wie das gemeint war. Der Vater schon. Er deutete eine Ohrfeige an und erklärte: »Du reißt dich jetzt besser mal am Riemen, Nathalie, sonst bleibst du nächstes Mal zu Hause.«

Nathalie zuckte die Achseln, als gäbe es schlimmere Drohungen.

Kastner bog bei der nächsten Gelegenheit nach rechts ab – ein Fehler, wie sich herausstellte. Er geriet in den Sog der Masse, die mit ihrer Beute den Kassen zustrebte.

»Kennen Sie sich hier aus?«, fragte er zwischen Wasch- und Putzmitteln links und Tierbedarf rechts eine junge Frau. »Ich bräuchte Speiseöl.«

»Und ich bräuchte eine Nackenmassage und ein paar Valium«, grinste die Frau. »Öl ist ganz hinten. Bei den Frischetheken rechts, und dann zwischen Feinkost und Gewürzen suchen. Viel Spaß!«

Kastner stellte sich dem Strom entgegen. Er sah es längst nicht mehr als Vorteil an, keinen Einkaufswagen schieben zu müssen – gewiefte Einkäufer nutzten ihre Wägen als

Rammbock oder Barriere gegen Konkurrenten, und obwohl er seinen Einkaufskorb zunehmend geschickt als Schild einsetzte, erlitt er Rückschläge und stumpfe Traumata. Unterhalb der Gürtellinie waren die Einkaufswagenschieber klar im Vorteil: Kavallerie gegen Fußsoldaten, ein ungleicher Kampf.

An den Frischetheken hatte sich ein Rückstau gebildet, der weit in den Gang Feinkost/Gewürze hineinreichte. Kastner zwängte sich, Entschuldigungen murmelnd, an den Wartenden vorbei, bis er endlich vor dem gesuchten Regal stand. Es gab Öl aus Erd-, Hasel- und Walnüssen, aus gerösteten oder naturbelassenen Sonnenblumen-, Kürbis- und Aprikosenkernen, aus Leinsamen, Maiskeimen, Disteln, Mandeln, Sesam, Hanf und Schwarzkümmel und natürlich aus Raps und Oliven; es gab Chili- und Kräuteröl, Brat-, Back- und Salatöl, natives Öl, mildes Öl, geschmacksneutrales Öl, Gourmet-Öl, faires Öl, regionales Öl und Bioöl; all das jeweils von mindestens fünf verschiedenen Herstellern und in Gebinden von 50 Millilitern bis zu einem Liter. Die Preise erschienen Kastner horrend.

»Sie stehen im Weg«, sagte eine Stimme.

Kastner wandte den Kopf und erkannte die Dame mit den lilafarbenen Löckchen. In ihrem Einkaufswagen lag lediglich ein Päckchen Vanillezucker.

»Oh, Entschuldigung!«, sagte er. »Ich bin mir unsicher, was ich kaufen soll. Können Sie mir vielleicht einen Rat geben?«

Sie musterte ihn mit zusammengekniffenen Augen. »Sind Sie verheiratet?«, fragte sie zurück.

»Äh – nein?«

»Dann sind Sie keiner von diesen Samstagsmännern, die hier den ganzen Betrieb aufhalten?«

»Nun ja«, sagte Kastner. »Um ehrlich zu sein ...«

»An der Wursttheke fallen die Samstagsmänner besonders unangenehm auf«, konstatierte seine Gesprächspartnerin. »Hinter sich eine Schlange von dreißig Leuten, die nur hundert Gramm Bierschinken oder zwei Paar Weißwürste wollen; und dann lassen die sich eine halbe Stunde beraten, ob das Schweinefleisch in der Salami aus Nord- oder Südanatolien kommt und ob die Viecher bis zu ihrem Ableben Eicheln oder Kastanien gefressen haben.«

»Tja«, sagte Kastner. »Also ...«

»Sie haben nicht vor, sich an der Wursttheke anzustellen?«

Das konnte Kastner guten Gewissens verneinen.

»Dann helfe ich gern«, sagte die Dame. »Was wollen Sie denn wissen?«

»Ich brauche ein gutes Speiseöl für ein Bärlauchpesto.«

»Ah ja – da empfehle ich Ihnen ein mildes, kaltgepresstes Olivenöl aus dem oberen Preissegment. Falls Sie ein soziales Gewissen haben, nehmen Sie dieses, das ist fair gehandelt.« Die Lady zeigte auf eine der Flaschen. Dann schüttelte sie ihre lila Locken, rammte mithilfe ihres Einkaufswagens ein paar männliche Konkurrenten über fünfzig aus dem Weg und stellte sich an der Wursttheke an.

Kastner legte fünf Flaschen des kostbaren Öls in seinen Einkaufskorb. Die nächste Stunde verbrachte er damit, die Kasse zu erreichen.

*

Als Kastner in den *Grünen Schwan* zurückkam, saßen die Kräuterfreunde in verblüffend stiller Eintracht im Tagungsraum und knackten Nüsse. Alle wirkten mitgenommen von den Ereignissen der letzten Nacht, und insbesondere Nadja sah blass und müde aus.

»Ihr könnt euer Pesto mit Wal- oder Haselnüssen zubereiten oder auch beide Nussarten mischen«, erklärte Bella gerade. »Das ist eine Frage des persönlichen Geschmacks. Wer etwas kräftigere Aromen mag, kann die geschälten Nüsse vor der Verwendung ein paar Minuten auf einem heißen Blech rösten ...«

Sie hatte zwei Jutesäckchen mit Wal- und Haselnüssen mitgebracht, die von der letztjährigen Ernte aus ihrem Garten stammten. Auf dem Tisch, um den die Kräuterfreunde saßen, türmten sich die Nussschalen, die Ausbeute an bereits geschälten Nüssen wirkte dagegen lächerlich gering.

»Des find ich grad des Schöne an dem Kurs«, erklärte Elke, die Kastners Blick bemerkte: »Das mer amol merkt, wie viel Arbeit des is, wenn mer was selber macht. Wenn mer immer bloß im Subbermarkt einkauft, weiß mer des ja gar nedd.«

»Hm«, machte Kastner und stellte eine Tüte auf den Tisch. »Apropos – hier ist das Öl, das ich besorgen sollte.«

Bella lugte in die Tüte und wurde blass. »Um Gottes willen – was ist denn *das*?«, fragte sie entgeistert.

Das Knacken berstender Nussschalen rund um den Tisch verstummte, alle Köpfe drehten sich zu Kastner. Sofie zückte mit dem unfehlbaren Instinkt der Sensationsreporterin ihr Handy und filmte die folgende Szene live und in Farbe für ihr Schulprojekt.

»Ich kann das erklären«, behauptete Kastner.

Er hatte an der Supermarktkasse für das kaltgepresste, fair gehandelte Olivenöl einen Betrag hingeblättert, der der Leasingrate eines Kleinwagens entsprach und – da er annahm, die anderen Kursteilnehmer würden von ihm nicht nur ein soziales, sondern auch ein ökologisches Gewissen erwarten – seine Beute anschließend in einer Henkeltasche aus Recyclingpapier verstaut. Auf dem Weg über den Parkplatz war er dann gezwungen gewesen, die drohende Kollision eines nachlässig beaufsichtigten Kleinkinds mit einem eiligen Radfahrer zu verhindern. Die Sache war für alle Beteiligten gut ausgegangen, nur nicht für das Olivenöl: Die Henkel der Tragetasche waren gerissen, und außer einem Haufen klebriger Scherben war von seinem Einkauf nichts übrig geblieben.

»Ich war wieder bei null«, erzählte er. »Ich will euch nicht mit Details langweilen, aber in dem Supermarkt war ordentlich was los ...«

Sofie machte eine Kamerafahrt über die offenen Münder der Kräuterfreunde und schwenkte dann zurück für ein Close-up von Kastners Gesicht.

»Ich musste abwägen«, sagte Kastner. »Noch einmal stundenlang durch den Supermarkt laufen, weitere hundertfünfzig Euro bezahlen und riskieren, dass sich die Herstellung des fränkischen Pestos bis in den Abend hinein verzögert, oder ...«

»Oder?«, fragte Johanna.

»Nun ja«, sagte Kastner. »Im Kassenbereich gab es eine Sonderverkaufsfläche: Pflanzenöl im praktisch unkaputtbaren Fünf-Liter-Blechkanister für nur zwölf neunundneunzig.«

»Das Öl ist gar nicht so schlecht«, unterbrach Tarik das Schweigen, das dieser Mitteilung folgte. »Für den Hausgebrauch geht das in Ordnung.«

Lila schnaubte. »Als Motoröl für den Rasenmäher, oder was? Glaubst du, ich pflücke stundenlang Bärlauch und knacke Hunderte handgeerntete Bionüsse, um anschließend einen unter Einsatz chemischer Lösungsmittel industriell hergestellten Verschnitt aus Raps- und Sonnenblumenöl in mein Pesto zu kippen?«

»Nein?«, vermutete Tarik.

»Nein!«, bestätigte Lila und knallte ihren Nussknacker auf den Tisch. »Ganz. Sicher. Nicht.«

»Wir könnten den Wirt fragen, ob er uns ein paar Liter Olivenöl abtritt«, schlug Konrad vor. »Vielleicht nimmt er das Blechkanisteröl in Zahlung? Für Bratkartoffeln?«

Tarik erklärte sich bereit, mit dem Wirt zu verhandeln. Fünf Minuten später kam er zurück und stellte sechs Flaschen natives Olivenöl auf den Tisch.

Alle atmeten auf.

Die Herstellung des fränkischen Pestos war denkbar einfach: Bärlauchblätter, Nüsse und Olivenöl wurden mit einer Prise Steinsalz im Mixer geschreddert, bis eine sämige Paste entstand. Jannik durfte den Mixer bedienen, Hermann füllte das Pesto in Schraubgläser, Nadja beschriftete die Etiketten.

»Haben wir nicht was vergessen?«, fragte Sofie. »In ein Pesto gehört Käse, oder etwa nicht?«

»Prinzipiell ja«, stimmte Bella zu. »Aber wenn man das Pesto eine Weile im Kühlschrank aufbewahren oder einfrieren möchte, sollte man den Käse nicht sofort mit den anderen Zutaten vermengen. Das Pesto schmeckt sonst nach kurzer Zeit ranzig – und das wäre schade, nach all der Mühe. Es ist besser, die heiße Pasta mit dem Pesto zu vermengen und etwas frischen Parmigiano Reggiano oder Pecorino darüberzureiben...«

Sie unterbrach sich, weil die Tür aufflog.

Jörg Ott humpelte herein, die Unterarme auf Krücken gestützt, das lange Kinn blutig zerkratzt. »Hallo zusammen!«

Elke schlug sich die Hand vor den Mund. »Ach Gott, du Ärmster – das schaut ja schlimm aus!«

»Da hast du noch mal Glück gehabt!«, stellte Hermann fest und klopfte Jörg auf die Schulter. »Du hast uns allen einen ordentlichen Schrecken eingejagt!«

Johanna führte Jörg zu einem freien Stuhl. Er sank stöhnend darauf nieder und nahm weitere Mitleidsbekundungen und aufmunternde Worte entgegen.

»Danke, Leute, es geht schon«, winkte er schließlich ab. »Ich bin ausgerutscht und etwas unsanft gelandet, aber ich bin ein zäher Hund. So leicht werdet ihr mich nicht los.«

»Was für ein Auftritt«, flüsterte Lila Tom ins Ohr. »Man könnte meinen, Lazarus ist aus dem Grabe auferstanden, dabei geht es nur um einen verknacksten Fuß.«

*

Kastner saß mit den Kräuterfreunden in der Gaststube bei Kaffee und Kuchen, als vor dem *Grünen Schwan* ein Streifenwagen vorfuhr. Daneben hielt ein Transporter, aus dem Martina Götz und eine Schar Techniker in weißen Schutzanzügen stiegen.

»Allmächd«, sagte Elke und ließ die Kuchengabel sinken. »Was ist denn edz los?«

»Das ist die Lebensmittelkontrolle«, grinste Jörg. »Die beschlagnahmen das fränkische Pesto, weil sich Lila vor dem Bärlauchpflücken nicht die Hände gewaschen hat.«

»Unser Jörg ist schon wieder ganz der Alte«, stellte Lila bissig fest. »Beeindruckend, wie schnell er seine Nahtoderfahrung verarbeitet hat.«

Das Grinsen verging Jörg ziemlich schnell: Moni Schmidtlein hielt ihm den Durchsuchungsbeschluss unter die Nase und verlangte in strengem Ton nach seinem Zimmerschlüssel. Martina und ihr Team folgten ihr treppauf. Dieter positionierte sich an der Eingangstür und schlug seine Uniformjacke zurück, um klarzustellen, dass er eine Dienstpistole trug und die Situation unter Kontrolle hatte.

Bauer sprach ein paar Worte mit dem Wirt und wandte sich dann an Jörg: »Wir müssen uns unterhalten, Herr Ott.«

»Wieso?«, fragte Jörg wenig geistreich.

Bauer lächelte unverbindlich. »Das sollten wir unter vier Augen besprechen.«

Der Wirt war so freundlich, den kleinen Tagungsraum des *Grünen Schwans* für die Befragung zur Verfügung zu stellen. Kastner entschloss sich spontan, sein Inkognito fallen zu lassen – die Gelegenheit, war so gut wie jede andere, und es interessierte ihn, was Jörg zu sagen hatte. Er hoffte nur, dass niemand ihn nach seinem Dienstausweis fragen würde.

Aus dem verblüfften Schweigen der anderen Kursteilnehmer wurde ein aufgeregtes Getuschel, als er mit Bauer und Ott die Gaststube verließ.

*

Kastner bot Jörg Ott angesichts der Umstände wieder das Sie an, was diesen sichtlich verdross.

»Das ist ja wohl ein starkes Stück!«, befand er. »Sich in den Kräuterkurs einzuschleichen, um uns alle heimlich auszuhorchen! Ist das überhaupt erlaubt? Worum geht es hier eigentlich? Warum wird mein Zimmer durchsucht?«

»Wenn es Ihnen recht ist, Herr Ott, würden *wir* gerne die Fragen stellen«, sagte Bauer.

»Und wenn es mir *nicht* recht ist?«

»Dann auch.«

Jörg legte die Stirn in Falten.

»Ihr verstorbener Bruder Kai hat kurz vor seinem Tod als Zeuge in einem Brandfall ausgesagt«, stellte Kastner fest. »Was wissen Sie darüber?«

Jörg dachte angestrengt nach – wohl weniger darüber, was er selbst über den Brandfall wusste, als darüber, was Kastner und Bauer davon wissen konnten. Falls er nach einem Anwalt verlangte oder sich entschied zu schweigen, konnte es für alle Beteiligten ein langer, freudloser Nachmittag werden.

»Ich kann Ihrem Gedächtnis ein wenig auf die Sprünge helfen«, bot Kastner an. »Die abgebrannte Lagerhalle stand auf dem Gelände der Firma Wiesenthal-Geflügel, deren Eigentümer Julius Imthal war. Die Aussage Ihres Bruders hat einen Verdächtigen entlastet – Thorsten Lindemann, Bella Lindemanns Ehegatten. Nach der Aussage Ihres Bruders wurde das Ermittlungsverfahren eingestellt.«

Jörg begann zu schwitzen. Sein Blick huschte von Kastner zu Bauer und wieder zurück.

»Wir haben mit einem Detektiv der Versicherung gesprochen, die den Schaden abgewickelt hat«, sagte Bauer. »Er denkt, es könnte sich um Brandstiftung gehandelt haben. Er vermutet, dass die Aussage Ihres Bruders gekauft war.«

»Und ich vermute, das Verfahren wurde eingestellt, weil er diese Behauptung nicht beweisen kann«, gab Jörg geistesgegenwärtig zurück. »Und selbst wenn er recht hat: Mein Bruder ist vor einem halben Jahr gestorben. Wollen Sie ihn exhumieren und seine sterblichen Überreste wegen Falschaussage vor Gericht zerren?«

»Das haben wir nicht vor«, erklärte Kastner. »Der Brandfall interessiert uns nur am Rande, Herr Ott. Wir führen hier eine Mordermittlung.«

»Sie sollten sich einen anderen Gesprächspartner suchen«, schlug Jörg vor und wischte sich den Schweiß von der Stirn: »Ich habe niemanden ermordet.«

»Wenn das so ist, warum kooperieren Sie dann nicht? Der Besitzer der abgebrannten Lagerhalle, die Ehefrau des Hauptverdächtigen und der Bruder des Entlastungszeugen treffen sich bei einem Kräuterkurs in der Fränkischen Schweiz – Sie verstehen, dass das einer Erklärung bedarf?«

»Ich weiß nicht, worauf Sie hinauswollen.«

»Die Spurensicherung hat auf mehreren Gegenständen aus Julius Imthals Rucksack Ihre Fingerabdrücke gefunden«, eröffnete Bauer. »Sie haben seine Sachen durchwühlt. Wonach haben Sie gesucht?«

Es dauerte eine Weile, bis Jörg diese Information verarbeitet hatte. »Meine Fingerabdrücke? Auf Imthals Sachen? Auf welchen denn genau?«

Bauer blätterte im Laborbericht der KTU.

»Das wüssten Sie gerne, nicht wahr, Herr Ott?«, schoss Kastner dazwischen. »Damit Sie sich eine passende Erklärung zurechtlegen können?«

Bauer klappte den KTU-Bericht wieder zu.

Auf Jörgs Stirn vertieften sich die Falten.

»Ich habe während der Mittagsrast neben Julius gesessen«, behauptete er. »Er hat alles Mögliche aus seinem Rucksack geholt und auf dem Tisch ausgebreitet – ich musste das eine oder andere zur Seite schieben, um meine Wasserflasche abstellen zu können.«

»Es gibt Fotos von der Mittagsrast«, sagte Kastner. »Sie haben *nicht* neben Imthal gesessen.«

»Was weiß ich«, sagte Jörg unwirsch. »Wir haben uns auf zwei Bänken um einen schmalen Tisch gedrängt – vielleicht saß Julius mir gegenüber?«

»Sie können sich also *nicht* erinnern, welche Gegenstände Imthal während der Rast auf den Tisch gelegt hat und welche davon Sie angefasst haben«, fasste Kastner zusammen.

»Ich wusste ja nicht, dass man mich Tage später nach solchen Nebensächlichkeiten fragen würde«, erklärte Jörg.

Es klopfte an der Tür, und Martina Götz steckte den Kopf herein. »Kastner? Kommst du mal bitte?«

*

»Wir haben Otts gesamte Schmutzwäsche mit Luminol besprüht«, erklärte Martina. »Leider haben wir nicht den kleinsten Blutspritzer gefunden. Ebenso wenig Imthals Smartphone.«

»Hm. Gibt es auch eine gute Nachricht?«, fragte Kastner.

Martina hielt ihm einen Plastikbeutel hin, in dem ein dicker Umschlag aus braunem Packpapier lag. »Es ist nicht das, wonach ihr gesucht habt«, sagte sie. »Aber vielleicht kannst du trotzdem etwas damit anfangen?«

»Was ist das?«, fragte Kastner.

»Das sind zehntausend Euro in kleinen, nicht nummerierten Scheinen. Wir haben den Umschlag hinter Otts Kleiderschrank gefunden – er war mit Klebeband an der Schrankrückwand befestigt.«

»Damit kann ich etwas anfangen«, nickte Kastner.

»Auf dem Umschlag befinden sich erfreulich deutliche Fingerabdrücke von zwei verschiedenen Personen«, ergänzte Martina und klappte ihren Laptop auf. »Wir haben sie eingescannt – sie stammen von Julius Imthal und Jörg Ott.«

»Man hat es nicht immer leicht mit dir«, sagte Kastner, »aber manchmal möchte man dich direkt küssen.«

»Danke für das Angebot«, grinste Martina. »Falls es denn eines war. Sagen wir so: Man wird hier die Arbeit mit der gebotenen Gründlichkeit beenden und nach Feierabend bei einem Glas Rotwein darüber nachdenken, was man davon halten soll.«

*

»Die KTU hat in Ihrem Zimmer einen Umschlag gefunden«, verkündete Kastner aufgeräumt. »Einen Umschlag, in dem sich zehntausend Euro befinden. Möchten Sie sich dazu äußern, Herr Ott?«

»Ich weiß nichts von einem Umschlag«, behauptete Jörg.

»Aber der Umschlag weiß etwas von Ihnen«, lächelte Kastner. »Sie haben Ihre Fingerabdrücke darauf hinterlassen. Ebenso wie Julius Imthal.« Um den Formalitäten Genüge zu tun, fügte er an: »Wollen Sie einen Anwalt hinzuziehen?«

»Ja«, sagte Jörg. »Nein. Vielleicht später. Zunächst einmal möchte ich eine Aussage machen.«

»Das freut uns«, sagte Bauer. Er legte sein Handy auf den Tisch und schaltete auf Aufnahme.

»Wo soll ich anfangen?«, fragte Jörg sich selbst und schüttelte dabei den Kopf. »Sie ziehen offensichtlich die falschen Schlussfolgerungen, weil Sie die Zusammenhänge nicht begreifen. Ich habe nichts Böses getan, im Gegenteil – mir geht es um Gerechtigkeit.«

Kastner nickte verständnisvoll. Die meisten Verbrecher waren der Ansicht, sie hätten nichts Böses getan; den meisten Verbrechern ging es um Gerechtigkeit – vor allem um Gerechtigkeit hinsichtlich ihrer eigenen Bedürfnisse und Eitelkeiten.

»Fangen wir mit dem Brand in der Lagerhalle von Wiesenthal-Geflügel an«, schlug er vor. »Was ist passiert?«

»Kai hat in dem Ermittlungsverfahren eine Aussage gemacht. Eine Aussage, für die ihm jemand zehntausend Euro versprochen hat.«

»Jemand?«, fragte Kastner. »Wer? Julius Imthal? Der Geschäftsführer der Firma? Ein Unterhändler? Thorsten Lindemann?«

»Das weiß ich nicht.«

»Gut«, lenkte Kastner ein. »Was wissen Sie denn?«

»Das kann ich Ihnen sagen: Kai hat das Geld nicht bekommen. Er ist zwei Wochen nach seiner Aussage gestorben – er hatte Krebs im Endstadium. Ich habe an seinem Totenbett gesessen, und er hat gesagt: *Wiesenthal-Geflügel schuldet mir zehntausend Tacken, kümmere dich darum, dass die bezahlen.* Er wollte, dass sein Sohn das Geld bekommt. Die Mutter des Kindes hat ein Drogenproblem und lebt von Hartz IV – versuchen Sie das ruhig mal, es geht nicht. Kai wollte, dass sein Sohn wie ein normales Kind aufwächst: Klassenfahrten, Nachhilfeunterricht, Klamotten, für die der Junge sich nicht schämen muss. Eine Spielkonsole, ein Handy, vielleicht einen Hund oder eine Katze – solche Dinge sieht das deutsche Sozialsystem für Bedürftige leider nicht vor. Seit Kais Tod muss ich meinem Neffen und seiner Mutter finanziell ständig unter die Arme greifen. Verstehen Sie mich nicht falsch, ich tue das gern, aber als Filialleiter im Lebensmitteleinzelhandel ist man finanziell nicht sonderlich gut aufgestellt. Und, na ja – irgendwann will man vielleicht auch mal eine eigene Familie gründen.«

»Ich verstehe«, sagte Kastner. »Sie waren der Meinung, die Profiteure des Versicherungsbetrugs wären moralisch verpflichtet, ihr Scherflein beizutragen.«

»Die Versicherung hat Wiesenthal-Geflügel eineinhalb Millionen für den Schaden bezahlt!«, sagte Jörg. »Klar, die Lagerhalle war futsch, aber die Beweise für die Verstrickung in den Wurstskandal auch. Allein dadurch hat sich der Schaden schon amortisiert, nehme ich an; und falls die noch so schlau waren, das Zeug, das in der Halle angeblich gelagert war, in Sicherheit zu bringen, haben die einen satten Gewinn gemacht!«

»Sie haben Imthal also erpresst.«

»Nein«, beharrte Jörg. »Ich habe lediglich eine ausstehende Zahlung eingefordert.«

»Ach so. Und weil man unterschlagenes Schweigegeld nicht gerichtlich einklagen kann, haben Sie sich direkt an Imthal gewandt?«

Jörg schüttelte wieder den Kopf und rieb sich die Augen. »Nein«, sagte er. »So einfach war das wirklich nicht. Ich habe zunächst den Geschäftsführer der Firma kontaktiert. Der hat sich wochenlang dumm gestellt und mich abgeblockt. Erst als ich angedeutet habe, ich hätte Beweise, hat er sich auf ein Gespräch eingelassen.«

»Haben Sie denn Beweise?«, erkundigte sich Kastner.

»Nein«, gab Jörg zu. »Aber der Geschäftsführer konnte das nicht wissen, deshalb hat er sich bereit erklärt, mich zu treffen. Besonders kooperativ war er nicht. Er hat behauptet, er wisse nichts von gekauften Aussagen und die Firma Wiesenthal schulde niemandem irgendetwas. Falls mein Bruder offene Forderungen hätte, müsse er sich an Thorsten Lindemann wenden – der habe damals als Subunternehmer einen Auftrag für die Firma erledigt und sei für seine sämtlichen Auslagen und Spesen großzügig bezahlt worden.«

»Das heißt, Thorsten Lindemann hat das Schweigegeld eingestrichen?«, vermutete Kastner. »Und sich anschließend abgesetzt, ohne Ihrem Bruder seinen Anteil auszuzahlen?«

»So habe ich das verstanden. Der Geschäftsführer hat mir eine Handynummer gegeben, aber unter der war Lindemann nicht zu erreichen. Ich musste recherchieren wie ein Detektiv, bis ich seine Adresse herausgefunden hatte.«

»Sind Sie hingefahren?«, fragte Kastner.

Jörg nickte. »Ich habe aber nur seine Frau angetroffen – also Bella. Ich habe mich als alter Schulfreund ihres Mannes vorgestellt, der gerne den Kontakt wieder aufnehmen würde. Bella hat gesagt, ihr Mann sei zurzeit verreist und telefonisch nicht erreichbar. Ich habe meine Handynummer dagelassen und bin unverrichteter Dinge wieder nach Hause gefahren.«

»Hat Lindemann sich bei Ihnen gemeldet?«

»Nein. Ich habe Bella in den kommenden Wochen noch zwei-, dreimal angerufen, aber die Lage war immer unverändert. Um mir die Zeit zu vertreiben, habe ich im Internet über die Firma Wiesenthal-Geflügel recherchiert, bin auf Julius Imthals Namen gestoßen und habe alles von ihm und über ihn gelesen, was es da zu lesen gibt. Der Mann schien ziemlich wichtig zu sein, und irgendwann hab ich mir gedacht: Warum nicht mit dem Chef verhandeln, wenn die Vasallen nicht kooperieren wollen?«

»Ein naheliegender Gedanke«, gab Kastner zu. »Und? War Imthal Ihrem Anliegen gegenüber aufgeschlossen?«

»Ich bin nicht einmal an ihn herangekommen. Obwohl er sich in den sozialen Medien so bürgernah gibt, ist er schwer zu erreichen. Seine Privatnummer steht nicht im Telefonbuch, und wenn man im Veldener Rathaus anruft, landet man bei einer Sekretärin, die einen bestenfalls mit einem Sachbearbeiter verbindet ... Sagen Sie, kann ich vielleicht einen Kaffee bekommen?«

»Selbstverständlich«, sagte Kastner. »Ich denke, wir können alle eine kleine Erfrischung gebrauchen.«

Er ging vor die Tür und bat Moni Schmidtlein, beim Wirt eine Kanne Kaffee und ein paar Flaschen Wasser zu holen.

»Und wer bezahlt das?«, fragte sie.

»Wenn wir Glück haben, der deutsche Steuerzahler.«

»Und wenn wir Pech haben?«

»Der Wirt kann die Bestellung ja vorerst auf meine Rechnung setzen«, schlug Kastner vor.

Moni nickte und trabte los.

»So, Herr Ott«, sagte Kastner, nachdem er wieder Platz genommen hatte. »Ich bin gespannt. Wie ist es Ihnen denn nun gelungen, Julius Imthal zu kontaktieren?«

»Am Ende war es ganz einfach. Er hat getwittert, dass er in den Osterferien einen Kräuterkurs macht, und einen Link zu Bellas Homepage daruntergesetzt. Ich habe mich ebenfalls für den Kurs angemeldet, und schon saß ich mit dem Herrn Gemeinderat am Frühstückstisch.« Jörg machte ein Gesicht, als wolle er für diesen Geistesblitz gerne gelobt werden.

»Wirklich clever, Herr Ott«, sagte Kastner, dem sehr daran gelegen war, dass sein einziger Verdächtiger bei Laune blieb. Seit Jörg die flapsigen Sprüche vergangen waren und er sich dazu durchgerungen hatte, Fragen zu beantworten, anstatt selbst welche zu stellen, fand er ihn beinahe erträglich. »Aber Ihr spezielles Anliegen haben Sie nicht am Frühstückstisch erörtert, nehme ich an?«

»Nein. Ich habe abends an Julius' Zimmertür geklopft und ihn um ein Gespräch gebeten. Auf Augenhöhe, gewissermaßen – von Kursteilnehmer zu Kursteilnehmer.«

»Sehr geschickt«, nickte Kastner. »Ein Gespräch in entspannter Atmosphäre, man duzt sich, Sie schildern die traurige finanzielle Lage Ihres zweijährigen Neffen, der ohne Vater aufwachsen muss – vielleicht haben Sie Imthal sogar ein Foto des Jungen gezeigt? Und kurz bevor das Mitleid Ihrem Gegenüber Tränen in die Augen getrieben hat, haben Sie ihm erklärt, wie er bei alldem helfen kann: ganz unbürokratisch, mit zehntausend diskret verpackten Euro in kleinen Scheinen! Und Imthal hat Ihnen freundlich auf die Schulter geklopft und gesagt: Mach dir keine Sorgen mehr, lieber Jörg, alles wird gut. Warum bist du nicht gleich zu mir gekommen?«

»Na ja«, sagte Jörg. »Ganz so war es nicht.«

»Ach nein?«

»Nein ...« Jörg unterbrach sich, weil Moni Schmidtlein mit einem Tablett hereinkam. Neben einer Thermoskanne, zwei Wasserflaschen, Tassen und Gläsern stand ein Teller mit Nusshörnchen darauf.

»Die Hörnchen sind ein Geschenk aus der Küche«, erklärte Moni. Sie stellte das Tablett ab und ging wieder.

Alle schenkten sich Kaffee und Wasser ein. Kastner kniff das Nusshörnchen liebevoll testend in die Flanken. Es war vermutlich vom Frühstück übrig geblieben und nicht mehr ganz frisch, was ihn kein bisschen störte. Im Gegenteil – er hatte ein Faible für Gebäck vom Vortag, insbesondere, wenn er dessen leicht angetrocknete Oberfläche in eine Tasse Milchkaffee tunken konnte. Was er nun tat.

»Nun gut«, sagte er, nachdem er abgebissen, gekaut und hinuntergeschluckt hatte. »Wie ist denn nun das freundschaftliche Gespräch unter Kurskollegen verlaufen?«

»Julius hat mir nahegelegt, meine *absurden Behauptungen* für mich zu behalten; andernfalls müsste ich mit einer Verleumdungsklage rechnen, die meine Familie bis ins dritte Glied an den Bettelstab bringt.«

»Er war verstockt und uneinsichtig«, fasste Kastner zusammen. »Er hat sich geweigert, Ihre berechtigte Forderung zu erfüllen. Schlimmer noch: Er hat Ihnen gedroht. Sie waren wütend auf ihn, nicht wahr?«

»Sagen wir: Mir hat sein Ton nicht gefallen«, schränkte Jörg ein. »Ich meine, ich führe nur eine kleine Supermarktfiliale in einem entlegenen Nürnberger Stadtteil, aber ich weiß, wie es läuft. Wenn ich bei der Kassenabrechnung anmerke, dass rund um den Müllcontainer mal gekehrt werden müsste, dann kehrt da jemand. Ich nehme an, Imthal hat bei einer Vorstandsbesprechung zu seinem Geschäftsführer gesagt: *Ich möchte nicht, dass der Firmenname mit einem Wurstskandal in Verbindung gebracht wird.* Und ich schätze, der Geschäftsführer hat daraufhin den Besen in die Hand genommen.«

»Sie haben sich von Imthal also nicht abwimmeln lassen«, vermutete Kastner.

»Richtig – ich habe noch einmal die Beweise ins Feld geführt ...«

»Die Beweise, die es in Wirklichkeit gar nicht gab«, ergänzte Bauer.

Jörg nickte. »Ich habe behauptet, mein Bruder habe vor dem Brand einige Unterlagen in Sicherheit gebracht. Julius hat sich das angehört und anschließend mit seinem Geschäftsführer telefoniert. Danach war er quasi ein anderer

Mensch. Er könne mir nichts versprechen, hat er gesagt, aber er werde intensiv nach einer Lösung suchen. Er hat mich sehr höflich um etwas Geduld und Verständnis dafür gebeten, dass er solche Zahlungen nicht einfach über ein offizielles Konto abwickeln könne. Ich nehme an, er hat das Geld aus irgendeiner schwarzen Kasse besorgt.«

»Wollte er die Beweise nicht sehen?«, fragte Bauer. »Oder zumindest einen Beweis dafür, dass es sie gibt?«

»Natürlich«, grinste Jörg. »Aber meine Bedingung war: Beweise nur gegen Geld.«

»Und darauf hat er sich eingelassen?«

»Er hat mir beim Frühstück Kaffee nachgeschenkt und gefragt, ob er mir vom Buffet etwas mitbringen darf.«

»Dann doch so devot«, sagte Kastner. »Sie waren demnach auf der richtigen Fährte – Imthal wollte bezahlen.«

Jörg nickte.

»Sie haben sich am Ostermontag mit ihm am Wegkreuz verabredet«, schlug er vor, um die Sache etwas abzukürzen. »Als Sie ihn treffen, hat Imthal zehntausend Euro in seinem Rucksack, die er gegen Beweise eintauschen will, die Sie gar nicht besitzen. Sobald er begreift, dass Sie geblufft haben, zeigt er Ihnen einen Vogel und packt sein Geld wieder ein. All Ihre mühsamen Recherchen und wochenlangen Anstrengungen – für die Katz! Er droht Ihnen erneut mit einer Verleumdungsklage, Sie greifen nach einem harten Gegenstand und schlagen zu ... Vermutlich wollten Sie ihn gar nicht töten, sondern nur außer Gefecht setzen? Sie wollten nur das Geld, das er Ihrem Neffen schuldete ...«

»Nein, wirklich nicht!«, behauptete Jörg.

»Wie war es denn?«

»Ich habe Julius nicht getötet. Ich habe nur das Geld aus seinem Rucksack genommen.«

»Ach. Und er hat entspannt dabei zugesehen?«

»Nein, natürlich nicht. Er war bereits tot.«

»Soll das heißen, Sie haben Imthals Leiche schon *vor* Nadja Lipinski gefunden?«, fragte Kastner. »Sie haben seinen Rucksack durchwühlt, das Geld an sich genommen und dann das Weite gesucht; und als Sie Nadjas Schrei gehört haben, sind Sie, ganz Gentleman, sofort zurückgeeilt, um ihr helfend zur Seite zu stehen?«

Jörg dachte eine Weile nach. Vermutlich überlegte er, ob dieses Szenario ihm irgendwelche Vorteile bot. »Nein«, erklärte er schließlich. »So war es nicht. Richtig ist, dass ich um zwölf Uhr dreißig am Wegkreuz mit Julius zur Geldübergabe verabredet war. Aber ich habe mich verspätet, weil ich auf der Orchideenwiese Elke getroffen habe. Sie hat mir gleich ein Ohr abgekaut und wollte, dass wir zusammen eine Pflanze bestimmen. Ich musste ganz schön pampig werden, um sie wieder loszuwerden ...«

»Ach ja, die Frauenschuh-/Knoblauchsrauke-Kontroverse«, stellte Kastner fest und blätterte in der Akte. »Die von Bella zu Elkes Gunsten entschieden wurde. Etwa um zwölf Uhr fünfunddreißig hat sich Elke dann endlich verabschiedet?«

Jörg nickte. »Ich habe Julius eine Nachricht geschickt, dass ich mich etwa zehn Minuten verspäte. Das war gegen unsere Abmachung, aber ich habe befürchtet, dass er nicht auf mich warten würde.«

»Was für eine Abmachung?«, fragte Bauer.

»Nach unserem ersten Gespräch hat Julius gesagt: Wir bewahren ab sofort eine professionelle Distanz – keine Telefonate, keine Nachrichten, keine Vieraugengespräche in geschlossenen Räumen. Für mich klang das, als hätte er zu viele Agentenfilme gesehen, aber was weiß ich – vielleicht hatte er als Politiker einfach Erfahrung in solchen Dingen?«

»Und wie ist die Verabredung am Wegkreuz dann zustande gekommen?«, erkundigte sich Bauer.

»Mündlich unter freiem Himmel«, grinste Jörg. »Und natürlich ohne Zeugen – genau so, wie Julius sich auch die Geldübergabe vorgestellt hat. Das Treffen am Wegkreuz war seine Idee, nicht meine. Meinetwegen hätten wir das Geschäft ganz bequem im *Grünen Schwan* erledigen können, aber das wollte er nicht. Gut, die Wände im *Grünen Schwan* sind auch nicht besonders dick ...«

»Komm bitte auf den Punkt, Jörg«, unterbrach Kastner und fiel unwillkürlich ins Du zurück. »Was ist passiert, nachdem du Elke abgeschüttelt hattest?«

Jörg beugte sich über Bauers Handy und stippte mit dem Finger dagegen. »Läuft das Ding?«, fragte er.

Bauer nickte.

»Dann passt mal auf.« Jörg hob den Zeigefinger. »Jetzt kommt die Wahrheit. Ich bin über den Wengleinweg bergauf zum Wegkreuz gelaufen, als ich Nadjas Schrei gehört habe. Julius lag vornübergekippt. Sie stand über ihm, hat an ihm rumgezerrt. Ich bin hingerannt, habe sie gefragt, was passiert ist, aber sie hat nicht geantwortet. Julius war bewusstlos. Ich habe ihn zum Wegkreuz gezogen, seinen Rücken gegen den Holzpfosten gelehnt und ihm auf die Wangen geklopft, aber er hat nicht reagiert. Nadja hat sich inzwischen übergeben, konnte gar nicht mehr aufhören zu würgen. Sie war leichenblass, ich hatte Angst, sie kriegt einen Kreislaufkollaps. Ich habe sie genötigt, sich hinzusetzen und ruhig zu atmen – dabei ist mir aufgefallen, dass sie etwas in der Hand hält. Ein Steinbrocken. Sie hatte die Finger so fest hineingekrallt, dass die Adern hervorgetreten sind.«

»Was soll das heißen?«, fragte Bauer verblüfft. »Wollen Sie uns weismachen, dass Nadja Lipinski Imthal erschlagen hat?«

»Ich sage nur, was ich gesehen habe«, beteuerte Jörg. »Mein erster Impuls war, den Notruf zu wählen. Aber dann sind mir die zehntausend Euro und meine Nachricht auf Julius' Smartphone eingefallen ... Ich habe seinen Rucksack ausgeleert und den Umschlag und Julius' Handy eingesteckt. Plötzlich stand Nadja wieder neben mir. Sie wirkte überraschend nüchtern und wollte wissen, was ich da mache.«

»Das ist eine wirklich tolle Geschichte«, sagte Kastner anerkennend, nachdem er sich von seinem Staunen erholt hatte. »Wenn es nicht gerade um Mord und Totschlag ginge, könntest du damit als Märchenonkel Jörg durch die Kindergärten der Nation touren. Ich habe ähnlich Haarsträubendes schon gehört – wenn Mordverdächtige keinen anderen Ausweg mehr sehen, schießt ihre Fantasie regelrecht in Blüte. Wenn ich dich richtig verstehe, hat also Nadja Lipinski Imthal getötet, und du bist nur zufällig dazugekommen und hast das Geld abgegriffen, das er deinem Neffen schuldig war?«

»Ich weiß nicht, ob sie ihn getötet hat«, gab Jörg zu. »Ich habe es nicht gesehen.«

»Hm«, machte Kastner. »Dumm nur, dass alle Indizien gegen *dich* sprechen: Wir haben *deine* Fingerabdrücke auf Imthals Rucksack und seinen Sachen gefunden, wir haben Imthals Geld in *deinem* Zimmer gefunden, *du* hast gestanden, ihn erpresst zu haben. *Du* hast ein glasklares Motiv. Der Staatsanwalt liebt solche Beweislagen. Warum hätte Nadja Lipinski Imthal töten sollen?«

»Das weiß ich nicht.«

Kastner schenkte sich ein Glas Wasser ein und trank es in einem Zug leer. »Nun gut«, lenkte er ein. »Lass uns das durchspielen. Du ertappst Nadja mit einem Stein in der Hand neben Julius' Leiche, sie ertappt dich dabei, wie du seinen Rucksack ausleerst und zehntausend Euro sowie sein Handy einsteckst ... Apropos, was hast du mit dem Handy eigentlich gemacht?«

»Ich habe den Akku herausgenommen und es auf dem Rückweg zum *Grünen Schwan* in den Hirschbach geworfen.«

»Ich verstehe. Und wie geht die Geschichte weiter? Hat Nadja gesagt: Eine Hand wäscht die andere – verrätst du mich nicht, verrate ich dich nicht? Oder war das deine Idee? Habt ihr eure Aussagen aufeinander abgestimmt? Hat sie dir erklärt, warum sie Imthal erschlagen hat?«

»Nein«, beteuerte Jörg. »Dazu war gar keine Zeit, weil bereits die Dennerleins anmarschiert sind.«

»Und was ist aus dem Stein geworden?«

»Ich nehme an, sie hat ihn fallen lassen.«

»Wann denn genau?«, wollte Kastner wissen. »Und wo?«

Jörg zuckte die Achseln. »Das weiß ich nicht – als sie mich wegen Imthals Rucksack zur Rede gestellt hat, war er jedenfalls weg.«

»Und wann habt ihr eure Aussagen aufeinander abgestimmt?«, wollte Kastner wissen. »Während ihr auf die Polizei gewartet habt?«

»Wir haben gar nichts abgestimmt. Als die Polizei kam, hat Nadja ihre Geschichte erzählt. Eine sehr stimmige Geschichte, wie ich fand. Es gab für mich keinen Grund, ihr in den Rücken zu fallen.«

»Du hast einen Mord gedeckt, um dein eigenes Verbrechen zu vertuschen«, fasste Kastner zusammen.

»So würde ich das nicht ausdrücken. Ich wusste ja nicht, ob Nadja Julius tatsächlich erschlagen hat.«

»Nein?«, wunderte sich Kastner. »Und wie hast du den Stein in ihrer Hand interpretiert?

»Also«, fing Jörg an und fuhr nach einer Denkpause fort: »Im Nachhinein, jetzt, nachdem ich über alles in Ruhe nachgedacht habe, und nach den jüngsten Ereignissen ...«

»Welche jüngsten Ereignisse?«, fragte Bauer.

»Nadja hat versucht, mich zum Schweigen zu bringen«, erklärte Jörg mit treuherzigem Gesicht. »Gestern im Bärlauchwald. Wir standen zusammen auf diesem Felsen, und als ich mit ihr über das sprechen wollte, was am Wegkreuz passiert ist, hat sie mich hinuntergestoßen.«

»Ach was?«, sagte Kastner. »Wie gemein von ihr! Nadja Lipinski scheint ja ein wahrer Teufel in Menschengestalt zu sein – ein Mord, ein versuchter Mord ... Du hast seit Julius' Tod um dein eigenes Leben gezittert, konntest dich aber niemandem anvertrauen, weil Nadja von deiner kleinen Erpressung wusste? Und was wir alle für aufdringliches Balzverhalten gehalten haben, hat in Wahrheit dazu gedient, die grausame Nadja bei Laune zu halten?«

»Ich habe das Gefühl, ich werde hier nicht ernst genommen«, erklärte Jörg beleidigt und verschränkte die Arme vor der Brust. »Ich würde jetzt gern mit meinem Anwalt sprechen.«

*

Nachdem er Jörg in seinem Zimmer unter einstweiligen Hausarrest gestellt und Dieter Bernauer zu seiner Bewachung abkommandiert hatte, sah Bauer auf die Uhr und seufzte. »Das dauert jetzt, bis der Anwalt da ist.«

»Das macht nichts«, sagte Kastner. »Wir werden die Zeit nutzen. Ist die KTU noch im Haus?«

»Äh – ja. Die sitzen unten in der Wirtsstube und essen Schweinebraten ...«

»Gut. Wir brauchen einen weiteren Durchsuchungsbeschluss. *Sofort.* Und wir müssen mit Nadja sprechen.«

»Du glaubst Ott diese Geschichte doch nicht etwa?«, fragte Bauer verblüfft.

»Nein«, gab Kastner zu. »Ich glaube, er lügt das Blaue vom Himmel herunter, um sich irgendwie herauszuwinden. Aber fürs Glauben werden wir nicht bezahlt, und seine Geschichte ist einerseits so absurd und andererseits so detailreich, dass wir sie zumindest überprüfen müssen.«

»Die KTU wird nicht erfreut sein, dass sie noch mal ranmuss.«

»Ich bin auch nicht erfreut«, sagte Kastner, »aber so ist das Leben. Pflicht ist Pflicht und Schnaps ist Schnaps.«

*

Sie fanden Nadja in ihrem Zimmer. Sie trug eine Trainingshose, ihr Blondhaar war verstrubbelt, und sie wirkte erschöpft.

»Was ist denn los?«, fragte sie. »Ich wollte mich gerade ein wenig hinlegen. Es geht mir nicht gut. Die letzten Tage waren alles andere als erholsam.«

»Wir stören nur ungern«, beteuerte Kastner. »Aber wir müssen dir ein paar Fragen stellen.«

Nadja erhob keine weiteren Einsprüche. Sie warf sich eine Strickjacke über und folgte Kastner und Bauer in den kleinen Tagungsraum. Den angebotenen Kaffee lehnte sie dankend ab, aber sie schenkte sich ein Glas stilles Wasser ein und nippte daran, als wäre es ein dreißig Jahre alter, im Eichenfass gereifter Single Malt. Dass ihre Hand zitterte, war nur an den winzigen Wellen zu erkennen, die die Wasseroberfläche kräuselten.

»Jörg Ott hat schwere Anschuldigungen gegen dich erhoben«, eröffnete Kastner das Gespräch. »Er vermutet, dass du Julius Imthal erschlagen hast. Er behauptet, du hättest mit einem Stein in der Hand neben der Leiche gestanden, als er am Ostermontag zum Wegkreuz gekommen ist.«

Nadja runzelte die Stirn. »Warum sagt er so etwas? Ich habe Kommissar Bauer erzählt, was am Ostermontag passiert ist. Jörg hat meine Aussage bestätigt, oder etwa nicht?«

»Bis heute«, schränkte Kastner ein.

»Aha«, sagte Nadja.

Kastner wartete, ob sie dem etwas hinzufügen wollte.

Nadja schwieg.

»Hat Jörg am Wegkreuz Julius' Rucksack durchsucht?«, fragte er.

»Was?«

»Hat Jörg in Julius' Rucksack gewühlt? Hat er Julius' Smartphone und einen braunen Umschlag eingesteckt?«

»Einen Umschlag?«, echote Nadja.

»Habt ihr eine Vereinbarung getroffen, du und Jörg? Er verrät niemandem, was er gesehen hat, und du sprichst nicht über den Umschlag?«

»Sei mir nicht böse, aber ich habe keine Ahnung, wovon du redest«, sagte Nadja. »Falls Jörg am Wegkreuz irgendetwas eingesteckt hat, habe ich es nicht bemerkt. Ich hatte einen Schock, mir war speiübel – ich habe wirklich nicht darauf geachtet, was *Jörg* getan hat.«

»Herr Ott behauptet weiterhin, Sie hätten ihn am gestrigen Abend vorsätzlich von einem Felsen gestoßen«, vervollständigte Bauer, in Kastners Augen etwas voreilig, den Kanon von Jörgs Beschuldigungen. »Um sich den einzigen Zeugen Ihrer Tat vom Hals zu schaffen.«

Nadja fiel die Kinnlade herunter. »*Das* hat er gesagt?«

»Sinngemäß, ja«, bestätigte Bauer.

Nadja lachte hell auf. Dann sagte sie: »Das ist die mit Abstand dreisteste Lüge, die ich jemals gehört habe.«

»Du hast Jörg also nicht von dem Felsen gestoßen?« Kastner hätte auch Nadja gerne wieder das Sie angeboten, aber der richtige Zeitpunkt war irgendwie vorübergegangen.

»Nein, ich habe ihn nicht von dem Felsen gestoßen. Ich ...« Sie unterbrach sich. Dann bat sie Kastner: »Kann ich mit dir alleine sprechen? Unter vier Augen?«

»Wenn du das möchtest. Und wenn Kommissar Bauer als leitender Ermittler einverstanden ist?«

Bauer nickte zustimmend und zog sich zurück.

Nadja starrte eine Weile in ihr Wasserglas.

Kastner wartete.

Schließlich hob Nadja den Blick. »Entschuldige, aber ich bin schier sprachlos. Wie kann man nur so – so unverfroren, selbstsüchtig und verlogen sein?«

»Sprichst du von Jörg?«

»Von wem sonst?« Nadja straffte die Schultern. »Jörg lügt«, erklärte sie mit fester Stimme. »Ich werde dir sagen, was gestern auf diesem Felsen passiert ist. Jörg läuft mir seit dem ersten Kurstag nach, ich habe keine Ahnung, warum. Ich meine: Ich habe ihn nicht ermutigt. Er ist nicht mein Typ, seine Sprüche nerven, und seine billigen Komplimente sind so durchsichtig wie Frischhaltefolie. Aber Jörg hat meine Signale völlig falsch gedeutet – er hat gedacht, je deutlicher ich ihm die kalte Schulter zeige, desto mehr Mühe muss er sich geben; und so hat sich das Ganze hochgeschaukelt. Gestern im Bärlauchwald ist alles eskaliert. Er hat ...« Sie stöhnte und setzte neu an: »Er hat völlig absurde Dinge gesagt: Ich sei die Frau, für die er sich sein Leben lang aufgespart habe – *aufgespart*!« Nadja lachte freudlos. »So kann man es auch nennen, wenn man bis Ende vierzig keine abgekriegt hat. Ich weiß nicht, ob er das ernst gemeint hat, oder ob es nur das Vorspiel für das war, was er eigentlich wollte – mich irgendwie rumkriegen. Ich habe ihm einmal mehr erklärt, dass er mich nicht interessiert, er hat mir einmal mehr nicht zugehört. *Das kennt man ja aus Funk und Fernsehen*, hat er gesagt: *die kühle Blonde, die es darauf anlegt, dass die Leidenschaften hochkochen* ... Ich wollte nur noch weg von ihm, zurück zum vereinbarten Treffpunkt; aber vor lauter Bemühung, ihn auf Abstand zu halten, hatte ich komplett die Orientierung verloren.« Nadja nippte erneut an ihrem Wasser. Ihre Hand war nun ruhig. »Ich habe versucht, Bella anzurufen, aber ich hatte keinen Empfang. Ich habe laut nach euch gerufen, aber keiner hat geantwortet.«

»Was ist dann geschehen?«

»Es fällt mir schwer, darüber zu reden.«

Kastner ahnte, worauf die Geschichte hinauslief. »Möchtest du lieber mit einer Frau sprechen? Soll ich Monika Schmidtlein ...«

»Nein. Nein, danke!«, wehrte Nadja ab. »Ich rede lieber mit dir. Du kennst mich zumindest ein bisschen und kannst die Situation zwischen Jörg und mir einschätzen.«

»Wie du willst«, nickte Kastner.

»Wir sind zu diesem Felsen gekommen, und ich dachte, da oben ist vielleicht der Empfang besser oder man kann die Straße sehen oder irgendwas, aber nichts dergleichen. Es hat bereits gedämmert, und ich war zunehmend verzweifelt, aber Jörg hat gesagt: *Ich finde es ganz romantisch, dass wir mal alleine sind.* Er hat versucht mich zu küssen, und als ich mich gewehrt habe, hat er mich gepackt und sich an mich gepresst. Er hat mich überall begrapscht und so fest umklammert, dass ich kaum noch Luft bekam. Trotz meiner Panik ist es mir irgendwie gelungen, ihm das Knie zwischen die Beine zu rammen und mich zu befreien.«

»Jörg hat das Gleichgewicht verloren und ist abgerutscht?«, vermutete Kastner. »Hat er geschrien, als er gefallen ist? Hat er um Hilfe gerufen, als er unten lag?«

»Ich habe nichts gehört. Ich habe ihn ja nicht einmal fallen sehen. Sobald er mich losgelassen hat, bin ich davongerannt, so schnell ich konnte. Weg von dem Felsen, zurück in den Wald. Dort habe ich mich hinter einen Baumstamm gekauert und lange Zeit gar nichts getan, als darüber nachzudenken, warum in meinem Leben alles schiefläuft. Inzwischen war es dunkel. Und kalt. Irgendwann habe ich meine Handytaschenlampe eingeschaltet und bin weitergegangen, weil ich Angst hatte, ich könnte erfrieren.«

»Wohin? Hast du nach Jörg gesucht? Hast du nachgesehen, ob er sich verletzt hat? Ob er Hilfe braucht?«

»Nein, wirklich nicht«, sagte Nadja schroff, ehe sie mit sanfterer Stimme anfügte: »Es war inzwischen so finster, dass ich selbst mit der Taschenlampe nicht weiter als zwei Meter sehen konnte. Und offen gestanden habe ich mir keine Sorgen um Jörg gemacht, sondern davor, dass er hinter dem nächsten Baum auf mich lauert und zu Ende bringt, was er angefangen hat.«

Kastner nickte. Er wusste aus eigener Erfahrung, wie verloren man sich mit einer Taschenlampe im dunklen Wald fühlte, und falls Nadja die Wahrheit sagte, musste es für sie noch weit schlimmer gewesen sein. Ein Albtraum. Aber seine Rolle war nicht die eines verständnisvollen Freundes, sondern die eines Ermittlers, der ein Tötungsdelikt aufklären musste. Deshalb fragte er: »Warum hast du mir das nicht erzählt, als wir uns im Wald getroffen haben? Warum hast du es Kommissar Bauer nicht erzählt, nachdem er uns gefunden hatte? Warum hast du behauptet, Jörg und du hättet noch bei Tageslicht und ganz einvernehmlich verschiedene Wege eingeschlagen?«

Nadja wischte sich eine Träne aus dem Gesicht. »Ich weiß es nicht. Ich stand völlig neben mir – ich wusste kaum noch meinen Namen.«

Ja, dachte Kastner. Du hast sogar mit einem blauen Astralleib gesprochen. Und falls du hier eine Show abziehst, ist sie preiswürdig. Er hätte Nadja gerne jedes Wort geglaubt, Jörgs Anschuldigungen gegen sie als reine Verzweiflungslügen abgetan und dem Staatsanwalt seine Ermittlungsergebnisse übergeben. Er hätte sich gerne zurückgelehnt und ein Fußbad genommen, er hätte seinem Chef gerne mit Hinweis auf die aufgelaufenen Überstunden noch ein paar wirkliche Urlaubstage abgetrotzt, die er guten Gewissens ausschließlich mit Schlafen, Essen und Trinken verbracht hätte. Aber er war sich noch nicht sicher.

»Dachtest du, Jörg hätte sich den Hals gebrochen?«, fragte er. »Sodass niemand etwas von der ganzen Sache erfahren müsste? Hast du deshalb nichts gesagt?«

»Nein!«, beteuerte Nadja. »Ich wusste ja nicht einmal, dass er von dem Felsen gefallen ist!«

»Aber heute Morgen hast du es erfahren. Und du hast erfahren, dass Jörg sich nur ein paar Rippen gebrochen hat und bald zurückkommt. Dass ihr euch hier wieder treffen würdet – warum hast du immer noch nichts gesagt?«

Nadja rang die Hände. »Ich habe mich geschämt. Ich hatte Angst, dass mir niemand glauben würde. Und ich habe mir Vorwürfe gemacht – ich war blauäugig und viel zu höflich. Wenn ich mich von Anfang an entschieden gewehrt hätte, wäre Jörg vielleicht gar nicht auf die Idee gekommen, mir seinen Willen aufzuzwingen. Wir haben beide Fehler gemacht – ich genauso wie er; und am liebsten wollte ich alles einfach vergessen.«

»Eine Art Schweigevereinbarung? Solange Jörg niemandem erzählt, dass du an seinem Sturz beteiligt warst, erzählst du niemandem, dass er dich zuvor bedrängt hat? Schwamm über alles?«

»Das klingt zynisch.« Nadja schüttelte den Kopf. »Berechnend. Ich bin weder das eine noch das andere.«

Das kann so sein, dachte Kastner. Oder auch nicht. »Jedenfalls hat Jörg sich an kein Stillhalteabkommen gehalten«, sagte er. »Zumindest nicht sehr lange. Stattdessen hat er uns gerade eine völlig andere Geschichte erzählt.«

Nadja nickte müde. »Vermutlich hat er befürchtet, dass ich gegen ihn aussagen werde, und hat sich etwas ausgedacht, mit dem er mir zuvorkommen kann. Man glaubt immer eher dem, der seine Version zuerst erzählt, nicht wahr? Werde ich jetzt verhaftet?«

»Ich fürchte ja«, sagte Kastner. »Zumindest, bis wir Jörgs Geschichte überprüft haben.«

*

Jörg Otts Anwalt traf am frühen Abend ein. Kastner informierte ihn notgedrungen über die Spurenlage und Nadja Lipinskis Aussage. Nachdem er sich eine gute halbe Stunde mit Jörg beraten hatte, kam der Anwalt mit Angeboten zurück.

»Frau Lipinski darf sich glücklich schätzen, dass mein Mandant nicht nachtragend ist. Wenn sie die absurde Anschuldigung einer sexuellen Nötigung fallen lässt, wäre Herr Ott seinerseits bereit, über den von ihr begangenen Mordanschlag auf seine Person zu schweigen.«

»Das ist ja wirklich bemerkenswert selbstlos von Herrn Ott«, sagte Kastner. »Oder bemerkenswert dreist, je nachdem, wie man es sieht. Sie können das ja mit Frau Lipinski besprechen. Ich fürchte allerdings, sie hat in letzter Zeit schlechte Erfahrungen mit derartigen Schweigevereinbarungen gemacht.«

»Und falls der Staatsanwalt mit einer Strafminderung bezüglich der Erpressung einverstanden ist«, fuhr der Anwalt ungerührt fort, »würde Herr Ott im Todesfall Imthal vor Gericht gegen Frau Lipinski aussagen. Ein Augenzeuge – was wollen Sie mehr?«

»Wovon träumen Sie nachts?«, brummte Kastner. »Im Todesfall Imthal spricht alles gegen Herrn Ott: Motiv, Gelegenheit, Spurenlage ... Für seine Glaubwürdigkeit spricht dagegen nichts. Er hat die Erpressung geleugnet, bis man ihn mit Beweisen konfrontiert hat; er hat entweder vor sechs Tagen gelogen – und einen Mord vertuscht! –, um mit seiner Erpressung davonzukommen, oder er lügt jetzt, um Frau Lipinski den Mord in die Schuhe zu schieben, den er selbst begangen hat. Ganz abgesehen von dem Umstand, dass Herr Ott nach eigener Aussage die eigentliche Tat gar nicht beobachtet hat: Solche *Augenzeugen* zerpflückt ein Strafverteidiger schneller als ein Sträußchen Waldprimeln. Wir werden Herrn Ott vorübergehend festnehmen. Zum Haftprüfungstermin können Sie dem Richter gerne Ihre Argumente darlegen, bis dahin läuft es nach meiner Pfeife. Einen guten Abend, Herr ...«

»Mallitschek«, sagte der Anwalt. »Roland Mallitschek. Sie werden von mir hören, Herr ...«

»Kastner«, sagte Kastner. »Kriminalhauptkommissar Kastner.«

*

»Der Karren hat sich festgefahren«, sagte Kastner am Abend zu Mirjam. Er lag schon im Bett, sie saß noch mit einem Zahnputzbecher Rotwein am Tisch. »Vermutlich werden dem Staatsanwalt die Indizien ausreichen, um Jörg wegen Totschlags anzuklagen; während sie dem Richter nicht ausreichen werden, um ihn schuldig zu sprechen. Jörg ist nicht vorbestraft – wenn er Glück hat, muss er für die Erpressung nicht einmal ins Gefängnis. Und gegen Nadja haben wir im Grunde gar nichts in der Hand, von Jörgs Behauptungen einmal abgesehen. Die KTU hat in ihrem Zimmer nichts gefunden, was sie mit Imthal oder dessen Tod in Verbindung bringt. Das genügt nicht einmal für eine Anklageerhebung.«

»Ich verstehe deine Unzufriedenheit«, sagte Mirjam. »Aber wem glaubst du denn nun? Jörg? Oder Nadja?«

»Um ehrlich zu sein: Ich weiß es nicht«, gab Kastner zu. »Für sich betrachtet klingen beide Geschichten halbwegs glaubwürdig. Aber zusammen funktionieren sie nicht. Einer von beiden lügt. Jörg hatte ein klares Motiv, und jeder im Kurs weiß, dass er Nadja nachgestellt hat – was für ihre Version spricht.«

»Man könnte es aber auch anders lesen«, gab Mirjam zu bedenken. »Jörg ertappt Nadja bei Imthals Leiche, sie ertappt ihn dabei, wie er den Umschlag mit dem Geld einsteckt. Eine ausgeglichene Situation, könnte man meinen.

Aber Jörg schießt übers Ziel hinaus und verlangt mehr von Nadja, als sie zu geben bereit ist. Ein bisschen Zärtlichkeit, körperliche Nähe ... Die Sache spitzt sich zu, und Nadja kommt zu dem Schluss, dass sie ohne Jörg rundum besser dran ist. Und sobald sich die Gelegenheit ergibt, versucht sie ihn loszuwerden. Das schließt ja nicht aus, dass er vorher versucht hat, sie zu begrabbeln.«

»So weit war ich auch schon, Hase«, sagte Kastner. »Die Frage ist: Warum hätte Nadja Imthal töten sollen? Jörg hatte ein Motiv. Sie nicht.«

»Du meinst: Ihr wisst nicht, welches Motiv sie gehabt haben könnte. Habt ihr das gründlich recherchiert? Seid ihr sicher, dass Nadja Imthal vor dem Kurs nicht gekannt hat?«

»Hm«, machte Kastner.

Mirjam nippte an ihrem Rotwein. »Dass Imthal mit einem Stein erschlagen wurde, ist doch Täterwissen?«, fragte sie. »Das habt ihr nicht an die große Glocke gehängt?«

»Natürlich nicht, Hase. Nicht einmal du dürftest das wissen.«

Mirjam grinste. »Aber da ich es nun einmal weiß ... Jörg sagt, er hat einen Stein in Nadjas Hand gesehen.«

»Das ist richtig«, gab Kastner zu. »Aber das bringt uns nicht weiter. Vielleicht hat Jörg wirklich einen Stein in Nadjas Hand gesehen; vielleicht weiß er, dass die Tatwaffe ein Stein war, weil er selbst damit zugeschlagen hat.«

»Hm«, machte sie.

Tag 7/Sonntag/Monsterkrake

»Also nö«, sagte Moni Schmidtlein am Telefon. »Wir haben zwischen Julius Imthal und Nadja Lipinski keine Verbindung gefunden. Sie in Fürth, er in Velden; sie Heilpraktikerin, er Politiker – das sind verschiedene Welten.«

»Sie haben einmal erwähnt, dass Nadja sich ehrenamtlich engagiert hat«, sagte Kastner. »In einer Bewegung namens Ärzte gegen Massentierhaltung?«

»Hm«, machte Moni.

»Worum geht es da genau?«

»Herrje«, sagte Moni.

Kastner hörte Schubladen schlagen und Papier rascheln.

»Ärzte gegen Massentierhaltung ist ein gemeinnütziger Verein«, erklärte Moni schließlich, »der sich, ich zitiere, *mit den schädlichen Auswirkungen der industriellen Intensivtierhaltung auf Gesundheit, Umwelt und Gesellschaft beschäftigt*. Ärzte gegen Massentierhaltung bemängelt, dass industrielle Tiermast ohne den massenhaften Einsatz von Antibiotika nicht möglich ist und dadurch multiresistente Keime entstehen, an denen jedes Jahr Tausende von Menschen sterben. Anscheinend setzen die Tiermäster sogar Antibiotika ein, die nach Ansicht von Ärzte gegen Massentierhaltung als letzte Reserve für den Einsatz in der Humanmedizin zurückgehalten werden sollten.«

»Ich verstehe«, sagte Kastner. »Ich nehme an, der Verein betreibt Aufklärungsarbeit und versucht, der Front der Tiermäster und ihrer Lobby etwas entgegenzusetzen? Auf die Politik einzuwirken?«

»Hm«, machte Moni.

»Es wäre also möglich, dass Nadja und Imthal sich auf diesem Weg schon einmal begegnet sind? Dass sie zumindest wusste, wer er war?«

»Denkbar«, gab Moni zu.

»Frau Schmidtlein«, sagte Kastner geduldig. »Vielleicht wären Sie so freundlich und ...«

»Ja, ja«, seufzte Moni. »Hab's kapiert. Sonntagsarbeit.«

*

Kastner saß mit Mirjam und den Kindern beim Frühstück, als sein Handy mit einem sonoren Brummen knapp oberhalb der Hörschwelle auf sich aufmerksam machte.

»Martina?«, fragte er und zog sich vor die Tür des *Grünen Schwans* zurück. »Was gibt es?«

»Wir waren fleißig. Holger Lurz hat auf Otts Handy eine Nachricht vom Tattag gefunden. Zwölf Uhr sechsunddreißig, Ott an Imthal: *Komme etwa zehn Minuten später.* Mehr allerdings nicht – falls die beiden darüber hinaus in Kontakt standen, müssen sie sich auf einem anderen Weg ausgetauscht haben.«

»Das passt zu dem, was Ott uns erzählt hat«, sagte Kastner. »Imthal hat heikle Dinge anscheinend lieber im persönlichen Gespräch geklärt.«

»Er wird gewusst haben, warum«, sagte Martina. »Auf dem Datenfriedhof von Imthals Laptop hat Holger auch etwas Interessantes ausgegraben. Eine drei Monate alte E-Mail ... Imthal hat sie nicht beantwortet und sofort gelöscht, allerdings nicht gründlich genug.«

»Inwiefern interessant?«

»Es geht um den Brand in der Lagerhalle«, erklärte Martina. »Der Geschäftsführer von Wiesenthal-Geflügel hat seinen Chef darüber informiert, dass Thorsten Lindemann ihm eine Erpressermail geschickt hat. Lindemann hat einen satten Nachschlag für sein Schweigen verlangt, und der Geschäftsführer hat Lindemanns Mail samt Anhängen an Imthal weitergeleitet und um Anweisung gebeten, wie er in der Sache verfahren soll.«

»Ach was«, sagte Kastner.

»Wie es aussieht, hat Lindemann Beweise. Er hat dem Geschäftsführer ein paar Kostproben geschickt – Fotos von Dokumenten, die die Verwicklung von Wiesenthal in den Wurstskandal klar beweisen. Ich kann dir nicht sagen, wie die Sache ausgegangen ist, aber ich schätze, Lindemann muss auf den Kanaren nicht von Wasser und Brot leben.«

»Gute Arbeit. Die zuständigen Behörden werden Holgers Ergebnisse sicher zu schätzen wissen.«

»Das tun sie. Sie wollen die Ermittlungen wieder aufnehmen.«

*

Da Kastner nun schon einmal vor der Tür stand, rief er Karlheinz Bauer an und erkundigte sich, wie Jörg Ott die Nacht in der Zelle bekommen war.

»Herr Ott ist ein wenig blass um die Nase«, sagte Bauer. »Ich schätze, ihm wird erst jetzt so langsam klar, in welchen Schwierigkeiten er steckt. Sein Anwalt ist der Meinung, er gehöre aufgrund der Rippenbrüche und des verknacksten Fußes nicht in eine Zelle, sondern in ein Krankenhaus, aber der Amtsarzt hält Ott für haftfähig. Bis zum Haftprüfungstermin dürfen wir ihn hierbehalten.«

»Hast du noch einmal mit ihm gesprochen? Hat er sich zu Nadja Lipinskis Anschuldigungen geäußert?«

»Er hat eine Erklärung abgegeben, in der er jegliche Form von sexueller Belästigung kategorisch abstreitet. Ich nehme an, die hat ihm sein Anwalt diktiert. Ansonsten bleibt er bei seiner Darstellung, hat mir aber noch ein paar Einzelheiten anvertraut ... Zum Beispiel behauptet er, Nadja Lipinski habe gewusst, dass Imthal der Eigentümer von Wiesenthal-Geflügel und Agrarlobbyist war – er selbst will es ihr schon am ersten Kursabend erzählt haben. Da soll es beim Abendessen eine Debatte über Geflügelhaltung gegeben haben ...«

»Die Curryhuhn-Debatte«, ergänzte Kastner.

»Die was?«

»Sprich einfach weiter.«

»Nun, Jörg Ott ist aufgefallen, wie engagiert Frau Lipinski in dieser Diskussion ihre Meinung vertreten hat. Er war von Anfang an recht angetan von ihr und hat offenbar die Gelegenheit ergriffen, um mit seinem Wissen zu prahlen und sich ein wenig interessant zu machen. Anscheinend ist sein Plan aufgegangen: Nadja, die ihn zuvor kaum beachtet hatte, war ganz Ohr und hat sich sogar auf einen Prosecco einladen lassen.«

»Ich verstehe«, sinnierte Kastner. »Hat sie ihm verraten, warum das Thema sie so interessiert?«

»Er hat sie nicht danach gefragt – ihm ging es ja nicht um ihre Beweggründe, sondern um ihre Aufmerksamkeit. Vermutlich hat er gehofft, nach zwei, drei Gläsern Prosecco auf intimere Dinge zu sprechen zu kommen.«

»Jörg Otts Charakter wirft ein schlechtes Licht auf das ganze männliche Geschlecht«, zitierte Kastner, in abgewandelter Form, einen Spruch von Lila Kiesling.

»Bitte?«, fragte Bauer.

»Vergiss es. Hat er Nadja etwas von Imthals Verstrickung in den Wurstskandal erzählt? Vom Brand in der Lagerhalle?«

»Er hat Andeutungen gemacht, um Nadja bei Laune zu halten. Die gekaufte Falschaussage seines Bruders und die von ihm selbst geplante Erpressung hat er verständlicherweise nicht erwähnt.«

»Hat er noch etwas über den Abend im Bärlauchwald gesagt?«

»Nichts allzu Konkretes – ich nehme an, sein Anwalt hat ihm davon abgeraten. Anscheinend hat er in den Tagen nach Imthals Tod mehrmals versucht, mit Nadja über die Geschehnisse zu reden, aber sie ist ihm aus dem Weg gegangen und hat beharrlich geschwiegen. Das hat ihn enttäuscht. Er hatte sich wohl etwas mehr Kooperation und Offenheit gewünscht ...«

»Man kann sich vorstellen, was er darunter versteht«, merkte Kastner an.

»Tja«, sagte Bauer. »An dem Abend im Bärlauchwald hat er sie erneut zur Rede gestellt. Er hat ihr alles über seinen Bruder und die Erpressung erzählt – quasi als Vertrauensvorschuss – aber sie hat sich nicht revanchiert. Sie könne sich an nichts erinnern, sie wolle nicht darüber reden, er solle sie bitte in Ruhe lassen. Und als er nachgehakt hat, hat sie ihn von dem Felsen gestoßen.«

»Hm«, machte Kastner. »Jörg und wie er die Welt sieht? Oder die Wahrheit?«

*

Nach dem Frühstück packten die Kräuterkursteilnehmer ihre Koffer und Reisetaschen. Bella kam noch einmal vorbei, um auf Wiedersehen zu sagen, und Hermann lud alle Nichtautofahrer auf einen letzten Schoppen Frankenwein ein. Auch Mirjam und die Kinder hatten gepackt. Mirjams

Urlaub war zu Ende, und Jannik und Sofie mussten ab Montag wieder in die Schule.

»Hast du etwas von Claudia gehört?«, fragte Mirjam.

»Ja«, sagte Kastner, »sie hat mir eine Nachricht geschickt. Du kannst die Kinder jederzeit bei ihr abliefern und dir dann zu Hause einen gemütlichen Abend machen.«

»Den kann ich, ehrlich gesagt, auch gebrauchen«, stellte Mirjam fest. »Ich werde mich eine Stunde in die Badewanne legen und die Stille genießen, und anschließend werde ich mir eine schön fettige Schinken-Champignon-Pizza bestellen, mich im Bademantel aufs Sofa lümmeln und irgendeinen leicht verdaulichen Scheiß aus der Glotze konsumieren.«

Kastner seufzte. Genau das hätte er auch gerne getan.

»Wann ist denn nun Claudias Abschlussprüfung?«, fragte Mirjam.

»Morgen Vormittag. Während die Kinder in der Schule sind.«

»Ich drück ihr jedenfalls die Daumen.«

»Ich würde jetzt langsam mal aufbrechen«, stellte Tarik in den Raum und winkte mit seinem Autoschlüssel – er hatte angeboten, Mirjam und die Kinder mit nach Nürnberg zu nehmen, sodass Kastner für seine Fahrten zur Polizeiinspektion Hersbruck weiterhin den Toyota zur Verfügung hatte.

»Klar«, sagte Mirjam und wandte sich an die Kinder. »Habt ihr alles eingepackt? Können wir?«

Sofie nickte und griff nach ihrer Reisetasche. Jannik schüttelte den Kopf und verschränkte die Arme vor der Brust.

»Nein, wir können nicht«, sagte er. »Meine Monsterkrake fehlt!«

Sofie verdrehte die Augen. »Die bescheuerte Monsterkrake ist bestimmt in deiner Tasche. Du hast nur nicht richtig nachgesehen.«

»Die Monsterkrake ist nicht halb so bescheuert wie du!«, empörte sich Jannik. »Und sie ist *nicht* in meiner Tasche.« Um seinen Worten belastbare Beweise anzufügen, öffnete er kurzerhand den Reißverschluss seiner Tasche und kippte deren Inhalt auf den Tisch. Die Frankenweintrinker zogen eilig ihre Gläser zurück.

»Siehst du?«, sagte Jannik zufrieden. »Keine Monsterkrake!«

»Vielleicht ist sie noch oben in eurem Zimmer?«, schlug Tarik vor.

»Nö«, sagte Jannik. »Sonst hätte ich sie ja eingepackt.«

»Jetzt nerv nicht rum«, verlangte seine Schwester. »Du hältst hier den ganzen Betrieb auf. Wenn die blöde Plastikkrabbe dir so wichtig ist, hättest du besser auf sie aufpassen müssen. Bestimmt hast du sie irgendwo im Biergarten verschlampt!«

»Nö«, sagte Jannik. »Und wenn du noch einmal *Krabbe* sagst, nenn ich dich zukünftig *Bernd*.«

Sofie versuchte es anders: »Sei froh, dass du das hässliche Ding los bist. Außer Staubsammeln hatte das nichts drauf.«

Jannik tippte sich an die Stirn. »Die Monsterkrake hat einen höheren Kampfstärkelevel als der Lavaskorpion!«

Sofie knirschte mit den Zähnen.

»Ihr könnt ja schon mal fahren«, erklärte Jannik großzügig. »Aber ich bleibe hier, bis ich meine Monsterkrake gefunden habe.«

»Hm ... Wenn du es eilig hast, können wir auch mit dem Zug fahren«, schlug Mirjam Tarik vor.

»Ach was«, winkte Tarik ab und zwinkerte Jannik zu. »Zunächst einmal sollten wir das rätselhafte Schicksal der verschwundenen Monsterkrake aufklären.«

»Findet ihr das pädagogisch zielführend?«, fragte Sofie in die Runde. »Euch von einem exzentrischen Drittklässler am Nasenring durch die Manege ziehen zu lassen?«

Sofies altkluge Art war oft schwer zu ertragen, aber wo sie recht hatte, hatte sie recht, fand Kastner.

»Wo hast du deine Monsterkrake denn zuletzt gesehen?«, erkundigte sich Tarik.

»In unserem Zimmer«, behauptete Jannik. »Auf meinem Nachttisch. Ich glaube, Sofie hat sie in den Abfallsack gesteckt, weil sie sie nicht leiden kann.«

»Ich hätte *dich* in den Abfallsack stecken sollen«, konterte Sofie.

»Und wo ist dieser Abfallsack jetzt?«, fragte Mirjam.

Sofie zuckte die Achseln. »Da, wo er hingehört: in der Mülltonne hinter dem Haus.«

*

Die Dennerleins, Tarik und Elke schlossen sich der Exkursion zur Mülltonne spontan an.

»So ä Blastikmonster kann ja nedd einfach verschwinden«, vermutete Elke.

»Der junge Mann weiß zumindest seine Interessen zu vertreten«, erkannte Hermann an und klopfte Jannik auf die Schulter.

»Manchmal denke ich, dass die Abschaffung der Prügelstrafe ein Schritt in die falsche Richtung war«, erklärte Johanna. »Die Welt ist voller kleiner Prinzen, die meinen, es stünde ihnen zu, dass man ihnen die Eier schaukelt.«

»Und was ist mit den Prinzessinnen?«, fragte Tarik.

»Die lassen sich die Brüste machen und träumen von einem Prinzen, der es verdient, dass man ihm die Eier schaukelt«, sagte Johanna. »Aber sie werden alle enttäuscht.«

»Hallo?!«, sagte Mirjam. »Muss das sein? Es sind Kinder anwesend!«

»Ich wurde gefragt«, sagte Johanna.

Sofie zog mit angeekeltem Gesicht eine graue Plastiktüte aus der Tonne und warf sie auf den Boden. »Bitte schön«, sagte sie zu ihrem Bruder. »Wenn du deine bescheuerte Krabbe da drin findest, darfst du mich gerne Bernd nennen.«

Jannik riss die Tüte auf und zerfledderte den Inhalt. Keine zwanzig Sekunden später hielt er triumphierend die Monsterkrake in die Luft.

»Jou, Bernd«, sagte er zu seiner Schwester.

Mirjam sammelte den von Jannik verstreuten Abfall wieder ein und warf ihn zurück in die Tonne.

»Guck mal!«, flüsterte sie und stieß Kastner den Ellbogen in die Seite. »Was ist denn *das?*«

»Das was?«, fragte Kastner. Er hielt den Blick starr auf seine Füße gerichtet und atmete flach. Aus der Mülltonne roch es nicht nach Veilchen, und er wollte lieber nicht wissen, warum.

»Wie kann man bei der Mordkommission und gleichzeitig so ein Weichei sein?«, fragte Mirjam rhetorisch. Sie griff beherzt in die Tonne, und wenig später hielt sie ihm etwas unter die Nase: einen Lumpen aus weißem Stoff mit blauem Blümchenmuster.

»Sieht aus wie ein Lumpen aus weißem Stoff mit blauem Blümchenmuster«, sagte Kastner.

»Wow!«, nickte Mirjam. »Und was schließt du daraus, Sherlock?«

Die Antwort: *Da hat wohl jemand einen Lumpen aus weißem Stoff mit blauem Blümchenmuster in die Mülltonne geworfen*, bot sich an. Stattdessen sagte Kastner: »Ich nehme an, du wirst es mir gleich erklären, Watson.«

Was Mirjam nur zu gerne tat.

*

»Guckst du?«, fragte sie.

»Freilich«, behauptete Kastner.

Mirjam hatte ihren Laptop aufgeklappt und klickte sich energisch durch das Fotoarchiv der Kräutergruppe.

»Hier!«, sagte sie. »Und hier! Und hier!«

Kastner sah nur, was er zuvor schon gesehen hatte: verschiedene Kursteilnehmer, die im Halbkreis um Bella herumstanden und sich an ihren Ausführungen mal mehr und mal weniger interessiert zeigten.

»Hm«, machte er.

»Und dann hier!«, erklärte Mirjam triumphierend. Sie drehte den Bildschirm so, dass er besser sehen konnte, und tippte mit dem Zeigefinger darauf. »Siehst du das?«

»Ich bin ja nicht blind«, sagte Kastner. »Das ist eines der spektakulären Leichenfotos unseres gemeinsamen Duzfreundes Hermann Dennerlein.«

»Komm mir nicht so«, winkte Mirjam ab. »*Du* hast mit dem Brüderschaftstrinken angefangen. Ich habe mich der ganzen Sache hier nur angeschlossen, um dir unter die Arme zu greifen!«

Dagegen konnte Kastner schwer etwas einwenden.

»Jetzt sag schon, was du siehst«, verlangte Mirjam.

»Eine Leiche«, sagte Kastner. »Eine Leiche in äußerst unwürdiger Lage. Ich hoffe bei Gott, dass Hermann Dennerlein zum Zeitpunkt meines – hoffentlich noch fernen – Ablebens nicht in der Nähe sein wird, um meine schlaffen Glieder und hängenden Augenlider abzulichten und die Fotos einem größeren Publikum zur Verfügung zu stellen. Ich meine: Martina Götz und Dr. Rendlick müssen Leichen fotografieren, das gehört zu ihrem Beruf. Aber warum fotografiert man als Privatmann einen Toten? Das ist pervers!«

»Da haben wir's!«, stellte Mirjam fest. »Du hast dir die Fotos gar nicht genau angesehen, nicht wahr? Weil sich bei dir alle Nackenhaare aufstellen, wenn es um Leichen geht.«

Auch dagegen konnte Kastner nichts einwenden.

Mirjam kratzte sich über dem Ohr. »Deine Haltung ist menschlich und moralisch verständlich«, gab sie zu. »Aber wenn man ein Verbrechen aufklären will, muss man auch mal in den Dreck langen und sich unangenehmen Dingen stellen, meinst du nicht?«

»Worüber reden wir hier eigentlich, Hase?«

»Ich dachte, du bist nicht blind?«, fragte Mirjam zurück. Sie klickte noch einmal zu den Gruppenfotos. »Hier!«, sagte sie. »Und hier!« Sie zoomte in die Fotos hinein, bis Kastner erkannte, was sie meinte: Nadja Lipinski trug ein weißes T-Shirt mit blauem Blümchenmuster.

»Und dann hier!«, schloss Mirjam.

Auf Hermann Dennerleins privatem Leichenfoto war im Hintergrund Nadja zu sehen – in einer fliederfarbenen Fleecejacke, deren Reißverschluss bis zum Kragen hochgezogen war.

»Nadja hatte einen Schock«, sagte er. »Ihr war kalt. Sowohl Jörg als auch die Dennerleins haben ausgesagt, dass sie gezittert hat wie Espenlaub. Vermutlich hat sie deshalb die Jacke übergezogen.«

»Ach«, sagte Mirjam. »Und deshalb hat sie wohl auch ihr T-Shirt in den Müll geworfen? Weil sie unter Schock stand?«

*

Kastner breitete das T-Shirt auf dem Tisch aus und inspizierte es mit einer Lupe, konnte jedoch nichts Verdächtiges feststellen. Im Gegenteil: Er fand einen Riss am Saum, der nahelegte, dass Nadja das T-Shirt aus einem ganz harmlosen Grund entsorgt hatte: weil es kaputt war. Trotzdem lieh er sich in der Küche einen Gefrierbeutel, in dem das potenzielle Beweisstück per Eilboten zur Gerichtsmedizin nach Erlangen gebracht werden konnte.

Mirjam und die Kinder brachen mit Tarik auf, und die anderen Kursteilnehmer machten sich nach und nach ebenfalls auf die Heimreise. Eine Küchenfee räumte die leeren Gläser und Tassen ab, an den anderen Tischen trafen bereits die ersten Wanderer und Hausgäste zum sonntäglichen Mittagessen ein. Kastner bestellte sich eine Leberknödelsuppe und einen Röstkloß mit Ei und gemischtem Salat. Nach dem Essen zog er sich ins Gästezimmer zurück, legte sich aufs Bett und schloss für einen Moment die Augen.

Plötzlich stand er im Wengleinpark, inmitten einer Gruppe von Menschen, die sich um das Wegkreuz versammelt hatten. Hoch über Kastners Kopf überspannte eine Brücke aus rostigem Stahlfachwerk den Wengleinweg. Jemand winkte herunter – ein Angler namens Rudi, der einen Drillingshaken aus Kohlenstoffstahl in Größe acht, geeignet für Raubfische wie Hecht und Forelle, über den Weg tanzen ließ wie ein Fliegenfischer den seinen über einen Fluss. »Heiliger Antonius, bitte für uns«, sagte Kastner und duckte sich.

Zwei hüfthohe, schlappohrige Hunde stritten sich knurrend um einen blauen Rucksack und zerrten eine Banane und einen braunen Umschlag heraus. Einer der Hunde trug ein T-Shirt mit blauen Blümchen, der andere hatte ein Kinn wie König Drosselbart. Ein Walross robbte heran und filmte die Szene mit seinem Handy. »Ich habe gerade meine Tage«, sagte es zu Kastner, »aber du darfst mich trotzdem Bernd nennen.« Ein Killerwal schwamm vorbei, wich geschmeidig dem Drillingshaken aus Kohlenstoffstahl aus und sah Kastner direkt in die Augen. »Dein Handy klingelt«, teilte der Meeressäuger mit. Er trug einen Aluhut, der keck hinter seinen winzigen Ohröffnungen saß. Kastner bedankte sich für den Hinweis und tastete in der Innentasche seines Jacketts nach dem Mobiltelefon, bis ihm auffiel, dass die Klingeltöne, durch einige Lagen Speck gedämpft, direkt aus dem schwarz-weiß gefleckten Bauch des Wals kamen. »Willst du nicht rangehen?«, fragte der Wal und öffnete einladend sein zähnestarrendes Maul.

Kastner schreckte hoch und brauchte eine Weile, um sich im Hier und Jetzt zurechtzufinden.

»Was ist los? Schläfst du neuerdings schon am helllichten Tag?«, fragte Martina Götz.

»Ich hab nur Atemübungen gemacht«, behauptete Kastner. »Was gibt's?«

»Das T-Shirt war ein Volltreffer. Jemand hat es gewaschen, aber mithilfe von Luminol und UV-Lampe konnten wir Blutspritzer auf dem rechten Ärmel und am Ausschnitt sichtbar machen. Genau dort, wo man sie erwarten würde, wenn sich jemand über ein sitzendes Opfer beugt und ihm einen Stein auf den Kopf schlägt.«

»Das Blut stammt von Imthal?«

»Definitiv.«

Kastner stand auf, warf sich etwas Wasser ins Gesicht und brachte sein Haupthaar in eine ungefähre Ordnung. Dann setzte er sich in den Toyota und fuhr nach Hersbruck.

*

Moni Schmidtlein schüttelte den Kopf. »Nein, ich habe keine Verbindung zwischen Nadja Lipinski und Imthal gefunden. Es gibt keinen Hinweis darauf, dass sie ihn vor dem Kurs persönlich gekannt hat oder in irgendeiner anderen Weise mit ihm in Kontakt stand. Aber ... Ich weiß nicht. Der Dieter hat da was ausgegraben ...«

Kastner zählte bis fünf, ehe er fragte: »Was hat er denn ausgegraben, der Dieter?«

»Nadja hat sich offenbar aus einem ganz bestimmten Grund gegen Massentierhaltung engagiert«, erklärte Moni. »Und Dieter meint, da könnte vielleicht das Motiv liegen.«

Kastner hörte sich an, was sie zu sagen hatte, und war danach ganz und gar Dieters Meinung. Im Geiste zog er den Hut vor dem schlaksigen Streifenbeamten und leistete Abbitte für seine offensichtlich vorschnelle Einschätzung, Dieters Fähigkeiten lägen vornehmlich im Regeln des Straßenverkehrs an einer Kreuzung mit defekter Ampelschaltung.

*

»Ja, ich wusste, wer Julius war«, gab Nadja zu, nachdem Kastner sie mit der neuen Beweislage und Dieters Hypothese konfrontiert hatte. »Jemand, der Profit mit verseuchtem Fleisch macht; jemand, der im wahrsten Sinne des Wortes über Leichen geht. Jemand, der seine Macht und seinen Einfluss missbraucht, um strengere Regeln für den Gebrauch von Antibiotika in der Tiermast zu verhindern. Jemand, der seine menschen- und umweltfeindliche Klientelpolitik zukünftig auf höchster Ebene betreiben will: in den Gremien der EU, wo die Weichen für die Zukunft gestellt werden. Jörg hat mir alles über ihn erzählt, was er wusste. Gleich am ersten Kursabend.«

»Hat er dir auch erzählt, dass er Imthal erpressen wollte? Hat er über den Brand in Imthals Lagerhalle und die gekaufte Aussage seines Bruders gesprochen?«

Nadja schüttelte den Kopf. »Nein, nicht an diesem Abend. Das hat er mir erst vorgestern erzählt. Im Bärlauchwald ...«

»Bleiben wir zunächst beim Ostermontag«, bat Kastner. »Was ist geschehen?«

»Während des Aufstiegs zur Luisenhütte bin ich eine Weile neben Julius hergelaufen – die anderen waren ein gutes Stück voraus, und ich fand, das sei eine passende Gelegenheit, um Julius zur Rede zu stellen«, sagte sie. »Ich wollte eigentlich nur wissen, warum er seine Karten bei der Debatte am Abend zuvor nicht auf den Tisch gelegt hat. Warum er seine Ansichten als rein privat verkauft, obwohl Meinungsmache sein Brotberuf ist. Um Jörg nicht in den Rücken zu fallen, habe ich behauptet, ich wüsste durch mein Engagement für Ärzte gegen Massentierhaltung über ihn Bescheid. Das fand er witzig – ob da jeder mitmachen dürfe; ich sei doch gar keine Ärztin, sondern von der Hokuspokus-Zuckerkügelchen-Fraktion. Ob ich in meiner Freizeit nichts anderes zu tun habe, als mir den hübschen Kopf mit linksgrüner Hetzpropaganda vollzumüllen. Was ich eigentlich von ihm wolle – die wachsende Weltbevölkerung müsse ernährt werden, er würde sein Scherflein dazu beitragen. Er sei ein Träger der Gesellschaft und zahle

Unsummen an Steuern, damit selbst ernannte Frührentner und eingebildete Kranke am Monatsende noch Geld für Zuckerkügelchen übrig hätten.«

»Reizend«, sagte Kastner. »Hast du Imthal auf den Wurstskandal angesprochen?«

»Nicht direkt. Imthals Anwaltsbüro hat dafür gesorgt, dass weder sein Name noch der seiner Firma im Zusammenhang mit dem Wurstskandal öffentlich genannt werden dürfen – das wusste ich von Jörg. Aber ich habe die Gesundheitsgefahren durch industrielle Tierhaltung im Allgemeinen angesprochen: belastete Futtermittel, Bakterien, Hormone ... Julius ist jedoch nicht darauf eingegangen. Er halte sich an die geltenden Gesetze, er könne nichts dafür, wenn die Lebensmittelkontrolle versage, und er würde auch niemanden dazu zwingen, Fleisch aus Massentierhaltung zu kaufen. Das Angebot richte sich nach der Nachfrage, und die Nachfrage sei ungebrochen hoch. Das nenne man freie Marktwirtschaft.«

»Hast du auch über deine persönlichen Gründe für dein Engagement gegen den standardmäßigen Einsatz von Antibiotika in der Tierhaltung gesprochen?«

»Nein«, sagte Nadja, »nicht während des Aufstiegs. Allein in Deutschland infizieren sich jährlich fünfhunderttausend Menschen mit multiresistenten Keimen, bis zu zwanzigtausend von ihnen sterben. Ich war der Meinung, das müsste als Argument genügen. Aber Julius fand, das sei alles Panikmache, und die Zahlen seien völlig übertrieben. Resistente Keime seien allenfalls für Leute mit Vorerkrankungen und einem geschwächten Immunsystem gefährlich, die vermutlich ohnehin gestorben wären. Ein gewisses Risiko gebe es immer im Leben. Auch im Straßenverkehr gebe es Tausende Tote; trotzdem verlange niemand, der halbwegs bei Verstand sei, Waren und Personen wieder mit Pferdekarren zu transportieren ... Und so weiter. Politiker wie Julius verfügen über ein breites Repertoire nichtssagender Phrasen, unsinniger Vergleiche und ausweichender Floskeln, das weiß ich durch meine Arbeit für Ärzte gegen Massentierhaltung leider nur zu gut.«

»Wie viele Verkehrstote gab es denn im Jahr 2019 in Deutschland?«, fragte Kastner.

»Dreitausendneunundfünfzig«, antwortete Nadja wie aus der Pistole geschossen.

Kastner nickte. Er hatte berufsbedingt gelernt, sich in Tatverdächtige hineinzuversetzen und ihre Gedanken und Gefühle zu spiegeln, um die Wahrheit ans Licht zu bringen. Bei Nadja fiel ihm das, warum auch immer, erfreulich leicht.

»Du engagierst dich seit mehr als fünf Jahren gegen Massentierhaltung«, sagte er. »Dir ist alles daran zuwider: die Tierquälerei, der intensive Einsatz von Pestiziden und Düngemitteln für den Futteranbau, die negativen Auswirkungen der Monokulturen auf die Artenvielfalt, die Grundwasserverseuchung durch die Ausscheidungen der Tiere, die Gesundheitsgefahren für den Menschen, die – nicht nur, aber insbesondere – durch den massenhaften Einsatz von Antibiotika entstehen. Ist das so weit richtig?«

Nadja nickte.

»Du hast Argumente für deine Haltung«, spann Kastner seine Überlegungen weiter. »Sachargumente – Fakten und Zahlen. Du verfolgst seit Jahren die politische Diskussion, du durchschaust die Strategien des Gegners – ausweichen, abwiegeln, im Zweifelsfall lügen. Und dann erzählt dir Jörg, dass Imthal einer dieser Gegner ist. Ein Feind, der zuvor abstrakt war, hat plötzlich ein Gesicht. Er sitzt neben dir am Frühstückstisch, er steht dir gegenüber, während Bella über

Kräuter spricht. Er fotografiert, er dreht Videos, er lächelt in die Kamera ... Und du weißt: Er wird diese Fotos, er wird euch alle – auch dich! – für eine PR-Kampagne instrumentalisieren, die ihm neue Wähler in die Arme treiben wird.«

Nadja nickte.

»Du weißt, du kannst ihn nicht aufhalten. Aber du willst ihn zumindest zur Rede stellen; du willst, dass er dich ernst nimmt und dir Antworten gibt, anstatt sich hinter seiner glatten Politikermaske zu verstecken«, schlug Kastner vor.

Nadja widersprach nicht.

»Unsere Unterhaltung während des Aufstiegs hat nicht länger als fünfzehn Minuten gedauert«, sagte sie, »und ich wollte Julius noch einiges sagen. Aber es war mir nicht eilig damit: Der Kurs hatte gerade erst begonnen, es würde noch genug Gelegenheiten geben. Dass wir uns nach der Mittagsrast am Wegkreuz wiedergetroffen haben, war reiner Zufall. Julius saß auf einem Stein und hielt sein Gesicht in die Sonne. Ich habe nur Hallo gesagt und wollte eigentlich an ihm vorbeigehen, aber er ist sofort pampig geworden. *Was soll das werden?*, hat er gefragt. *Verfolgst du mich? Ich würde gern ein paar Minuten in Ruhe die Frühlingssonne genießen, ohne mit dir über dein romantisches Weltbild diskutieren zu müssen.* Inzwischen weiß ich, warum er so abweisend war: Er war mit Jörg verabredet und wollte, dass ich weitergehe. Aber am Montag wusste ich das nicht. Ich habe seine Unfreundlichkeit persönlich genommen, und er hat damit das Gegenteil von dem erreicht, was er wollte.«

»Du hast dich nicht einschüchtern und abwimmeln lassen. Du warst verärgert und hast beschlossen, ihn zur Rede zu stellen. Deine eigenen Karten auf den Tisch zu legen.«

»So könnte man es nennen«, sagte Nadja. »Und ich habe nicht lange um den heißen Brei herumgeredet. Ich habe mich zu ihm gesetzt und gesagt: *Mein Sohn saß auch immer gerne in der Frühlingssonne. Er hat gelächelt, wenn er den ersten Schmetterling gesehen oder das Summen der ersten Bienen gehört hat. Aber er ist vor fünf Jahren an einem multiresistenten Keim gestorben, seither scheint die Frühlingssonne nur noch auf sein Grab.«*

»Was hat Julius dazu gesagt?«, fragte Kastner.

»Zuerst schien er betroffen«, sagte Nadja. »Das sei natürlich schlimm, einen Angehörigen zu verlieren, und dann auch noch ein Kind – sein Beileid, und so weiter. Aber dann ist er sofort wieder zum Angriff übergegangen. Ob ich deshalb so auf dem Thema Massentierhaltung herumreiten würde? Weil ich partout irgendjemandem die Schuld am Tod meines Sohnes in die Schuhe schieben wolle? Da könne er, bei allem Verständnis für das Leid einer Mutter, nicht helfen. Er halte sich bei der Produktion seines Geflügels strikt an geltende Gesetze, und er lasse sich nicht zum Sündenbock für ein tragisches Einzelschicksal machen.«

Kastner schwieg betreten.

»Julius hat mehrmals auf die Uhr gesehen«, fuhr Nadja fort. »Vermutlich hat er gehofft, dass ich nun endlich verschwinde. Aber ich bin nicht verschwunden. Ich bin verschwunden, als Lasses Vater keinen Bock mehr auf nächtliches Kindergeschrei hatte; ich bin verschwunden, als die Arztpraxis, in der ich damals gearbeitet habe, kein Verständnis mehr für meine Fehlzeiten hatte. Ich habe mich von der Nachtschwester der Kinder-Intensivstation nach Hause schicken lassen, weil sie der Meinung war, ich würde nur im Weg herumstehen und ihre Arbeit behindern. Am nächsten Morgen war Lasse tot. Diesmal bin ich nicht verschwunden, sondern geblieben.«

Kastner fiel absolut nichts ein, was er dazu hätte sagen können.

»Julius hat mich gefragt, wo sich mein Sohn mit dem Keim infiziert hat«, sagte Nadja. »Mir war sofort klar, worauf er hinauswill.«

»Worauf denn?«, fragte Kastner.

»Der Volksmund bezeichnet multiresistente Keime fälschlicherweise als Krankenhauskeime«, erklärte Nadja. »Obwohl sie keineswegs in Krankenhäusern entstehen, sondern in den Ställen der industriellen Tierhaltung, aus denen sie mit der Gülle in die Umwelt und in den menschlichen Körper gelangen. Sie führen erst dann zu lebensbedrohlichen Infektionen, wenn das Immunsystem ihrer Träger durch andere Krankheiten schon stark geschwächt ist – das geschieht naturgemäß meist in einem Krankenhaus. Die Tiermästerlobby behauptet deshalb gerne, Multiresistenzen seien ein Problem mangelnder Hygiene in den Krankenhäusern.«

»Ich verstehe«, sagte Kastner. »Und damit hast du Julius auf seine Frage hin konfrontiert?«

»Nein«, sagte Nadja, »so weit bin ich nicht gekommen. Ich habe gesagt: *Lasse lag mit einer akuten Lungenentzündung im Krankenhaus*, und Julius ist mir gleich ins Wort gefallen: *Ich verstehe – du hast vergeblich versucht, ihn mit Zuckerkügelchen zu therapieren, und irgendwann stand es so schlimm, dass die gute alte Schulmedizin helfen musste.*«

»*Das* hat er gesagt?«

»Genau so«, sagte Nadja. »Ich habe ihm erklärt, dass Lasse an Mukoviszidose litt und Lungenentzündungen eine häufige Begleiterscheinung dieser Krankheit sind, aber er hat mich wieder nicht ausreden lassen: Mukoviszidose sei ja ohnehin eine unheilbare, tödliche Krankheit; also habe der multiresistente Keim das sinnlose Leiden meines Kindes allenfalls verkürzt. Dass Schwache und Kranke jung sterben, sei schon Jahrmillionen vor der Erfindung der Massentierhaltung so gewesen und habe einen Sinn: Es tilge erbliche Defekte aus dem Genpool und diene so der Gesunderhaltung der Art. Er hat gesagt: *Du bist doch so für die Natur, Nadja, da leuchtet dir das Prinzip der natürlichen Auslese sicher ein. Mukoviszidose ist eine Erbkrankheit, sie entsteht durch einen Gendefekt – wenn du unbedingt jemanden für den Tod deines Sohnes verantwortlich machen willst, solltest du bei dir selbst anfangen.«*

Kastner war eine Weile sprachlos.

»Und dann hast du einen Stein aufgehoben und zugeschlagen«, vermutete er, als er sich wieder gefasst hatte.

»Nein«, sagte Nadja und wischte sich die Tränen aus dem Gesicht. »Nenn es naiv, aber ich glaube an die menschliche Fähigkeit zur Einsicht und zum Mitgefühl. Ich habe immer noch gehofft, Julius wenigstens zum Nachdenken bringen zu können. Ich habe ihm erklärt, dass man mit Mukoviszidose und einer guten Behandlung über fünfzig Jahre alt werden kann, und dass mein Sohn erst fünf war, als er an einem Keim gestorben ist, der seinen Ursprung zweifellos in einem Tiermaststall hatte.«

»Und was hat Julius dazu gesagt?«

»Er hat mir die Wange getätschelt. Er hat gesagt: *Liebe Nadja, das mag ja alles so sein. Aber denkst du nicht auch, dass es so etwas wie* unwertes Leben *gibt? Manchmal ist der Tod auch Erlösung – für den Betroffenen, für die Gesellschaft und nicht zuletzt für die Angehörigen.* Ich bin aufgesprungen. Ich hatte plötzlich diesen Stein in der Hand – ich weiß wirklich nicht, warum. Und als Julius sich zu seinem Rucksack hinübergebeugt hat, habe ich zugeschlagen.«

Kastner nickte.

»Ich muss dabei laut geschrien haben, aber ich kann mich nicht daran erinnern. Julius hat die Augen aufgerissen und ist vornübergekippt. Ich habe versucht, ihn wieder aufzurichten, aber er war schlaff wie ein Mollusk. Es war nicht meine Absicht, ihn zu töten, ich wollte nur, dass er den Mund hält. Dass er den Schmerz am eigenen Leib spürt, dass ihm seine Überheblichkeit vergeht. Dass er ...«

»Ich glaube, ich verstehe sehr gut, was du wolltest«, sagte Kastner.

»Mir war speiübel«, fuhr Nadja nach einer Weile fort. »Jörg kam auf mich zugelaufen – er hat Julius zum Wegkreuz gezogen, ihm auf die Wangen geklopft und seinen Namen gerufen. Ich habe mich übergeben, erst danach habe ich bemerkt, dass ich den Stein noch in der Hand halte, und dass er voller Blut ist. Ich habe ihn in den Wald geworfen. Dann habe ich gesehen, wie Jörg Julius' Rucksack durchwühlt hat.«

»Hast du ihn zur Rede gestellt?«

»Ja, ich habe ihn gefragt, was er da macht. Jörg hat mich vom Wegkreuz weggezogen, vier, fünf Meter hangabwärts. Er hat mich genötigt, mich hinzusetzen und hat gesagt: *Niemand hat hier irgendetwas gemacht. Du hast Julius' Leiche gefunden, ich habe deinen Schrei gehört und bin dir zur Hilfe gekommen. Etwas anderes ist hier nicht passiert.*«

»Demnach war es Jörgs Idee, alles zu vertuschen?«

Nadja zuckte die Achseln. »Meine war es nicht. Julius war tot, ich hatte ihn erschlagen und musste annehmen, dass Jörg mich dabei beobachtet hat. Wie hätte ich da hoffen können, irgendetwas zu vertuschen?«

»Dir war nicht klar, dass du Jörg genauso in der Hand hattest wie er dich?«

»Hatte ich das denn?«, fuhr Nadja auf. »Ich habe nur gesehen, dass er einen braunen Umschlag und Julius' Handy eingesteckt hat. Von der Erpressung wusste ich damals noch nichts; und selbst, wenn ich es gewusst hätte: Was ist schon eine Erpressung? Ich hatte einen Menschen getötet!«

»Du hast dich jedenfalls auf Jörgs Vorschlag eingelassen, alles unter den Teppich zu kehren«, stellte Kastner fest. »Du hast behauptet, Julius sei bereits tot gewesen, als du kurz vor halb eins zum Wegkreuz gekommen bist. Du hast gelogen – recht überzeugend, übrigens.«

»Ich bin nicht stolz darauf«, sagte Nadja. »Aber Jörg hat mir den Strohhalm hingehalten, und ich habe ihn ergriffen. Und glaub mir: Er hat mich für diesen Fehler bezahlen lassen.«

»Inwiefern?«, fragte Kastner.

»Er dachte, wir wären jetzt Komplizen. Bonnie und Clyde, Etta Place und Sundance Kid – was weiß ich. Er dachte, es sei der Beginn einer wunderbaren Freundschaft. Er hat mir von seinem Bruder erzählt, von seinem Neffen, von der Falschaussage in dem Brandfall, von seiner Erpressung. Er wollte wissen, warum ich Julius erschlagen habe. Er wollte meine Gedanken und Gefühle teilen, er wollte mir nahe sein, mich anfassen, mich küssen, er wollte in mein Bett. Anfangs hat er das nur angedeutet, aber dann ist er immer fordernder geworden, immer dreister – bis alles eskaliert ist.«

»Vorgestern. Im Bärlauchwald«, vermutete Kastner.

Nadja nickte. »Es war genauso, wie ich es dir erzählt habe«, sagte sie. »Jörg hatte genug von meinem Schweigen, er war der Meinung, ich sei ihm etwas schuldig – die Wahrheit über mein Motiv oder wenigstens ein bisschen Zuneigung.«

»Er hat nicht nur Imthal erpresst, sondern auch dich«, schloss Kastner. »Er hat dich nicht verraten, weil er selbst etwas zu verbergen hatte; aber ihm war klar, dass er immer noch bessere Karten hatte als du. Und das hat er ausgenutzt.«

»Er ist ein berechnendes Arschloch«, konstatierte Nadja. »Er war über Julius' Tod nicht annähernd so erschüttert wie ich selbst. Er hat von Anfang an auf seinen eigenen Vorteil geschielt und die Weichen so gestellt, dass er mich in der Hand hatte.«

Das kann so sein, dachte Kastner. Oder auch nicht. In einem war er sich sicher: Nadjas Geständnis würde den Staatsanwalt glücklich machen. Dass er sich darüber hinaus für Jörgs Anteil an der Vertuschung der Straftat oder einen möglichen sexuellen Übergriff sonderlich interessieren würde, wagte Kastner zu bezweifeln. Auch wenn es ungerecht war: Jörg würde glimpflich davonkommen. Nadja nicht.

Vier Wochen später

Bella stellte Teller und Gläser auf den Tisch und legte Messer und Gabeln daneben. Aus dem Backofen stieg der Duft eines Schweinekrustenbratens, auf dem Herd siedeten die Klöße. Sie beugte sich aus dem Küchenfenster und rief nach Viola und Iris, dann wischte sie sich die Hände an der Küchenschürze ab, loggte sich aus dem Mailprogramm aus und fuhr den Laptop herunter.

Sie war zwar alles andere als ein Internetprofi, aber sie hatte sich eingelesen und wusste inzwischen, wie man durchs Darknet surfen und Nachrichten verschicken konnte, ohne Spuren zu hinterlassen. Nachdem Thorsten ihr von dem Wurstskandal, der Brandstiftung und seinem fingierten Alibi erzählt hatte, hatte sie lange gar nichts getan. Erst vor drei Monaten hatte sie auf die Namen der Zwillinge ein Konto in der Schweiz eingerichtet und die erste E-Mail an den Geschäftsführer von Wiesenthal-Geflügel geschickt. Seitdem waren etwa dreißigtausend Euro auf dem Konto eingegangen. Sie hätte das Geld gut gebrauchen können – das Dach musste neu gedeckt werden, der Putz bröckelte von der Hausfassade, und die Wasserhähne tropften. Aber sie hatte keinen Cent davon angerührt. Das Geld war für die Mädchen gedacht: für ihre Ausbildung, für ihre Zukunft. Sie hatte nicht vor, sich persönlich an Imthals schmutzigem Profit zu bereichern; aber Imthal hatte Thorsten in seinen Machenschaften hineingezogen, und Bella war der Ansicht, seine Töchter hätten einen Anspruch auf das Geld.

Viola und Iris stürmten ins Haus. »Händewaschen, bitte«, verlangte Bella. Sie zog die Schürze aus und strich sich durch die roten Locken, ehe sie sich noch einmal aus dem Fenster beugte.

»Herr Kommissar?«, rief sie. »Essen ist fertig! Kommst du?«

»Bin gleich da!«, antwortete Karlheinz Bauer, strich sich durch den Bart und zwinkerte ihr zu. »Ich drehe nur noch schnell ein paar Schrauben fest, damit wir die Fensterläden heute Nachmittag noch streichen können.« Er trug eine blaue Latzhose und ein tannengrünes T-Shirt, aus dessen Ausschnitt der Arm einer Krake lugte – Teil eines bunten Tattoos, dessen Mittelpunkt, wie Bella inzwischen wusste, in der Nähe des Bauchnabels lag.

Sie lächelte versonnen und stellte den Braten auf den Tisch.